AMOR IMENSO

AMOR
INTENSO

PENELOPE WARD

AMOR IMENSO

Quando um mal-entendido vira combustível
para uma tórrida história de amor

Tradução
Débora Isidoro

Copyright © Penelope Ward, 2016
Copyright © Editora Planeta do Brasil, 2017
Todos os direitos reservados.
Título original: *Roomhate*

Preparação: Andréa Bruno
Revisão: Valquíria Della Pozza e Thais Rimkus
Diagramação: Futura
Capa: Adaptação do projeto original de RBA Designs

CIP-BRASIL. CATALOGAÇÃO NA PUBLICAÇÃO
SINDICATO NACIONAL DOS EDITORES DE LIVROS, RJ

W232a
Ward, Penelope
    Amor imenso / Penelope Ward ; [tradução Débora Isidoro]. – 1. ed. – São Paulo: Planeta, 2017.

    Tradução de: Roomhate
    ISBN: 978-85-422-0934-1

    1. Ficção americana. I. Isidoro, Débora. II. Título.

16-38747   CDD: 813
                                                        CDU: 821.111(73)-3

Ao escolher este livro, você está apoiando o manejo responsável das florestas do mundo

2021
Todos os direitos desta edição reservados à
Editora Planeta do Brasil Ltda.
Rua Bela Cintra 986, 4º andar – Consolação
São Paulo – SP – 01415-002
www.planetadelivros.com.br
atendimento@editoraplaneta.com.br

1

Um carro quase me atropelou quando eu atravessava a rua praticamente flutuando, depois de sair atordoada do escritório do advogado. Passei todos esses anos me esforçando para não pensar nele. Agora, era só nele em que conseguia pensar.

Justin.

Ai, meu Deus.

Justin.

Lampejos invadiam minha cabeça: o cabelo loiro escuro, a risada, o som de seu violão, a profunda tristeza e a decepção em seus lindos olhos na última vez que o vi, nove anos atrás.

Eu não deveria ver Justin nunca mais, muito menos compartilhar uma casa com ele. Morar com Justin Banks não era uma opção – nem mesmo que só por um verão. Bom, provavelmente não havia a menor chance de ele aceitar dividir uma casa *comigo*. Porém, ele gostando ou não, a casa de praia em Newport agora era nossa. Não minha. Não dele. *Nossa.* Meio a meio.

Onde vovó estava com a cabeça?

Sempre soube que ela gostava muito dele, mas jamais poderia prever a extensão de sua generosidade. Ele não era nosso parente, mas ela sempre o considerou como um neto.

Peguei o celular e procurei Tracy na lista de contatos. Quando ela atendeu, deixei escapar um suspiro aliviado.

— Onde você está? — perguntei.

— East Side. Por quê?

— Pode me encontrar? Preciso muito conversar com alguém.

— Está tudo bem?

Minha cabeça se esvaziou antes de voltar lentamente a ser preenchida com pensamentos fragmentados e a imagem de Justin. Senti um aperto no peito. Ele me odiava. Eu o havia evitado por muito tempo, mas agora teria que encará-lo.

A voz de Tracy interrompeu meus devaneios.

— Amélia? Está me ouvindo?

— Sim. Está tudo bem. Ah... Onde é que você está mesmo?

— Me encontra na casa de falafel na Thayer Street. Aí comemos e conversamos.

— Tudo bem. Chego em dez minutos.

Tracy era uma amiga recente e sabia pouco sobre minha infância e adolescência. Lecionávamos em uma escola em Providence e eu estava de folga para encontrar o advogado da minha avó.

O cheiro de cominho e hortelã seca saturava o ar no interior do restaurante fast-food de comidas do Oriente Médio. Tracy acenou para mim de uma mesa de canto, munida de uma embalagem descartável cheia de kebab de frango e arroz cobertos de tahine.

— Não vai comer nada? — perguntou ela, com a boca cheia e um pouco de molho de iogurte cobrindo parte de seus lábios.

— Não. Não estou com fome. Talvez eu leve alguma coisa para viagem quando a gente for embora. Só preciso conversar.

— O que houve?

Minha garganta estava seca.

— Na verdade, preciso beber alguma coisa antes.

A sala parecia girar quando me dirigi ao refrigerador ao lado do balcão.

Depois de comprar uma garrafa de água, voltei à mesa, sentei e suspirei profundamente.

— Acabei de receber notícias bem malucas no escritório de um advogado.

— Sei.

— Você sabe que fui até lá porque minha avó faleceu há um mês...

— Sim.

— Bom, me encontrei com o advogado que me informou sobre os bens que ela deixou. Descobri que fiquei com as joias... e com metade da casa de veraneio na ilha Aquidneck.

— Quê? Aquela casa linda da foto que fica em cima da sua mesa?

— Sim, essa mesma. Íamos sempre para lá no verão quando eu era mais nova, mas, nos últimos anos, minha avó tinha alugado a casa. A propriedade está na família há gerações. É velha, mas muito bonita e fica de frente para o mar.

— Amélia, isso é ótimo. Então, por que você está tão aborrecida?

— Bom, ela deixou a outra metade para um cara chamado Justin Banks.

— Quem é esse?

A única pessoa que eu amei.

— É um garoto com quem cresci. Minha avó cuidava dele quando os pais iam trabalhar. A casa da minha avó ficava justamente entre a do Justin e a minha.

— Tipo um irmão, então?

Até parece!

— Fomos próximos por muitos anos.

— Pela cara que você fez agora, acho que alguma coisa mudou.

— É isso aí.

— O que aconteceu?

Eu não podia repetir toda a história. Já havia absorvido coisa demais por um dia. Daria a ela uma versão resumida.

— Basicamente, descobri que ele escondia uma coisa de mim. E surtei. Prefiro não falar disso. Eu tinha quinze anos na época e já estava sofrendo para lidar com hormônios e os problemas que tinha com minha mãe. Tomei uma decisão drástica e fui morar com meu pai. — Engoli a dor e continuei: — Abandonei tudo em Providence e fui morar em New Hampshire.

Felizmente, Tracy não fez perguntas. Não era sobre esse período da minha vida que eu precisava conversar hoje. Era mais importante ela me ajudar com os próximos passos em vez de eu abrir velhas feridas.

— Entendi. Em vez de lidar com os problemas, você fugiu de tudo.
— Isso, fugi dos meus problemas... e do Justin.
— Nunca mais falou com ele?
— Depois que me mudei, foram vários meses sem nenhum contato. Eu me sentia muito culpada por ter agido daquele jeito. Depois de um tempo, quando recuperei a razão, tentei procurá-lo para pedir desculpas, mas era tarde demais. Ele não queria me ver nem falar comigo. E não posso culpá-lo por isso. Justin havia seguido a vida, andava com outras pessoas e acabou se mudando para Nova York depois que se formou no ensino médio. Perdemos contato, mas, aparentemente, ele se manteve próximo da minha avó. Ela era como uma segunda mãe para ele.
— Sabe o que aconteceu com ele?
— Nunca procurei saber. Sempre tive medo de descobrir.
— Bom, temos que cuidar disso já. — Ela apoiou o garfo sobre a embalagem de comida e pegou o celular da bolsa.
— Ei, o que você está fazendo?
— Você sabe que me autoproclamei *stalker* profissional. — Tracy sorriu. — Vou procurar o cara no Facebook. Justin Banks... é esse o nome? E ele mora em Nova York? Na cidade de Nova York?
Cobri os olhos com as mãos.
— Não posso olhar. Não vou olhar. E deve haver uma centena de caras chamados Justin Banks. Você não vai conseguir encontrá-lo.
— Como ele é?
— Na última vez que o vi, ele tinha dezesseis anos. É claro que deve ter mudado. Mas o cabelo era loiro escuro.
Ele era lindo. Ainda consigo me lembrar de seu rosto como se fosse ontem. Nunca iria esquecer.
Tracy lia em voz alta as informações dos diferentes Justin Banks que apareciam nos resultados de busca. Nada chamava minha atenção, até que ela disse:
— Justin Banks, Nova York, Nova York, músico na Just in Time Acoustic Guitar.
Meu coração parou e, surpresa, senti lágrimas tentando abrir caminho e ultrapassar a barreira das pálpebras. As emoções vieram à tona imediatamente. Inquietante. Era como se ele houvesse voltado dos mortos.

— O que foi que disse? Onde ele trabalha?
— Just in Time Acoustic Guitar. É ele?

Eu não conseguia formar as palavras, por isso fiquei quieta enquanto pensava naquele nome. O mesmo que ele sempre havia usado quando era garoto e tocava violão na esquina da rua onde morávamos.

Just in Time.

— É ele — por fim, admiti.
— Meu Deus, Amélia.

Meu coração começou a bater mais depressa.

— Que foi?
— O cara é...
— O quê? Fala! — praticamente gritei antes de beber o que sobrava da água.
— Ele é... lindo. Absolutamente lindo.

Cobri o rosto com as mãos.

— Pelo amor de Deus, não me fala isso.
— Dá uma olhada.
— Não posso.

Antes que eu recusasse de novo, Tracy colocou o celular na frente do meu rosto. Minhas mãos tremiam quando o peguei.

Meu Deus!

Por que fui olhar?

Pelo que dava para ver em uma foto, ele ainda era tão bonito como eu lembrava, mas, ao mesmo tempo, muito diferente. Adulto. Usava um gorro cinza e uma barba que ele nunca tinha conseguido deixar crescer quando éramos amigos. Na foto do perfil, ele se debruçava sobre o violão e parecia pronto para cantar ao microfone. A expressão em seu rosto era tão intensa que me deu arrepios. Tentei ver outras fotos, mas o perfil era fechado.

Tracy estendeu a mão para pegar o celular de volta.

— Ele é músico?
— Acho que sim — respondi ao devolver o aparelho.

Ele compunha canções para mim.

— Vai entrar em contato com ele?

— Não.

— Por que não?

— Acho que não saberia o que dizer. O que tiver que acontecer vai acontecer. Vou ter que falar com ele em algum momento. Só não vou tomar a iniciativa.

— E como vai ser essa história da casa?

— Bom, o advogado me deu uma cópia da chave e disse que outra foi enviada para o Justin. A escritura vai ter meu nome e o dele. Minha avó também deixou uma quantia em dinheiro para os reparos e a manutenção da propriedade fora da temporada. Imagino que ele também tenha sido informado de tudo isso.

— Você não quer vender a casa, quer?

— De jeito nenhum. Aquela casa guarda muitas lembranças e era muito importante para minha avó. Vou usá-la neste verão e depois talvez a alugue, se Justin concordar.

— Está dizendo que nem imagina como ele planeja usar a outra metade da casa? Você vai simplesmente aparecer lá em algumas semanas? Se ele estiver lá, tudo bem; se não estiver, tudo bem também?

— É mais ou menos isso.

— Ah, isso vai ser interessante.

CATORZE ANOS ANTES

O garoto de que minha avó começou a cuidar neste verão estava sentado do lado de fora da casa dela. Eu não podia deixar que ele me visse como estava agora, de jeito nenhum. Espiando por trás da cortina do meu quarto, só queria observá-lo sem que ele soubesse que eu estava ali.

Eu sabia pouco sobre ele. Seu nome era Justin. Devia ter uns dez anos, como eu, ou talvez onze. Havia acabado de se mudar de Cincinnati para Rhode Island. Os pais provavelmente tinham dinheiro, senão teriam comprado a enorme casa vitoriana vizinha à da minha avó. Os dois trabalhavam no centro de Providence e pagavam minha avó para cuidar do filho depois da aula.

Agora eu conseguia ver, finalmente, como ele era. Tinha cabelo loiro escuro bagunçado e, pelo jeito, tentava aprender sozinho a tocar violão.

Devo ter olhado pela janela por uma hora, mais ou menos, enquanto ele dedilhava as cordas.

Do nada, espirrei. Ele se virou para a janela e nossos olhares se encontraram por alguns segundos antes de eu me esconder. Meu coração disparou; agora ele sabia que eu o espiava.

— Ei? Cadê você?

Ouvi a pergunta que veio lá de baixo, mas continuei abaixada e quieta.

— Amélia... sei que você está aí.

Ele sabia meu nome?

— Por que está se escondendo de mim?

Levantei devagar e, de costas para a janela, finalmente respondi:

— Não olho para onde parece que estou olhando.

— Como assim? Quer dizer que tem o olhar divagador?

— O que é olhar divagador?

— Não sei bem. Minha mãe sempre diz que meu pai tem olhar divagador.

— O que eu quero dizer é que sou vesga.

— Vesga de verdade? — Ele riu. — Mentira! Isso é muito legal! Quero ver!

— Acha legal ter um olho que olha para o nariz?

— Acho! Eu adoraria ter um. Você pode olhar para as pessoas, e elas nem vão saber que está olhando!

Ele ia me fazer dar risada.

— Bom, o meu não é tão torto... ainda.

— Vai, vira. Quero ver.

— Não.

— Por favor.

Não sei o que me deu, mas decidi atender ao pedido. Não poderia evitar para sempre.

Quando me virei, ele reagiu com uma careta.

— O que aconteceu com o outro olho?

— Está no mesmo lugar. — *Apontei para o olho direito.* — Isto aqui é só um tapa-olho.

— Por que fazem essas coisas da cor da pele? Daqui, parece que você não tem olho. Levei um susto.

— Está embaixo do tampão. O oftalmo vai me obrigar a usar esta coisa quatro dias por semana. Hoje é o primeiro dia. Entendeu por que não queria que você me visse?

— Mas não precisa se envergonhar. Eu só me assustei porque não esperava. Então, seu olho vesgo continua aí? Quero ver.

— Não, o olho coberto é o bom. O médico disse que, se eu não usar o olho bom, vou forçar o vesgo, que vai se fortalecer cada vez mais e voltar ao lugar.

— Ah... entendi. E aí, pode sair agora? Já que não precisa mais se esconder de mim?

— Não. Não quero que mais ninguém me veja.

— E o que você pretende fazer amanhã, quando tiver que ir para a escola?

— Não sei.

— Vai passar o dia todo dentro de casa?

— Sim. Por enquanto.

Justin não falou nada. Só deixou o violão de lado, ficou em pé e correu para dentro de sua casa.

Acho que o assustei de verdade.

Cinco minutos depois, ele voltou correndo para o mesmo lugar do lado de fora da casa de minha avó. Quando olhou novamente para a minha janela, nem consegui acreditar nos meus olhos. (Bom, "olho".) Havia um enorme tampão preto cobrindo o olho direito de Justin. Ele parecia um pirata. Então, sentou-se, pegou o violão e começou a dedilhar as cordas. Para minha surpresa, ele começou a cantar. Era uma versão de "Brown eyed girl", do Van Morrison, mas ele havia mudado a letra para "One eyed girl". Foi então que percebi que Justin Banks era metade maluco, metade adorável.

Depois que terminou de cantar, ele tirou do bolso uma caneta hidrográfica preta.

— Vou pintar o seu também. Agora você vem aqui fora?

Senti meu coração mais acelerado do que jamais havia estado. Pensando bem, esse foi o exato momento em que Justin Banks se tornou meu melhor amigo. E esse também foi o primeiro dia em que ele me deu um apelido que me acompanharia por toda a adolescência: Tapa-Olho.

2

Era a calmaria antes da tempestade, sem dúvida. Eu só não sabia disso ainda.

A propriedade estava bem conservada, pois a vizinha, Cheri, que também era uma das melhores amigas da minha avó, havia cuidado dela. Duas semanas depois da minha chegada à casa de minha avó, agora minha casa de veraneio, eu batia na madeira para a paz e a tranquilidade continuarem. Nenhum sinal de Justin. Nenhum sinal de ninguém. Só eu, eu mesma e meus livros, embalados pela tranquilidade do começo de verão, em meio à brisa salgada do oceano que envolvia a ilha.

Nunca em toda minha vida eu havia apreciado tanto esse tipo de paz. Fazia pouco mais de um mês que meu mundo desmoronara. Além da morte de minha avó, descobri que Adam, com quem namorei durante dois anos, estava me traindo. Na noite em que descobri, havíamos acabado de transar e ele tinha ido ao banheiro jogar fora o preservativo e tomar uma ducha. Seu celular ficou em cima do criado-mudo, e então vi todas aquelas mensagens da vadia chamada Ashlyn. Normalmente, Adam levava o telefone a todos os lugares, até ao banheiro, mas naquela noite ele vacilou. Mais tarde, dei uma olhada no perfil dela no Facebook e vi que metade das fotos postadas era dos dois juntos. Eu realmente tinha notado que nos últimos seis meses algo estava estranho. Aquelas mensagens confirmaram minha percepção. Pouco antes de viajar para a casa na ilha, descobri que Adam tinha ido morar com Ashlyn em Boston.

Portanto, esse era um importante período de transição para mim. Aos vinte e quatro anos, estava solteira de novo e começando uma nova vida em Newport, onde passaria o verão. O emprego de professora em Providence me possibilitava tirar férias no verão. Minha esperança era encontrar um trabalho temporário para a estação, mas, por enquanto, só queria algumas semanas para relaxar.

Meu dia começava com o café da manhã no deque superior da casa, de onde era possível ver Easton's Beach. Ouvindo as gaivotas, eu dava uma olhada no Facebook, lia minha revista *In Style* ou simplesmente meditava. Depois, passava todo o tempo que quisesse na banheira, antes de me vestir e de fato começar o dia, o que invariavelmente significava me acomodar no sofá com um livro.

No meio da tarde, fazia o almoço e ia comer no deque. Antes do anoitecer, ia até a Thames Street em Newport e dava uma olhada nas lojas, procurando artesanato em vidro soprado, bijuterias e arte náutica. Depois, tomava um sorvete ou um café.

O dia costumava terminar com uma visita ao píer para comprar lagosta ou mexilhão. Eu os levava para casa em uma sacola e cozinhava em uma panela, do lado de fora, no quintal. Sentava para jantar com uma garrafa de vinho branco gelado enquanto apreciava o pôr do sol sobre o Atlântico.

Isso, sim, era vida.

Minha rotina se manteve inalterada por duas semanas, até o golpe que violentamente me despertou.

Uma noite, quando voltava do centro de Newport com minha sacola de crustáceos, percebi que a porta da frente da casa estava aberta. Será que tinha me esquecido de trancá-la? Teria sido o vento?

Meu coração disparou quando entrei na cozinha e vi uma mulher alta, de pernas longas e cabelo curto e platinado. Ela parecia uma Mia Farrow jovem e guardava comida nos armários.

— Oi? — falei, pigarreando.

Ela se virou antes de lançar as mãos sobre o peito.

— Ai, meu Deus! Você me assustou. — E se aproximou de mim sorrindo, com a mão estendida. — Meu nome é Jade.

Com traços delicados, as maçãs do rosto salientes e cabelo curto, Jade poderia ser modelo. Fisicamente, eu era o oposto dela – tinha cabelo escuro e comprido e corpo curvilíneo.

— Amélia — apresentei-me. — Você é...?

— Sou a namorada do Justin.

Meu estômago se contraiu.

— Ah... certo. Onde ele está?

— Foi ao mercado e à loja de bebidas.

— Há quanto tempo vocês chegaram?

— Há uma hora, mais ou menos.

— E vão ficar por quanto tempo?

— Não sei. Estamos aproveitando o verão. Vamos ver... Não esperávamos nada disso. A casa, quero dizer...

— Sim, eu sei. — Olhei para as unhas pintadas dela bem acomodadas numa sandália de salto alto. — Você trabalha?

— Sou atriz, na verdade. Na Broadway. Bom, off-Broadway, por enquanto. Não estou trabalhando agora, mas terei que ir a Nova York algumas vezes para testes de admissão. Você faz o quê?

— Sou professora. Tenho férias no verão.

— Ah, isso é bem legal.

— É divertido, sim. Onde o Justin trabalha?

— Ele agora trabalha em casa. Vende software. Pode trabalhar em qualquer lugar. Ele também se apresenta. Você sabe que ele é músico, né?

— Na verdade, não sei mais nada sobre ele.

— O que aconteceu entre vocês? Se não se importa em me contar...

— Ele nunca falou nada sobre mim?

— Só que vocês cresceram juntos e que é neta da senhora H. Na verdade, ele nunca havia mencionado seu nome até recebermos a carta do advogado.

Isso não era inesperado, mas mesmo assim me deixou triste.

— Não me surpreende.

— Por quê?

— É uma longa história.

— Vocês namoraram?

— Não. Não era nada disso. Éramos só bons amigos, mas nos afastamos depois que eu mudei de casa.

— Entendo. Isso tudo é um pouco estranho, não é? Herdar uma casa assim, do nada?

— Bom, minha avó era muito generosa e amava o Justin. Minha mãe era filha única, então minha avó gostava do Justin como se fosse um filho...

— Sua avó deixou a casa para você? E a sua mãe?

— Minha mãe e ela tiveram uns conflitos há alguns anos. Felizmente, elas se entenderam antes da morte da minha avó, mas as coisas nunca mais voltaram a ser como antes.

— Que pena. Sinto muito.

— Tudo bem.

Jade abriu os braços para me envolver em um abraço casual.

— Bom, espero que possamos ser amigas. Vai ser legal ter uma companhia feminina por perto para fazer compras, conhecer a ilha.

— É, seria legal.

— Quer jantar com a gente hoje?

Não estava preparada para vê-lo. Precisava inventar uma história e dar o fora dali.

— Na verdade, hoje não. Tenho que ir...

— É essa a sua especialidade, não é?

Não reconheci a voz profunda que me interrompeu.

— Como é? — Engoli em seco e me recusei a virar para trás e olhar para ele.

— Partir — ele falou mais alto. — É essa a sua especialidade.

Eu respirava mais depressa, mas foi quando me virei que quase desmoronei.

Puta merda.

3

Justin estava na minha frente, e juro que era como se o garoto que eu deixara para trás houvesse sido engolido por uma massa de músculos. Ele estava muito diferente de como eu me lembrava nove anos atrás. A raiva em seu rosto era transparente e, de alguma forma, tornava-o ainda mais atraente. Só seria muito melhor se eu não fosse o alvo de sua fúria.

Sua pele era bronzeada, um complemento perfeito para as mechas douradas no loiro escuro de seu cabelo. O rosto liso de que me lembrava agora era duro e não havia sido barbeado. Uma tatuagem de uma corda e um arame farpado envolvia-lhe o bíceps. Ele usava uma bermuda cargo camuflada e uma regata branca que marcava o peito esculpido.

Não sei quanto tempo fiquei ali olhando para ele. Estava atordoada demais para dizer qualquer coisa, mas meu coração gritava. No fundo, eu sabia que minha reação não era só por causa da atração física que sentia por ele. Era porque, apesar de todas as mudanças, uma coisa continuava exatamente igual: seus olhos. Eles refletiam a mesma dor da última vez que o vi.

Finalmente consegui dizer seu nome.

— Justin...

— Amélia. — O som rouco e profundo de sua voz reverberou em mim.

— Não sabia se você ia aparecer.

— Por que eu não viria? — perguntou, exibindo um sorriso desdenhoso.

— Talvez para me evitar.

— Você superestimou sua importância para mim. É claro que eu viria. Esta casa também é minha.

As palavras de Justin me atingiram em cheio.

— Eu não disse que não é. Só que... não tive nenhuma notícia de você.

— Interessante como isso acontece.

Claramente incomodada com o confronto, Jade pigarreou.

— Eu tinha acabado de perguntar a Amélia se ela não queria jantar com a gente hoje. Talvez vocês pudessem pôr a conversa em dia.

— Parece que ela já tem outros planos.

Olhei para ele.

— Por que diz isso?

— Ah, sei lá... porque você está segurando essa sacola fedida, talvez?

— São frutos do mar frescos.

— O cheiro não é de coisa muito fresca.

— Caramba. A gente não se vê há nove anos, e é assim que você se comporta? — Olhei para Jade. — Ele é sempre grosso desse jeito?

Antes que ela pudesse responder, Justin se manifestou:

— Acho que você desperta isso em mim.

— Acha que minha vó ficaria feliz com essa sua atitude? Algo me diz que ela não deixou a casa para nós dois brigarmos.

— Ela nos deixou a casa porque nós dois éramos importantes para ela. Isso não significa que temos que ser importantes um para o outro. E, se a opinião da senhora H. tem tanto valor, talvez você não devesse ter fugido.

— Isso é golpe baixo.

— Acho que a verdade dói.

— Eu tentei entrar em contato com você, Justin. Eu...

— Não vou falar sobre isso agora, Amélia — ele me interrompeu, falando por entre os dentes. — Esse assunto é velho.

Era irritante ouvir Justin me chamar por meu nome. Com exceção do dia em que nos conhecemos, ele sempre me chamou de Tapa-Olho ou de Tapa. Ouvir meu nome saindo de sua boca era como levar uma bofetada na cara, como se ele quisesse enfatizar quanto nos afastamos.

Justin passou da ebulição para o gelo quando se calou e saiu para buscar as compras do carro, batendo a porta ao passar por ela.

Estremeci e olhei para Jade, cujos olhos se moviam de um lado para o outro numa reação confusa.

— Bom, foi um bom começo — brinquei.

— Não sei o que dizer. Para ser franca, nunca o vi agir desse jeito com ninguém. Sinto muito, de verdade.

— Não é sua culpa. Pode acreditar, eu provavelmente mereço.

A única coisa pior que a recepção grosseira de Justin foi o jeito como ele me ignorou durante o jantar e pelo resto da noite. Isso me magoou mais do que qualquer coisa que ele pudesse ter falado.

Se eu achava que a noite havia sido horrível, a falta de sono garantiu uma manhã ainda pior.

Aparentemente, Justin havia encontrado um jeito de extravasar a raiva: descontando em Jade. Digamos que tocar violão não era o único talento que ele havia desenvolvido com o tempo. Os gemidos de Jade me acordaram no meio da noite. As paredes tremiam. Depois disso, foi impossível voltar a dormir. Virei de um lado para o outro na cama, pensando no que Justin havia falado para mim e imaginando a cena no quarto adjacente. Não que eu devesse pensar nisso, mas não conseguia evitar.

Eram sete da manhã e a casa estava quieta, por isso imaginei que os dois estavam dormindo, depois da noite agitada. Quando desci para fazer café, me surpreendi ao encontrar Justin sozinho na cozinha, olhando pela janela ampla que se abria para a água. A cafeteira estava ligada. De costas para mim, ele ainda não tinha me visto ali.

Usei a oportunidade para admirar sua estatura e suas costas nuas e bem definidas. Uma calça preta de ginástica cobria o bumbum arredondado. Nunca havia percebido como aquele traseiro era espetacular. A atração física por ele me irritava, considerando as circunstâncias, mas isso não me impedia de continuar a análise. Justin tinha uma tatuagem retangular no meio das costas. Tentei entender o desenho, mas levei um susto quando ele se virou de repente e cravou em mim aquele olhar incendiário.

— Sempre seca as pessoas quando acha que não estão percebendo?
Engoli em seco.
— Como soube que eu estava aqui?
— Vi seu reflexo na janela, gênio.
Merda.
— Mas você nem se mexeu. Achei que não tivesse me visto.
— Isso é evidente.
— Está tentando me fazer te odiar ou algo assim? Porque vai conseguir.
Justin não respondeu. Em silêncio, me deu as costas de novo e olhou pela janela.
— Por que faz isso? — questionei.
— Isso o quê?
— Fala coisas para me irritar e depois se fecha.
Ele continuou olhando pela janela.
— Acha que seria melhor se eu continuasse te irritando? Estou tentando controlar a raiva, Amélia. Devia ficar satisfeita. Sei quando devo parar... ao contrário de algumas pessoas.
— Será que pode pelo menos olhar para mim enquanto fala?
Ele se virou, caminhou lentamente em minha direção e aproximou o rosto do meu. Quando falou, senti as palavras em meus lábios.
— Assim é melhor? Prefere que eu fale na sua cara, desse jeito?
Dava para sentir seu hálito. Meu corpo todo enfraqueceu com o contato próximo, e eu recuei.
— Eu sabia que não ia gostar — ele resmungou.
Abri a geladeira e fingi procurar alguma coisa. Era irritante pensar que minhas manhãs tranquilas haviam ficado para trás.
— Você sempre acorda assim tão cedo? — perguntei.
— Sou uma pessoa matinal.
— Dá para ver... tão animado e alegre — comentei, com sarcasmo. — Mas tem gente que precisa dormir.
— Eu dormi bem.
— Ah, eu sei... depois de me traumatizar. Deve ter desmaiado, depois de todo aquele esforço. Vocês não foram ruidosos o suficiente.

— Ah, desculpa. Se não posso trepar na minha própria casa, onde espera que eu faça isso?

— Não disse que não pode. Só pedi para ter um pouco mais de respeito.

— Defina respeito.

— Faça em silêncio.

— Desculpa, eu não trepo em silêncio.

Por mais que tivesse odiado sua resposta, senti que aquelas palavras ecoariam em minha cabeça mais tarde.

— Esquece. É óbvio que você não sabe o que significa respeito.

— Respeitar você? Por quê? Por não estar transando? Por que não vai procurar um cara salgado no píer? Talvez pare de se preocupar tanto com a vida dos outros.

— Cara salgado?

— É, os caras que moram nos barcos... e vendem aquele peixe nojento que você comeu ontem à noite.

Balancei a cabeça e revirei os olhos, negando-me a dar uma resposta digna àquele comentário.

Ele me surpreendeu quando, de repente, levantou a jarra da cafeteira.

— Quer café?

— Agora vai ser gentil?

— Não, só pensei que deve ter um motivo para você ainda estar aqui. Deve ser o café.

— Esta é minha cozinha.

Ele piscou.

— *Nossa* cozinha. — E pegou duas canecas no armário. — Como gosta do seu?

— Com creme e açúcar.

— Eu cuido disso enquanto você vai pôr um sutiã.

Olhei para baixo e vi meus seios livres embaixo da camiseta branca. Não esperava encontrá-lo tão cedo, então nem pensei no que vestir. Constrangida demais para registrar o fato de ele ter notado, voltei ao quarto e me vesti.

Quando retornei à cozinha, ele estava parado na frente da janela bebendo o café.

— Melhor assim? — perguntei, apontando para meu vestido.

Ele se virou e me olhou da cabeça aos pés.

— Defina melhor. Se melhor significa que não posso mais ver suas tetas... sim, melhor. Se melhor significa que sua aparência melhorou, aí é discutível.

— Qual é o problema com meu vestido?

— Parece que foi feito por você.

— Comprei em uma das lojas da ilha. Foi feito à mão.

— Com tecido de saco de batata?

— Acho que não.

Talvez?

Ele deu uma risadinha irônica.

— Seu café está em cima da bancada, Boneca de Pano.

Tive vontade de tentar encontrar uma resposta, mas percebi que era isso que ele provavelmente queria. Eu precisava matá-lo com minha gentileza em vez de exibir minha raiva.

— Obrigada. Foi muita gentileza preparar um café para mim.

Babaca.

Bebi um gole e cuspi o café.

— O que você pôs nisso? Está muito forte!

Em vez de responder, ele deu uma gargalhada. A risada ecoou pela cozinha, e, por mais que eu odiasse saber que ele ria da minha cara, era a primeira vez que ria desde que chegara. Por um momento, isso me levou de volta no tempo e serviu como único lembrete real de que o babaca gostoso na minha frente já havia sido meu melhor amigo.

— Não gostou?

— É meio forte. O que tem aqui?

— É uma fusão de cafés, na verdade.

— Como assim?

Justin se dirigiu ao armário e pegou uma lata e um pacote.

— É uma receita própria. Café cubano misturado com este aqui. — E apontou para a embalagem preta com um desenho de uma caveira e ossos cruzados.

— Que diabo é isso?

— É café. Eu compro pela internet. Nenhum outro tem cafeína suficiente para mim.

— Por isso quis me servir, não é? Sabia que eu odiaria essa... combinação.

Em vez de responder, ele gargalhou de novo, mas desta vez riu ainda mais alto que antes.

Jade entrou na cozinha vestida com uma camiseta preta e grande que devia ser a que Justin não estava usando.

— Do que vocês estão rindo?

Os olhos maliciosos de Justin espiaram por cima da caneca. Ele ainda sorria.

— Estamos só tomando um café.

Jade balançou a cabeça.

— Você não bebeu essa lama, bebeu? Não sei como ele suporta essa coisa.

Lembrei-me do meu plano de matá-lo com gentileza. Bebi mais um gole de café e assenti com a cabeça.

— Na verdade, é bem forte no primeiro gole, mas acho que até gostei.

Era nojento.

— É melhor tomar cuidado. Essa merda é forte. Justin é imune, mas a única vez que bebi isso aí fiquei uns quatro dias sem dormir.

Justin riu.

— Parece que *nós* que não deixamos Amélia dormir ontem à noite.

Jade olhou para mim.

— Ai, merda. Desculpa.

Dei de ombros e respondi:

— Tudo bem, não foi nada de mais. Eu me acostumarei depois de um tempo.

— Quando decidiu que queria participar? — ele provocou.

Vai se foder, Justin.
Eu não ia responder.
Quanto mais olhava para aquela cara convencida dele, mais me sentia determinada a beber todo o café da caneca.
— Estou surpresa, isso é realmente muito bom — menti.
Jade também ignorou o comentário de Justin.
— O que acha de irmos à cidade depois do café, Amélia? Você pode me mostrar a ilha.
— Tudo bem. Vai ser legal.
Ela se aproximou de Justin e passou os braços em torno de sua cintura.
— Quer ir também, gato?
— Não, tenho umas coisas para fazer. — Ele terminou de beber o café e deixou a caneca na pia.
— Tudo bem. Só as mulheres, então.

O café me deixou maluca. Durante todo o nosso passeio por Newport naquela manhã, Jade me pedia para ir mais devagar. Aparentemente, ela não conseguia me acompanhar em cima do salto.

À tarde, paramos para descansar um pouco. Jade e eu nos sentamos em um banco de madeira de frente para dúzias de barcos ancorados, com o sol iluminando a água.

— Como você e Justin se conheceram? — perguntei.

— Eu estava em uma casa de shows chamada Hades. Justin ia se apresentar naquela noite. Ele cantou olhando para mim o tempo todo e depois do show foi me procurar. Quando disse que havia pensado em mim enquanto cantava a última canção, eu quase morri. Estamos juntos desde aquele dia.

Meu rosto ficou quente. Não ia reconhecer que estava com ciúme. Pensar nessa conexão forte e íntima enquanto ele se apresentava me deixava desconfortável por alguma razão. Talvez por me lembrar das músicas que ele compunha para mim. Depois de ter sobrevivido à transa dos dois na noite anterior, pensei que nada mais me aborreceria.

— Que tipo de música ele toca agora?

— Ah, ele faz cover de artistas como Jack Johnson, mas também compõe muita coisa. Ele toca principalmente em casas noturnas, mas o empresário dele quer arranjar uma gravadora. As garotas o veneram, então tive que fazer um esforço para me acostumar com esse lado da profissão de que ele tanto gosta.

— Deve ser difícil.

— É. Muito. — Ela inclinou a cabeça. — E você? Não tem namorado?

— Acabei de terminar um relacionamento.

Passei a meia hora seguinte contando a ela o que havia acontecido entre mim e Adam. Era muito fácil conversar com Jade, e percebi que ela ficou realmente chateada por saber que Adam havia me traído.

— Bom, melhor descobrir agora, enquanto ainda é jovem, do que perder uma década de vida com alguém assim.

— Você tem razão.

— Vamos ter que encontrar alguém para você nestas férias. Hoje vi vários caras lindos andando por aí.

— Sério? Todos que eu vi estavam andando de mãos dadas.

Ela riu.

— Não. Tem outros.

— Mas não penso em namorar de novo.

— Quem falou em namorar? Você precisa transar, se divertir... especialmente depois do que o babaca do seu ex fez com você. Merece um caso tórrido de verão, alguém que tire seus pés do chão, alguém em quem não pare de pensar mesmo quando não estiverem juntos.

Infelizmente, é seu namorado que eu não consigo tirar da cabeça no momento.

Ela tinha boas intenções, por isso sorri e assenti, embora não tivesse intenção de dormir com ninguém daquela ilha.

No caminho de volta para casa, passamos pelo Sandy's on the Beach, um restaurante conhecido pela ótima comida e pela música ao vivo apresentada todas as noites. Uma placa na porta anunciava uma vaga temporária para o verão. Como havia uma universidade do outro lado da ponte, muitos estudantes voltavam para casa nas férias, desfalcando o quadro de funcionários dos restaurantes da região.

Parei na frente da porta.

— Você se importa se eu entrar para me informar sobre isso?

— Não. Na verdade, também quero dar uma olhada.

Sandy estava desesperada, sem funcionários para o verão. Jade e eu tínhamos experiência como garçonete, por isso nos candidatamos à vaga. Quando saímos de lá, estávamos empregadas. O gerente disse que podíamos trabalhar nas noites que quiséssemos. Não havia como recusar dinheiro extra e horário flexível. Jade ficou animada quando ele disse que não haveria problema, caso ela tivesse que cancelar um turno para ir a Manhattan fazer um teste para uma peça ou um show. Nós duas começaríamos a trabalhar no dia seguinte.

Naquela noite, Jade achou que devíamos comemorar o novo emprego com um jantar e drinques no deque superior da casa. Eu nem havia percebido como tinha sido tranquilo ficar o dia todo longe de Justin.

Quando passamos pela porta, senti a eletricidade vibrar novamente em mim assim que senti o cheiro de seu perfume. Justin estava na cozinha bebendo uma cerveja, e Jade correu e envolveu os braços em seu pescoço. Ele era alto, tinha mais de um metro e oitenta, e ela não era muito mais baixa. Ao lado dos dois, eu era praticamente uma anã.

Ele realmente estava lindo.

Justin havia trocado a bermuda camuflada por um jeans escuro e uma camisa cinza com listras pretas. E havia feito alguma coisa com o cabelo, algo que eu não consegui identificar. Lavado, talvez? Não sei, mas realçava o azul de seus olhos. Olhos que agora fitavam os de Jade.

Ela passou a mão pelo cabelo de Justin, depois o beijou.

— Senti saudade, gato. Sabe da última? Arrumamos emprego no restaurante da praia.

— Avisou que pode ter que ir a Nova York a qualquer momento?

— Sim, o cara disse que não faz mal. Na verdade, ele disse que posso trabalhar quando eu quiser.

— Sério? Acho bem estranho. Mas tudo bem. Tem certeza de que ele não quer pegar você, Jade?

— Ele falou a mesma coisa para mim — interrompi.

— Ah, então não tem nada estranho.

Demorou um pouco até que eu percebesse que ele havia acabado de me insultar.

Jade interferiu antes que eu respondesse.

— A noite está bem gostosa. O que acha de jantarmos lá em cima —, no deque? Podemos fazer um churrasco com aquele filé que deixei marinando na geladeira.

Não quis ser desagradável dizendo a ela que não gosto de carne vermelha, por isso fiquei quieta. Provavelmente, Justin pensaria que era uma desculpa para não jantar com eles.

Matar com gentileza.

— Não sou uma grande cozinheira, mas posso fazer uma salada.

Justin bateu na bancada.

— Ótimo. Vou acender a churrasqueira, enquanto Amélia prepara sua grande salada.

Ele já estava saindo quando gritei:

— Sabe o que minha vó diria agora? Ela diria para você ir lavar sua boca suja com sabão.

Justin se virou e levantou uma sobrancelha:

— Sabão não resolveria.

Acho que eu devia ficar feliz por ele falar comigo e não fingir que eu nem estava ali. Estávamos progredindo?

Depois de cortar alface, cenoura, cebola roxa, tomate e pepino, temperei a salada com molho caseiro de mel e mostarda.

Levei a tigela lá para cima, onde Justin e Jade já estavam sentados à mesa. Jade havia servido Merlot em três taças, e Justin bebia o vinho olhando para as ondas, que nessa noite estavam agitadas.

Quando começamos a jantar, Justin continuou em silêncio e não olhava para mim. Eu me servi de salada e pão, e levou um tempo até alguém perceber que eu só comia isso.

Jade estava com a boca cheia quando comentou:

— Você nem tocou no filé.
— É que eu não curto muito carne vermelha.
Justin riu.
— É por isso que não consegue encontrar um homem?
Soltei o garfo.
— Você é um idiota. Sério, não te reconheço mais. Como é que já fomos amigos?
— Fiz essa pergunta a mim mesmo várias vezes, antes de parar de me importar.

Saí da mesa e desci. Apoiada na bancada da cozinha, respirei fundo várias vezes para me acalmar.

Jade se aproximou de mim sem fazer barulho.

— Sério, não entendo o que acontece entre vocês ou por que ele se recusa a falar sobre o assunto. Tem certeza de que nunca foram namorados?

— Já disse, Jade. Não tem nada a ver.

— Não vai me contar o que aconteceu?

— Acho que é ele quem tem que explicar. Sério, não quero que ele fique ainda mais furioso por eu ultrapassar certos limites. Além do mais, eu sei que ele está ressentido por causa do jeito como fui embora... por eu ter fugido. Qualquer coisa que tenha acontecido antes disso agora é irrelevante. Ele ficou furioso pelo modo como lidei com toda a situação.

— Vamos voltar lá para cima e tentar jantar tranquilamente.

No deque, Justin servia mais vinho em sua taça e mantinha uma expressão dura, impassível. Senti vontade de esbofeteá-lo, mas também me senti culpada por ter provocado nele tanta raiva. Ele disse que não se importava, mas eu me recusava a acreditar que Justin agia desse jeito se não se importasse.

Toquei o braço dele.

— Não vai falar comigo?

Ele puxou o braço.

— Chega. Não vou conversar sobre nada.

— Nem por minha vó?

Ele levantou a cabeça, e os belos olhos azuis escureceram.

— Pare de envolvê-la nisso. Sua avó era uma mulher maravilhosa. Ela foi a mãe que eu nunca tive. Nunca me deu as costas, como todo mundo fez na minha vida. Esta casa é uma representação desse amor, e é por isso que estou aqui. Não vim por sua causa. Você quer conversar, mas parece não entender que não tenho nada a dizer sobre o que aconteceu há quase uma década. Apaguei tudo. É tarde demais, Amélia. Tudo bem se você e Jade se tornarem amigas. Mas não perca tempo tentando se aproximar de mim, porque não seremos amigos. Você me deixou com um mau humor de merda, e não quero passar o verão inteiro assim. Dividimos uma casa. Nada mais. Pare de fingir que existe algo além disso. Para de fingir que gosta da porcaria do café. Para de fingir que está tudo ótimo. Para com essa merda e veja as coisas como elas são. Não significamos nada um para o outro. — Ele levantou e pegou o prato. — Já terminei, Jade. Espero você no quarto.

Jade e eu ficamos em silêncio, ouvindo o barulho das ondas lá embaixo.

— Sinto muito, Amélia.

— Por favor, não se incomode. Ele tem razão. Às vezes a gente não pode consertar as coisas. — Apesar das palavras complacentes que saíram de minha boca, uma lágrima escorreu por meu rosto.

ONZE ANOS ANTES

Minha mãe havia saído de novo. Só Deus sabe aonde ela foi ou com quem. Eu nunca podia contar com Patricia, minha mãe, para nada. Só havia duas pessoas em quem eu podia confiar: minha avó e Justin.

A única coisa boa no fato de minha mãe me deixar sozinha na maioria das noites era que eu podia sair e ir aonde eu quisesse. Minha avó presumia que minha mãe estava em casa, por isso não podia me impedir.

Justin e eu combinamos que nos encontraríamos em quinze minutos. Iríamos ao shopping encontrar alguns colegas do oitavo ano. Eles eram da turma legal em que Justin e eu tentávamos entrar. Por estarmos sempre os dois juntos, não fazíamos parte de nenhum outro grupo.

Ele esperava na esquina com as mãos nos bolsos. Eu adorava quando ele usava o boné de beisebol com a aba para trás, com mechas loiras escapando nas laterais. Ultimamente, eu notava cada vez mais essas coisas. Era difícil não notar.

Ele se aproximou de mim.

— Vamos nessa?

— Sim.

Justin começou a correr.

— Vamos logo, o próximo ônibus passa em cinco minutos.

Eu não sabia por que a ideia de me aproximar daquele pessoal me deixava tão nervosa. Justin não parecia nervoso. De maneira geral, ele era mais confiante que eu.

Quando entramos no shopping, as luzes fluorescentes contrastaram com a escuridão do inverno lá fora. Íamos encontrar o pessoal na praça de alimentação.

Meu coração passou a bater acelerado quando nos aproximamos dos dois meninos e uma menina que esperavam ao lado do quiosque de pretzel Auntie Annie's. Justin percebeu minha agitação.

— Não fique nervosa, Tapa-Olho.

A primeira coisa que me lembro de ter ouvido do Chandler foi:

— Que merda é essa?

— O quê?

— Você se cagou, Amélia?

Olhei para baixo com o coração quase saltando do peito. Sabia que, apesar do nervosismo, não tinha perdido o controle do intestino. A gente percebe quando acontece, certo? Não. Aquilo não era cocô. Era sangue. Eu não estava preparada, pois era a primeira vez que menstruava. Aos treze anos, estava meio atrasada em relação às outras garotas que conhecia. E aconteceu no pior momento possível.

Justin olhou para baixo, depois para os meus olhos cheios de pânico.

— É sangue — falei, movendo os lábios sem emitir nenhum som.

Sem hesitar, ele assentiu uma vez como se quisesse dizer que ia resolver tudo.

— É sangue — disse Justin.

— Sangue? Eca... que nojo! — Ethan, o outro menino, reagiu.

— Amélia se furou com minha faca quando vínhamos para cá.

Eu estava olhando para baixo, mas levantei a cabeça e encarei meu amigo com uma expressão incrédula.

Chandler arregalou os olhos.

— Ela mesma se furou com a faca?

— É. — Justin sorriu. Para minha surpresa, tirou um canivete do bolso da jaqueta. — Está vendo? Eu levo sempre no bolso. É um canivete do Exército suíço. Mostrei a faca para Amélia no ônibus. E a desafiei a furar a própria barriga. E essa maluca aceitou o desafio! E foi assim que ela sujou a calça de sangue.

— Está brincando?

— Queria estar, cara.

Os três se entreolharam antes de Chandler dizer:

— Essa é a coisa mais doida que eu já ouvi!

Ethan bateu no meu braço.

— Sério, Amélia, que lance maluco.

Justin deu risada.

— É, então... A gente só passou para dar um oi, pois já estávamos chegando, mas não vai dar para ficar, pois ela precisa ir ao pronto-socorro.

— Legal, cara. Manda notícias.

— Tudo bem.

— O que foi que você fez? — cochichei quando a gente se afastou.

— Não fala nada. Só anda.

O ar frio da noite nos atingiu quando saímos do shopping pela porta giratória. Paramos na calçada e nos encaramos por um momento antes de explodirmos em gargalhadas histéricas.

— Não acredito que você inventou essa história maluca.

— Você não tem que se envergonhar da verdade, mas eu sabia que estava constrangida. Quis fazer alguma coisa, pois você estava enrolando uma mecha de cabelo no dedo sem parar.

— Sério? Eu nem percebi.

— É, você faz isso quando fica nervosa.

— Não sabia que tinha percebido.

Os olhos dele se detiveram em meus lábios por um momento quando disse:

— Eu noto tudo em você.

Ruborizada, mudei de assunto.

— Não sabia que andava com uma faca no bolso.

— Sempre ando. Sabe, caso aconteça alguma coisa quando estivermos na rua. Preciso ter como te proteger.

Meu coração, que pouco antes havia disparado por causa daqueles babacas, agora batia acelerado por um motivo completamente diferente.

— É melhor eu ir para casa.

— Tem uma farmácia bem ali. Compra alguma coisa e pergunta se pode usar o banheiro deles.

Entrei e usei o dinheiro que havia reservado para jogar no fliperama do shopping para comprar um pacote de absorventes e uma calcinha feia e barata. Pensaria em absorventes internos mais tarde, quando tivesse tempo para aprender a usá-los.

Quando saí da farmácia, Justin me deu seu moletom.

— Amarra isso aqui na cintura.

— Obrigada.

— Aonde vamos agora? — perguntou ele.

— Como assim? Tenho que ir para casa! Minha calça está toda suja de sangue.

— Não dá para ver nada agora que você amarrou meu moletom na cintura.

— Mesmo assim, não me sinto confortável.

— Não quero ir para casa. Sei aonde a gente pode ir... um lugar onde não conhecemos ninguém. Vou lá sozinho, de vez em quando. Vem.

Justin me conduziu pelas calçadas de Providence. Depois de uns dez minutos, viramos em uma esquina e nos dirigimos a um prédio pequeno e vermelho. Olhei para a placa luminosa na porta.

— Isso é um cinema?

— Sim. Eles exibem filmes que ninguém conhece e de que ninguém fala. E sabe o que é melhor? Nem perguntam quantos anos você tem.

— São filmes ruins?

— Não. Não é filme de gente pelada, como os que eu disse que meu pai vê. São filmes estrangeiros com legenda, coisas assim.

Justin comprou dois ingressos e uma pipoca para dividirmos. O cinema tinha cheiro de mofo e estava praticamente vazio, o que era perfeito, considerando que eu não queria encontrar ninguém. Apesar de os assentos estarem grudentos, isso era tudo de que eu precisava.

O filme era francês e legendado.

A fotografia era fascinante, e a trama era mais séria do que as das comédias a que eu costumava assistir. Mas era perfeito. Perfeito não só pelo que era exibido na tela, mas por quem estava ao meu lado. Deitei a cabeça no ombro de Justin e agradeci a Deus por ter um amigo que sempre sabia exatamente do que eu precisava. Também havia alguma coisa estranha em mim, alguma coisa que eu não conseguia identificar, uma sensação persistente que se identificaria sozinha em algum tempo e que chegaria ao seu ponto máximo pouco antes de eu fugir de tudo.

Aquele não foi o último filme independente que Justin e eu vimos juntos no pequeno cinema de paredes vermelhas. O lugar tornou-se nosso refúgio durante os dois anos seguintes. Filmes indie se tornaram nosso vício. Ir lá não tinha a ver com ser visto no cinema nem com encontrar gente do colégio. Aquele cinema era um lugar para onde nós dois podíamos fugir da realidade sem sermos vistos, um lugar onde podíamos estar juntos e nos perder em um mundo diferente ao mesmo tempo.

Na tarde seguinte, ouvi da minha janela quando Justin estava sentado na escada da casa da minha avó, tocando uma canção nova que eu nunca tinha ouvido antes. Parecia com "I touch myself", do Divinyls, mas ele havia mudado a letra para "I stab myself". Eu me esfaqueio.

Como não amar aquele garoto?

4

Duas semanas se passaram, e as coisas não haviam melhorado entre mim e Justin. Em vez de me provocar, ele se contentou em me ignorar completamente.

A casa tinha quatro quartos. Como transformei um deles em sala de ginástica, Justin usava o outro como escritório durante o dia. Dava para ouvir sua voz abafada lá dentro durante telefonemas de negócios. Aparentemente, a empresa para a qual Justin trabalhava vendia software de soluções empresariais.

Jade e eu trabalhávamos quase todas as noites no Sandy's, além de algumas tardes ocasionais. Um dia, estávamos no intervalo quando ouvimos Salvatore, o dono do restaurante, comentar que a banda que tocava quase todas as noites havia desistido. O Sandy's era, provavelmente, para quem procurava música ao vivo, o lugar mais popular da ilha. O estabelecimento era mais famoso por isso do que pela comida. A desistência da banda não era boa para os negócios.

Jade falou em voz baixa:

— Acha que Justin toparia tocar aqui?

Eu já me sentia meio enjoada por nada, mas a simples menção ao nome dele fez meu estômago ficar ainda mais revirado.

— Acha que ele ia querer tocar em um lugar como este?

— Bom, ele está acostumado com casas maiores, mas não está fazendo nenhum show. Tirou o verão para dar uma folga na música, mas tenho a sensação de que já se arrependeu. Justin está de mau humor desde que chegamos aqui. Acho que é vontade de voltar a tocar. Pode ser bom para ele voltar ao palco, mas sem muitas pretensões. Não vai haver nenhuma pressão. Ninguém o conhece aqui.

Pensar em ver Justin se apresentar me deu um arrepio. Por um lado, seria incrível. Por outro, eu sabia que seria doloroso ter que aturá-lo no restaurante todas as noites. Era pouco provável que ele concordasse com a ideia, por isso decidi não me torturar enquanto ela não se tornasse realidade.

— Vou falar com Salvatore — anunciou Jade.

Tentei mudar de assunto.

— Acha que você e Justin vão se casar? — Não sei por que fiz essa pergunta. Estava curiosa sobre a seriedade da relação deles, e as palavras simplesmente escaparam.

Jade hesitou.

— Não sei. Eu o amo de verdade. Espero que sim, se a gente puder resolver as nossas diferenças.

— Que tipo de diferenças?

Ela bebeu um gole de água e franziu a testa.

— Justin não quer ter filhos.

— Quê? Ele disse isso?

— Sim. Ele acha que é irresponsabilidade trazer uma criança ao mundo, a menos que você tenha certeza absoluta de suas capacidades como pai ou mãe. Acha que os pais dele não deviam ter embarcado nessa de paternidade e diz que isso não é para ele.

— Fala sério...

— Não me entenda mal. Não quero ter filhos tão cedo. Nesse momento, minha carreira está em primeiro lugar, mas um dia gostaria de ser mãe. Então, se ele realmente não quiser ter filhos, isso pode se tornar um problema.

— É bem provável que ele mude de ideia quando ficar mais velho. Justin ainda é muito jovem.

Jade balançou a cabeça.

— Não sei. A coisa é séria. Ele não transa comigo sem camisinha, apesar de eu tomar anticoncepcional e de sermos monogâmicos. Tem tanto medo que se recusa a correr riscos. Ele é paranoico com isso.

Tentando não pensar nos dois transando, eu simplesmente disse:
— Nossa.

Fiquei triste por saber que Justin se sentia assim por causa dos pais. Eles estavam sempre trabalhando e não davam muita atenção a ele quando éramos crianças. A mãe de Justin sempre viajava a trabalho. Por isso minha avó era tão importante para ele. Na verdade, minha mãe também não deveria ter tido uma filha. Mas saber que ela não havia sido uma boa mãe não me impedia de querer ter filhos um dia.

Jade me olhou com mais atenção.
— Está tudo bem?

Acho que o estresse do reencontro com Justin estava me afetando, afinal. Sentia meus nervos em frangalhos, e tudo isso me deixava enjoada.

— Na verdade, estou meio mal desde cedo. Enjoo e dor de cabeça.
— Por que não vai para casa mais cedo? Eu cubro seu turno e aviso a Janine.
— Tem certeza?
— É claro.
— Fico te devendo essa, então.
— Cedo ou tarde, ficaremos quites. Em algum momento vão me chamar de volta a Nova York.
— Tudo bem. — Levantei e desamarrei o avental preto.

No trajeto de volta para casa, apesar de ter jurado não pensar nisso, não consegui tirar da cabeça Justin e a ideia de Jade de tentar levá-lo para tocar no Sandy's. Fazia anos que eu não o ouvia cantar. Como seria sua voz agora, com a maturidade e anos de prática?

O Range Rover preto de Justin estava estacionado do lado de fora da casa. Ele presumia que Jade e eu estávamos trabalhando. Eu tinha que passar pela cozinha para subir ao quarto e esperava não encontrar Justin sem Jade para servir de escudo.

Entrei e, aliviada, vi que a cozinha estava vazia. Peguei uma garrafa de água e um comprimido para a dor de cabeça e subi a escada na ponta dos pés, tentando evitar que Justin percebesse que eu estava em casa.

O som da respiração pesada no quarto dele me fez parar no alto da escada. Ouvi o ruído dos lençóis. Meu coração disparou. Ele não esperava ninguém em casa tão cedo.

Ai, meu Deus.
Ele estava com alguém.
Merda.
Como tinha coragem de fazer isso com a Jade?

Eu tinha que passar pelo quarto dele para chegar ao meu. Felizmente, o corredor era acarpetado. Fui andando na ponta dos pés até a porta do quarto dele, que estava entreaberta. Fechei os olhos por um instante para me preparar para o que poderia ver quando espiasse lá dentro.

Nada poderia ter me preparado para o que vi.

Não havia nenhuma mulher.

Justin estava de olhos fechados, deitado de costas na cama... sozinho. A calça jeans estava aberta e abaixada até a metade das pernas. A mão esquerda segurava com firmeza seu pênis enorme, e a direita pressionava as bolas.

Santa mãe de...

Engolindo a saliva que inundou minha boca, observei o movimento da mão que o afagava com força em um movimento giratório. Ele estava tão excitado que dava para ouvir o ruído molhado a cada movimento.

Eu sabia que espiá-lo era errado. Na verdade, devia ser a coisa mais baixa que eu já tinha feito. Mas eu não conseguia desviar os olhos. Era impossível. Se esse era o motivo pelo qual eu iria para o inferno, que fosse. Nunca havia testemunhado nada tão intenso, nunca imaginei que ele pudesse sentir tanto prazer sozinho.

Queria ver como isso acabava.

Precisava ver como acabava.

Justin estava boquiaberto, com a ponta da língua deslizando lentamente pelo lábio inferior, como se ele procurasse o gosto de algo ou de alguém.

Queria que fosse eu.

Meu corpo tremia, meu clitóris pulsava. A dor da vontade de estar com ele, de me juntar a ele, era imensa. Completamente fascinada por cada movimento que ele fazia, nem pensava mais se espiá-lo era certo ou errado.
Estava hipnotizada.

Ele agora agarrava o lençol com uma das mãos, enquanto a outra continuava acariciando o pênis. A cada movimento, meus músculos ficavam mais tensos. Estava molhada, perplexa com a completa rendição da minha mente ao corpo.

Os gemidos baixos de prazer que saíam de sua boca só pioravam a situação. Eu não tinha nenhuma dúvida de que isso era a coisa mais erótica que eu já presenciara. Normalmente, eu tinha que fazer um esforço enorme para me masturbar. Precisava do vibrador e de pornografia, e mesmo assim era difícil relaxar o suficiente e gozar. Mas, ali, eu tinha que cruzar as pernas para controlar a urgência que crescia entre elas.

Quando ele lambeu o lábio inferior de novo, minha língua formigou enquanto imaginei como seria sentir aquela boca molhada na minha. Imaginei que era eu no lugar da mão dele. Nunca quis tanto alguém quanto o queria naquele momento.

O cabelo dourado escuro estava despenteado, bagunçado. O ruído da fivela do cinto ficou mais forte quando ele começou a mover o quadril para ir ao encontro da mão, que trabalhava mais depressa para acompanhar o movimento. A intensidade da masturbação me deixou completamente impressionada.

Ele respirava ainda mais ofegante e revirava os olhos. Engoli em seco e vi fascinada os jatos de esperma brotando do pênis como se fosse uma fonte. Os grunhidos de prazer que escapavam de sua boca enquanto Justin gozava eram os sons mais sensuais que eu já havia escutado vindos de um homem.

Meu coração parecia querer sair do peito. Ver tudo aquilo acontecer me fez perder a noção de realidade. Era como se eu vivesse cada momento, cada sensação com ele, com a diferença de não poder gozar. E tinha a impressão de que havia perdido a razão em algum momento do processo. Essa era a única explicação possível para meu corpo me trair deixando escapar um suspiro involuntário. Um *gemido*? Eu não sabia nem poderia descrever que som eu produzi, mas sei que chamou a atenção de Justin. Ele virou a cabeça, e seus olhos chocados encontraram os meus por um breve segundo antes de eu descer a escada correndo.

Humilhada.

Envergonhada.

Era como se meu coração batesse na boca. Saí pela porta da frente e corri sem rumo pela praia. Em um momento, mais ou menos um quilômetro depois, tive que parar para respirar, embora quisesse continuar fugindo. Fiquei tão fascinada com Justin que esqueci o enjoo que estava sentindo naquela tarde. Ele voltou com força, e eu cambaleei até a linha da água e vomitei no mar.

Caí na areia e devo ter ficado lá sentada por mais de uma hora. O sol começava a baixar, e a maré subia. Era como se tudo me cercasse, me sufocasse. Sabia que não podia evitar a volta para casa para sempre.

E se ele contasse a Jade o que eu havia feito?

Ou se contasse que eu o espiara?

Ai, Deus.

Ele ia me torturar por isso.

Que desculpa eu poderia dar a ele para ter me escondido atrás da porta de seu quarto, assistindo a sua ejaculação como se fossem fogos de artifício no 4 de Julho?

Decidi que precisava voltar antes da Jade. Talvez conseguisse convencê-lo a não falar nada. Limpei a areia das coxas e caminhei de volta para casa.

Meu coração quase parou quando o encontrei na cozinha, bebendo direto do gargalo da embalagem de suco de laranja. Fiquei imóvel atrás dele em silêncio, vendo-o guardar a embalagem.

Justin virou-se e, enfim, me viu ali parada. O cabelo molhado parecia castanho em vez de loiro. Ele devia ter tomado banho para lavar o constrangimento do nosso encontro. Dolorosamente bonito em uma camiseta marrom e amassada que cobria seu peito como uma luva, ele me olhou de cima a baixo.

Lá vem.

Eu me preparei para a humilhação. Meu coração batia acelerado enquanto ele continuava me olhando sem dizer nada. Justin se aproximou de mim com passos lentos, e todos os músculos do meu corpo ficaram tensos. O confronto era inevitável.

Merda.

Justin parou bem perto de mim. Seu cheiro era muito bom, uma mistura de sabonete e perfume. Dava para sentir o calor de seu corpo, e meus joelhos começaram a bambear. Ele olhou no fundo dos meus olhos. Não era um olhar furioso, tampouco era feliz ou jocoso.

Depois de vários segundos de silêncio, ele respirou fundo e disse:

— Você está cheirando a vômito.

Abri a boca para responder, mas ele virou e se dirigiu à escada, onde desapareceu.

Era isso?

Eu cheirava a vômito?

Ele ia deixar tudo por isso mesmo? Ou só estava guardando o melhor para mais tarde, quando Jade voltasse para casa? Apesar da ansiedade, eu teria que esperar para descobrir.

O Sandy's sentiu o impacto da perda de The Ruckus, a banda principal da casa. Salvatore conseguira substituí-los por talentos locais medíocres, mas as pessoas notaram a diferença. O lugar esvaziava muito mais cedo que de costume, e não recebíamos tantos clientes.

Jade tinha falado com Justin sobre tocar na casa em algumas noites, mas, até onde eu sabia, ele não estava interessado. Portanto, dá para imaginar minha surpresa quando ele apareceu no restaurante no começo de uma noite de sexta-feira com o violão a tiracolo.

Não percebi que era ele logo de cara, só quando olhou para mim. Meu estômago reagiu assim que o vi parado perto da porta, como se não soubesse para onde ir. Como estava frio demais para a estação, ele usava um moletom azul-marinho e um gorro. Caramba, como Justin ficava sexy com aquela touca. Parecia realçar seus olhos. Na verdade, ele ficava sexy com qualquer roupa, mas hoje estava particularmente atraente, porque não fazia a barba havia dias.

Considerando como Justin me tratava, a atração física que eu sentia por ele nunca deixava de me surpreender. Acho que era mais fácil me concentrar no físico. Seu exterior, muito diferente do que eu lembrava, ajudava a me distrair do que eu sabia que existia dentro dele. A verdade era que, por mais que o desejasse fisicamente, ainda não dava para comparar esse desejo com a saudade que eu tinha do meu velho amigo. Em algum lugar escondido sob os músculos e a beleza, eu sabia que ele ainda estava lá, e isso me frustrava.

Até onde eu sabia, Justin não havia contado nada a Jade sobre aquele incidente constrangedor, tampouco me torturou por isso. Não sei por que ele decidiu deixar isso passar, mas minha gratidão seria eterna.

Jade tinha sido chamada para um teste naquela manhã, e pensei que ele a tivesse acompanhado.

Parei de limpar a mesa e me aproximei dele.

— O que você está fazendo aqui?

Ele levantou o violão.

— O que parece que vim fazer?

— Pensei que tivesse ido para Nova York com a Jade.

— Ela não vai demorar para voltar. E já tinha me comprometido com esse... *show* — concluiu, quase sarcástico.

— Pensei que era contra tocar aqui. Ouvi quando disse a Jade que preferia se apresentar em uma penitenciária a um restaurante caído de praia.

— É. Bom, parece que ela mostrou algumas gravações das minhas apresentações para o chefe, e ele me fez uma proposta irrecusável.

— Por quanto tempo vai tocar aqui?

— Não sei. Algumas semanas. Até irmos embora.

— Não vai ficar até o fim do verão?

— Não. Nunca tive essa intenção.

A decepção foi imediata. Eu devia estar feliz por ele ir embora logo, mas a notícia provocou o efeito contrário.

— Nossa, tudo bem. Bom, quer que eu mostre o lugar?

— Não precisa — respondeu ele, antes de se afastar de mim a caminho do fundo do restaurante.

Justin desapareceu por pelo menos uma hora. Ele se apresentaria às oito em ponto, e ainda faltavam vinte minutos para a hora do show.

A curiosidade me venceu e fui procurá-lo. A porta de uma das salas do fundo estava encostada, e eu o vi beber uma cerveja no gargalo, aparentemente estressado. Justin ficava nervoso antes de tocar? Apesar de considerar a apresentação no Sandy's uma piada, ainda assim seria uma aparição pública.

Justin olhou para o lado e me viu. Fixamos nossos olhares um no outro. Era irônico, mas os únicos momentos em que eu conseguia sentir o que restava da nossa antiga conexão eram os de contato visual silencioso. Momentos de silêncio podiam ser os mais eloquentes.

Eu o deixei sozinho de novo e voltei ao salão para atender aos clientes que estava ignorando.

O movimento começou a aumentar. Sem Jade, estávamos com poucos funcionários, e eu tinha dificuldades para atender a todos os pedidos. Havia mesas do lado de dentro e fora. Normalmente, eu trabalhava em uma área só, mas nesse dia tinha que me dividir entre as duas.

O clima esquentou um pouco, o que significava que Justin se apresentaria ao ar livre. Eu olhava para o pequeno palco a todo momento para ver se ele estava lá. Passava das oito, e ele ainda não havia aparecido.

Perto das oito e meia, quando eu servia uma mesa de dez pessoas, ouvi o som de uma voz profunda que eu não conhecia. Ele não se identificou. Não deu nenhum sinal ou aviso. Só começou a cantar e tocar o violão. A canção que Justin escolheu para abrir o show foi um cover de "Ain't no sunshine", de Bill Withers.

O salão ficou em silêncio, e todos os olhares se voltaram para o impressionante espécime loiro sob o holofote. Apesar de eu carregar uma grande bandeja de pratos sujos, não conseguia me mover. A vibração de sua voz grossa e rouca me paralisou completamente, penetrou meu corpo e minha alma.

Além da lágrima solitária que havia caído na noite em que ele perdeu a cabeça comigo durante o jantar, eu não havia chorado até então. Era demais. Ouvir sua voz tão diferente, a voz que ele havia aperfeiçoado durante anos, despertou toda a saudade que eu sentia dele. Todas as horas de exercícios que deviam ter sido empenhadas no aprimoramento daquela bela voz, e eu não estava lá para ver. A culpa, as emoções, a realidade de uma década passada... tudo começou a me atacar ao mesmo tempo. Sem falar na canção sobre uma garota que ia embora. Provavelmente, não tinha nada a ver comigo, mas eu sentia que tinha.

É preciso ter muito talento para fazer uma apresentação solo acústica. Todos os olhos estão em você, em mais nada. Não há distrações para desviar a atenção de uma voz que desafina ou de outra falha qualquer. Justin cantava de forma impecável. A vibração de sua voz era como uma massagem profunda em todo o meu ser. Meu coração se encheu de orgulho. Ele gostando ou não, eu me orgulhava muito do que via.

Ao mesmo tempo, senti uma onda de excitação e inquietação, como uma adolescente que assiste ao show de uma *boy band*. A adrenalina me inundava. Parte de mim queria gritar "esse é meu Justin! Conheço o cara faz tempo", e outra parte só queria subir no palco e abraçá-lo.

O jeito como os dedos tocavam as cordas e as comandavam sem esforço quase competia com a sensualidade da voz. Mulheres começavam a se levantar das mesas e a jogar dinheiro no palco, aos pés dele.

Meu Deus.

Elas imaginavam que Justin ia começar a tirar a roupa ou algo assim, se jogassem dinheiro suficiente? Nunca tinha visto ninguém jogar dinheiro durante as apresentações desse jeito. E, sem dúvida, nunca haviam feito isso durante um show de The Ruckus. Acho que esse era o tipo de efeito que Justin tinha sobre as mulheres.

Na terceira música, eu precisava de um descanso. Fui ao banheiro e lavei o rosto com água antes de voltar ao salão, onde ele finalmente falava ao microfone com uma voz baixa e sensual.

— Sou Justin Banks, de Nova York. Estarei aqui nas próximas semanas. Obrigado por terem vindo.

Aplausos e alguns assobios. Prestar atenção em Justin havia desviado meu foco dos clientes. Alguns acenavam para mim, então fui anotar os pedidos e providenciar as bebidas no bar.

Justin bebeu um gole de cerveja e voltou a falar no microfone.

— A próxima canção é de minha autoria, e eu a compus recentemente. Espero que gostem. — Ele tocou um acorde no violão e anunciou: — O nome da canção é "Ela gosta de olhar".
Parei ao ouvir o nome da música e levei alguns segundos para registrar a informação.
— Dedico essa música a todos os *voyeurs* que estão por aí. Vocês sabem quem são.
A retaliação que eu havia imaginado que aconteceria foi só adiada e agora aconteceria em toda a sua glória. Eu me recusava a olhar para o palco. O garçom deixou os copos em cima do balcão, e eu forcei minhas pernas trêmulas a se moverem para entregá-los aos clientes antes do começo da canção.

Ela finge ser uma boa moça,
Quieta e refinada.
Mas papai sempre disse,
Essas são as mais complicadas.
E acontece que ele tinha razão.
Como descobri outra noite...

Ela gosta de olhar.
Hum hum... ela gosta de olhar.
Você acha que está sozinho,
Até ouvir o gemidinho.
Ela gosta de olhar.
Hum hum... ela gosta de olhar.

Ela vai pegar você sem roupa e exposto,
Quando você achar que a porta está fechada.
É uma princesa e uma voyeur,
A curiosidade vai acabar com ela.
Talvez terapia resolva.
Não é tarde para você, Amélia.
Ela gosta de olhar.

Hum, hum... ela gosta de olhar.
E minha amiga pervertida
Faz questão de ficar até o fim.
Ela gosta de olhar.
Hum hum... ela gosta de olhar.

Quando a música acabou, a plateia enlouqueceu. Aparentemente, eles adoraram a ideia por trás da canção. Ele precisava mesmo incluir meu nome? Eu me sentia incrivelmente envergonhada, em parte, mas tinha que admitir que também estava... aliviada. Escrever uma canção para mim foi um lembrete de como as coisas eram antes.

Quando enfim encontrei coragem para olhar para Justin, ele sorriu de um jeito malicioso antes de começar a próxima música. Olhei para a expressão em seu rosto e tive certeza de que ele sabia que havia conseguido me deixar constrangida.

Boa jogada.

Naquela noite, Justin foi para o quarto dele sem me dirigir a palavra. Era um pouco estranho saber que estávamos sozinhos pela primeira vez, sem Jade. Mas o sentimento durou pouco.

Às onze horas da manhã seguinte, eu ainda estava na cama quando ouvi a porta da frente se abrir. Ouvi as vozes abafadas de Jade e Justin conversando no quarto. Ela devia ter saído da cidade bem cedo.

Por mais que gostasse de Jade, tinha alguma coisa de inquietante em sua volta. Havia sempre um ciúme latente que eu não conseguia evitar. Quando a cama começou a ranger, meu estômago protestou.

Droga.

Menos de três minutos depois de entrar em casa, e ela já atacava. Não podia culpá-la por isso, mas não queria ouvir. Cobri a cabeça com o travesseiro, fechei os olhos e lembrei a mim mesma que os dois iriam embora em algumas semanas.

Três semanas.

Por volta do meio-dia, pus um vestido fresco e desci para me juntar a Justin e Jade. O sol que entrava na cozinha era ofuscante.

Justin sorriu e levantou a jarra da cafeteira.

— Café?

Respondi com um sorriso exagerado.

— Sabe de uma coisa? Aceito, sim. Adoraria tomar seu café.

Decidida a manter a farsa de amar o café que ele fazia, não recuei. Infelizmente, meu corpo estava se acostumando com o nível altíssimo de cafeína. Na única manhã em que não bebi aquela coisa, o café normal não deu o mesmo resultado. Eu estava viciada na fusão de cafés do Justin, e isso era horrível.

— E aí, como foi ontem à noite no Sandy's? Meu gato arrasou?

— Ele foi incrível. Todo mundo adorou.

Justin olhou para mim por um momento. Eu queria que ele soubesse que o comentário era sincero.

— Foi legal. Vai servir para passar o tempo enquanto eu estiver aqui.

— O que você tocou?

— Lancei uma música nova.

Engoli em seco.

— Aquela que você tocou para mim outro dia?

— Não. Outra.

Pensei que Justin havia decidido tocar "Ela gosta de olhar" na noite anterior só porque Jade não estava lá. Ainda me intrigava o fato de ele ter mantido o incidente em segredo, quando podia simplesmente ter contado a ela e me matado de vergonha.

Ele sorriu para mim.

— Quer mais café, Amélia?

Sorri novamente.

— Vou aceitar. Estou gostando disso de verdade. Surpreendente.

— Bom, eu sei que você adora surpresas.

Revirei os olhos. Felizmente, Jade não tinha como saber a que ele se referia.

Justin me servindo café se tornou uma piada. Ele achava que eu bebia aquela lama para irritá-lo, mas não tinha percebido que eu estava me viciando no café e queria mesmo a bebida. Essa troca matinal era a única oportunidade para me comunicar normalmente com ele, e eu aproveitava.

Jade passou a mão no cabelo bagunçado de Justin.

— Eu vi o comentário da Olivia no seu post de ontem à noite no Instagram.

Aparentemente incomodado, ele afastou a mão de Jade.

— Jade... não.

— Quem é Olivia? — perguntei.

— A ex do Justin. Ela trabalha com música e é muito irritante. Comenta em tudo, mesmo sabendo que ele tem namorada. Desrespeitoso demais.

— Não posso proibir ninguém de comentar minhas postagens — resmungou ele.

Eu tinha certeza de que havia muitas ex-namoradas.

Olivia.

Hum.

Agora eu sentia ciúme de mais outra pessoa, quando não tinha direito de sentir ciúme de ninguém. Isso era patético. O ciúme que eu tinha de Justin não era nenhuma novidade.

A incapacidade de lidar com esse sentimento foi um fator de grande importância na minha decisão de ir embora e mudar o curso da nossa vida.

DEZ ANOS ANTES

— *Não gosto quando eles começam com essas brincadeiras.*

Justin cochichou no meu ouvido:

— *Não temos que ficar aqui se você não quiser, Tapa-Olho.* — *Seu hálito quente provocou um arrepio que subiu por minhas costas.*

— *Tudo bem* — *respondi.*

— *Tem certeza?*

— *Tenho.*

Um pessoal do colégio estava reunido no porão da casa de Brian Bosley. De vez em quando, Brian sugeria que todo mundo brincasse de Verdade ou Garrafa. Era uma combinação de Verdade ou Desafio e Gira a Garrafa. Brian escolhia as "vítimas", como as chamava. Ele fazia uma pergunta e, se a pessoa se recusasse a responder, Brian girava a garrafa verde de Heineken. A vítima tinha que beijar a pessoa para quem a garrafa apontasse ao parar. O beijo tinha que durar no mínimo um minuto. Essa era a regra.

Era divertido de ver, desde que nenhum de nós fosse convocado. Parte do pacote de ser convidado para o porão do Brian era entrar nas brincadeiras que ele inventava. Por alguma razão, Justin e eu nunca fomos escolhidos para participar nas duas vezes que estivemos ali.

— Banks.

Meu coração parou quando ouvi o nome dele.

— Quê?

— Sua vez.

— Merda — resmungou Justin.

Ele olhou para mim com ar preocupado antes de Brian fazer a pergunta.

— Vamos lá. Você quer ou não quer transar com a Amélia?

Meu melhor amigo ficou vermelho. Acho que nunca o vira daquela cor antes. Meu coração disparou. Não dava para acreditar que Brian havia feito essa pergunta, e eu tinha muito medo da resposta, qualquer que fosse.

Ele balançou a cabeça.

— Passo.

— Tudo bem. — Brian abaixou para girar a garrafa. O vidro fazia barulho no piso laminado do porão, rodando até parar.

— Ah! Sua nem tão sortuda vítima é... Sophie!

Justin olhou para mim. A preocupação em seus olhos era tangível, mas ele sabia que teria que cumprir o desafio.

— Um minuto — lembrou Brian.

Sophie, que estava sentada no chão, foi se aproximando dele. Arrasada, vi Justin colar os lábios nos dela. Sophie abriu a boca e pôs as mãos atrás da cabeça dele, puxando-o para mais perto e quase engolindo seu rosto. Eu sempre soube que ela gostava dele.

Era como se meu coração se partisse lentamente a cada segundo que passava. Foi o minuto mais longo da minha vida. E foi a primeira vez que o monstro do ciúme mostrou sua cara feia com aquela intensidade. Também foi a primeira vez que entendi a força do que sentia por ele.

Quando o minuto acabou, Justin limpou a boca com o dorso da mão e voltou para perto de mim. Eu nem conseguia olhar para ele. Sabia que não devia estar brava, mas meus sentimentos estavam fora de controle.

— Tudo bem? — perguntou ele.

Continuei olhando para os meus sapatos.

— Vamos embora.

Ele me seguiu.

— Tapa-Olho, é só um jogo.

— Não quero falar sobre isso.

Começamos a quieta e desconfortável caminhada para casa. Parei de repente no meio da calçada e olhei para ele.

— Por que você não respondeu à pergunta?

Justin olhou para mim por um longo instante antes de admitir:

— Não sabia o que dizer.

— Como assim?

— Se eu dissesse não, você ficaria magoada. Se dissesse sim... as coisas ficariam estranhas entre nós. E não quero isso. Nunca.

— Ela foi seu primeiro beijo?

Justin hesitou, olhou para o céu escuro, depois murmurou:

— Não.

Balancei a cabeça e comecei a andar na frente dele. Era como se não o conhecesse mais.

— Tapa, para. Não faz isso.

As lágrimas começaram a escorrer. Eu estava chorando e não conseguia nem saber exatamente por quê. Essa foi a primeira vez que percebi que estava apaixonada por ele. Eu amava Justin. Mais que a um amigo, mais que tudo. E estava furiosa comigo mesma.

Meu maior medo era perdê-lo. E eu entendi que isso algum dia ia acontecer.

Talvez já estivesse acontecendo.

5

Uma semana depois, Justin havia se tornado praticamente um astro da noite de Newport. A clientela do Sandy's tinha quase dobrado em relação ao que era antes de ele se tornar a atração musical noturna. É claro, os clientes mais recentes eram principalmente mulheres jovens que haviam ouvido falar do novo músico da casa.

Certo dia, num fim de tarde, Jade e eu saíamos para trabalhar, quando o celular dela tocou.

— Merda. Espera um minuto, é meu agente.

Esperei na porta enquanto ela atendia à ligação.

Depois de alguns segundos, notei que suas mãos começaram a tremer.

— Mentira. Você está brincando comigo! — Jade cobriu a boca e começou a pular sem sair do lugar. — Ai, Meu Deus! Ai, meu Deus! Sim, é claro que posso — gritou, eufórica. — Obrigada, Andy. Obrigada por ter me avisado! Ai, meu Deus! E agora? Tudo bem. Tudo bem. Eu ligo para você à noite — concluiu ela, antes de desligar.

— O que aconteceu?

Jade gritou de alegria e me abraçou, apertando os ossos do corpo magro contra meu colo farto.

— Fui escalada como suplente para um papel importante em *The phenomenals...* na Broadway! Foi uma das duas audições que fiz na semana passada. Nem tinha muita esperança, achei que seria bem difícil. Meu agente não ia nem me avisar dessa oportunidade! — ela gritou de novo, e Justin apareceu na escada.

— Que diabo está acontecendo aqui?

Jade correu e se jogou nos braços do namorado.

— Gato, fui escalada como suplente para o papel de Veronica em *The phenomenals*!

— Sério? Puta merda! Isso é incrível! — Ele a tirou do chão e a girou no ar.

Constrangida e deslocada, pigarreei e disse:

— Parabéns, Jade. Estou muito feliz por você!

Justin finalmente a pôs no chão.

— Quando isso começa a acontecer de verdade?

— Eles querem que eu me apresente em Nova York em dois dias.

Ele perdeu um pouco do entusiasmo.

— Ah, merda. Bom... hum... Queria não ter me comprometido com as apresentações no Sandy's. Eu poderia ir com você.

— Tudo bem. São só mais duas semanas no Sandy's. Vai passar rápido.

— É.

Jade sorriu.

— Não maltrate a Amélia.

Desde que Jade foi embora, Justin passou a se esforçar para ficar no quarto durante o dia e também me ignorava no restaurante. Ele nunca mais tocou "Ela gosta de olhar".

Além da minha presença intencional na cozinha quando eu sabia que ele estava fazendo café, não havia outra interação. Era como se a partida de Jade aumentasse ainda mais a distância entre nós. A situação continuou inalterada por alguns dias, até que, uma tarde, tudo mudou.

Eu havia acabado de chegar em casa depois de ter feito o horário da tarde no Sandy's, quando ouvi um barulho esquisito no andar de cima. Sem pensar em nada, subi a escada correndo e encontrei Justin ajoelhado no chão, com o rosto quase dentro do vaso sanitário.

— Meu Deus, você está vomitando?
— Não. Estou fazendo um boquete na privada. O que você acha?
— Comeu alguma coisa estragada?

Ele balançou a cabeça antes de vomitar novamente. Virei para o lado e fechei os olhos até ele terminar.

— Precisa de alguma...
— Sai daqui, Amélia. — Ele deu a descarga.

Tem alguma coisa em uma pessoa vomitando e indefesa que faz a gente notar a criança que há nela. Apesar de Justin tentar bancar o durão, ele parecia vulnerável naquele momento.

— Tem certeza de que não quer...
— Sai!

Meu corpo tremeu com o grito.

Quando ele vomitou de novo, eu relutantemente voltei para o andar de baixo.

Depois de vários minutos, ouvi Justin voltar ao quarto. Fiquei lá embaixo por cerca de uma hora. Estava tudo muito quieto, e isso era incomum. Em um dia normal, ele estaria se movendo pelo quarto, por isso imaginei que havia dormido ou estava deitado. Sendo paranoica como era, comecei a pensar que ele podia ter desmaiado por causa da desidratação. Justin não havia descido para beber água. Considerando o quanto havia vomitado, isso podia ser perigoso.

Respirei fundo e subi a escada. Bati na porta com delicadeza e não esperei autorização para entrar.

— Justin?

Ele estava deitado de lado, com a cabeça sobre o travesseiro e os olhos abertos. Olhava para mim, mas os olhos estavam absortos.

— Tudo bem?
— Não.

Sem pedir permissão, me aproximei e toquei sua testa. Senti que estava quente.

— Você está com febre. Precisamos medir sua temperatura.

Corri até o banheiro e revirei o armário dos remédios procurando um termômetro, depois voltei correndo ao quarto.

— Põe na boca.

Ele riu.

— Normalmente essa fala é minha.

Revirei os olhos e insisti:

— Vai logo. — Eu estava ligeiramente aliviada por ele brincar comigo.

Para minha surpresa, Justin não protestou por eu insistir em medir sua temperatura. Quando o termômetro apitou, a leitura comprovou que a febre era alta.

— Ah, trinta e nove graus. Você tem que tocar hoje?

— Aham — resmungou ele.

— Vou telefonar para o Salvatore e avisar que você não vai.

— Não. Vamos esperar, daqui a uma hora eu posso estar melhor.

— Você não vai conseguir se apresentar nesse estado.

— Eu ligo para ele daqui a uma hora.

O celular de Justin vibrou, e ele o pegou para ver quem era antes de deixá-lo novamente sobre o criado-mudo.

— Era a Jade?

— Era.

— Ela sabe que você está doente?

— Sim.

— Ela vai ensaiar hoje à noite?

— Não.

— Ela vem para cá?

— Não. Por que ela viria até aqui só porque estou com febre?

Não respondi. Só sabia que ia querer ficar ao lado do meu namorado se ele estivesse doente. Talvez Justin houvesse diminuído a gravidade do que sentia.

— Quer alguma coisa?

— Nada. Só privacidade. Já vai ajudar muito.

— Vou buscar uma bebida. Não ligo para o que você vai dizer. Vai acabar desidratado desse jeito.

— Se vai mesmo brincar de enfermeira, traz uma bebida forte — gritou Justin quando saí.

Fui à cozinha e voltei com uma garrafa de água e uma toalhinha. Dei a ele a garrafa e dois comprimidos de paracetamol, depois disse:

— Beba.

Justin engoliu os comprimidos e bebeu um pouco de água antes de olhar para a toalha.

— O que vai fazer com isso?

— Compressa fria. — Pus a toalha molhada sobre sua testa. — Vai ajudar a baixar a febre.

Justin afastou minha mão.

— Eu sei me cuidar, Amélia.

Ignorando o comentário, respondi:

— Vou ligar para o Salvatore. Durma um pouco.

Depois de um tempo, Justin vomitou novamente, então se deitou para dormir. Eu havia deixado mais água no quarto, mas temia que ele não bebesse o suficiente. Por isso decidi fazer outra vistoria antes de dormir.

Encontrei Justin sentado na cama e muito pálido.

— Como está se sentindo?

— Uma merda.

— Melhor medir a febre de novo.

Quando olhei para o termômetro, meu coração quase parou.

— Ai, meu Deus, quarenta graus. Justin, isso é perigoso. Você precisa ir ao pronto-socorro.

— Não vou para o hospital.

— O assunto não está em discussão. — Peguei o telefone para pesquisar na internet sobre febre em adultos. — Aqui diz que febre de quarenta graus pode ser letal. A pessoa pode ter danos no cérebro.

— Isso é meio extremo, não acha?

— Não me interessa se é extremo. Você precisa ir ao hospital.

— Não vou.

— Então vou ficar aqui a noite inteira, até você decidir ir.

— Tenho horror a pronto-socorro.

— Prefere morrer?

— Hum. É isso ou ficar preso aqui com você gritando na minha orelha.

— Quanta gentileza.

— Por que está se metendo nisso, Amélia?

— Não me interessa o que sente por mim, entendeu? Eu me preocupo com você. Sempre me preocupei, sempre vou me preocupar e não vou deixar nada acontecer com você.

Depois de uma longa pausa, ele fechou os olhos e soltou um longo suspiro.

— Tá bom, eu vou pra merda do hospital.

— Obrigada.

Justin tremia no trajeto até o Newport Hospital. Antes de sairmos de casa, mandei uma mensagem de texto para Jade e prometi mantê-la informada ao longo da noite.

Quando chegamos, tivemos a sorte de encontrar o pronto-socorro bem tranquilo. Justin foi levado imediatamente para uma das salas de atendimento. Ninguém protestou quando o acompanhei. Nem mesmo Justin.

O médico colocou a agulha em sua veia para administrar antitérmico e analgésico. Durante a hora seguinte, ele também pediu vários exames de sangue.

Um novo médico que assumia o plantão entrou na sala.

— Como se sente, senhor Banks?

— Péssimo. — Justin apertou os olhos para ler a identificação no crachá. — Esse é seu nome verdadeiro? Dr. Danger?

O médico revirou os olhos.

— Pronuncia-se Danguer. — Já sabe o que houve com ele, doutor?

Ele estendeu a mão.

— Pode me chamar de Will.

Eu a apertei.

— Amélia.

Ele sorriu, dando à apresentação um quê de flerte.

— Bom, parece que há uma combinação de fatores. Uma infecção bacteriana não identificada que causou febre alta e vômito e a consequente desidratação. Já excluímos hipóteses mais graves. — Ele olhou para Justin. — Ainda bem que sua namorada trouxe você para cá. Febre alta como a sua pode ser perigosa em adultos.

Justin olhou para mim por um instante, antes de encarar o dr. Danger novamente.

— Vai demorar para melhorar?

— Alguns dias, provavelmente, mas queremos que passe a noite aqui em observação por causa da febre alta e para repor líquido e vitaminas.

— Vou ter que dormir aqui?

— Sim, mas vamos levá-lo para um quarto mais confortável.

— Posso me negar a ficar?

— Lamento, mas não. Tenho certeza de que sua namorada vai ficar com você.

— Não sou a namorada dele — esclareci. — Ela está em Nova York.

— Irmã?

— Não. Somos só... — Hesitei. *O que éramos?* — Fomos amigos havia muitos anos. Agora dividimos uma casa herdada.

O dr. Danger parecia bem confuso.

— Não namoram, então?

— Não — Justin confirmou depressa.

— Não — repeti.

— Mora por aqui, Amélia?

— Sim, há dez minutos do hospital.

— Acabei de me mudar para cá, vim da Pensilvânia. Não quer me mostrar a ilha uma hora dessas?

Ele me pegou de surpresa. Dr. Danger, Will, era um homem bem atraente com seu estilo engomadinho e meio careta. E era suficientemente bonito com aquele cabelo escuro e os grandes olhos castanhos. Não dava para dizer que meu corpo reagia como respondia a Justin, de jeito nenhum. Mas talvez fosse bom aceitar o convite.

— É claro. Seria ótimo.

— Que bom. — Ele tirou o celular do bolso do jaleco branco. — Pode me dar o seu número? Vou salvar aqui.

Justin parecia incomodado enquanto eu recitava meu número.

— A enfermeira vai voltar para dar uma olhada nele daqui a pouco. Eu ligo para você. — Ele piscou.

— Ok. — Sorri com um aceno rápido.

Assim que Will saiu da sala, Justin olhou para mim e bufou.

— Que otário.

— Otário? Por quê? Você acha que só um otário pode se interessar por mim?

— Que tipo de médico dá em cima da amiga de um paciente durante o plantão?

— Ah, agora somos amigos?

Justin ignorou a pergunta e acrescentou:

— Sério, isso foi ridículo. O cara é fraco e sem graça.

— Ah, mas eu gosto de caras sem graça, principalmente se for um médico bonitão. E prefiro gente sem graça a gente maldosa.

— Você que sabe.

Uma enfermeira entrou na sala para avisar que o quarto estava pronto. Ela nos levou até o elevador e ao segundo andar, onde Justin foi acomodado em uma suíte para passar a noite em observação. Ainda com o soro fincado no braço, ele finalmente pegou no sono. Pouco depois, eu também dormi, na caminha de acompanhante.

Quando a manhã surgia, acordei e me surpreendi como Justin ainda era bonito, mesmo doente, com o cabelo bagunçado e a barba por fazer. De repente, ele abriu os olhos. Quando me viu deitada na cama estreita ao lado da dele, reagiu surpreso.

— Pensei que tivesse ido para casa.

— Não. Não dava para deixar você aqui sozinho.

— Não precisava.

— Foi melhor assim, eu teria ficado preocupada.

Ele não respondeu, mas a expressão em seu rosto se suavizou.

A enfermeira entrou e verificou o pulso e a temperatura.

— A febre persiste, mas a temperatura abaixou e o organismo está respondendo ao medicamento. Vou falar com o médico de plantão para cuidar da sua alta.

— Graças a Deus — resmungou Justin.

Quando voltamos para casa, Justin se acomodou em sua cama. Felizmente, ele não vomitava mais, embora ainda tivesse febre. Jade mandava mensagens de vez em quando, e eu a mantinha atualizada.

A enfermeira havia dito que era importante ele se alimentar e se hidratar, por isso fiz canja de galinha e levei para ele no quarto. Justin estava dormindo, e eu não queria acordá-lo. Achei melhor levar a sopa de volta à cozinha e esperar até ele acordar. Mas ele deve ter ouvido o ruído da colher sobre o prato, porque, estava me aproximei da porta, sua voz me deteve.

— O que está fazendo?

— Fiz canja. A enfermeira disse que você precisa comer.

Voltei para perto da cama e ofereci a tigela. Justin sentou-se apoiado à cabeceira e começou a comer devagar. Virei-me para sair, mas ele segurou meu braço.

— Não precisa ir.

— Eu volto para pegar a tigela.

Quando estava chegando perto, parei mais uma vez ao ouvir a voz dele:

— Tapa.

Meu corpo gelou. O velho apelido me pegou de surpresa. Não esperava ouvi-lo novo.

— Vira — pediu ele.

Quando me virei, seu rosto refletia uma sinceridade que eu não testemunhava havia anos.

Justin deixou o prato e a tigela sobre o criado-mudo.

— Obrigado... por tudo. Obrigado por cuidar de mim.

Surpresa e emocionada, acenei com a cabeça uma vez e saí do quarto. Não ia consegui parar de pensar nisso pelo resto da noite.

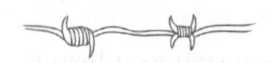

Dois dias depois, a febre de Justin havia finalmente cessado, mas ele ainda não se sentia bem o bastante para tocar no restaurante. Eu estava vendo televisão na sala, quando ele sentou ao meu lado no sofá, apoiou os pés em um pufe e cruzou os braços. Era a primeira vez que ele ficava na sala quando eu estava lá.

Justin havia acabado de tomar banho e cheirava a loção pós-barba. Meu corpo reagiu imediatamente à proximidade daquelas pernas, embora elas não tocassem as minhas.

Queria que ele fosse meu.

De onde saiu esse pensamento?

— Que porcaria é essa que você está vendo?

— Um *reality show*. Pode mudar, se quiser.

— Não. Você estava aqui primeiro.

— É bom saber que está melhor.

— Também acho.

Joguei o controle remoto para ele.

— Sério, escolhe alguma coisa.

Ele devolveu o controle.

— Não. Estou em dívida com você. Você aturou minhas bobagens quando eu estava doente e chorão. O mínimo que posso fazer é ficar aqui sentado e aturar essas mulheres gritando.

— Bom, se quer mesmo agradecer por eu ter cuidado de você, tem outra coisa que pode fazer.

Ele levantou as sobrancelhas.

— Pode dizer...

Meu Deus, só agora percebi como isso pode ter soado.

— Pode conversar comigo.

— Conversar?

— É.

Ele suspirou profundamente.

— Não quero remexer essa história. Nós dois sabemos o que aconteceu. Não vai mudar nada.

Disposta a implorar, olhei nos olhos dele.

— Por favor.

Justin levantou-se de repente.

— Aonde vai?

— Preciso de uma bebida — respondeu, a caminho da cozinha.

— Pode trazer uma para mim também? — berrei. Meu coração começou a bater mais depressa. Isso estava mesmo acontecendo? Ele ia mesmo conversar comigo sobre o que aconteceu ou só me ouviria falar?

Justin voltou com uma cerveja para ele e uma taça de vinho branco para mim. Fiquei surpresa por ele saber exatamente o que eu queria, embora eu não tivesse especificado. Era a prova de que me observava, mesmo fingindo me ignorar.

Justin bebeu um longo gole de cerveja e deixou a garrafa sobre a mesa de centro.

— Temos que estabelecer algumas regras.

— Tudo bem.

— Regra número um: se eu disser que acabou a conversa, acabou a conversa.

— Tudo bem.

— Regra número dois: depois de hoje, nunca mais vamos falar sobre porcarias do passado. É isso. Uma noite, mais nada.

— Tudo bem. Combinado.

Justin pegou a garrafa e bebeu metade do conteúdo e a devolveu à mesa com uma batida seca.

— Muito bem. Manda.

Por onde eu começaria?

Só precisava falar tudo de uma vez.

— Não tem desculpa para o jeito como fui embora. Eu era jovem, idiota e estava com medo. Meu maior medo sempre foi você me magoar, porque você era a única pessoa com quem eu podia contar, além da minha vó. Quando descobri que você sabia o que estava acontecendo e não me contou nada... foi como uma traição. Na época, não percebi que você só estava tentando me proteger.

NOVE ANOS ANTES

Minha mãe havia saído, como de costume, e eu ia ao cinema vermelho com Justin. Nessa semana eles exibiam um filme italiano chamado Si vive solo una volta, *e eu queria ver.*

Como sempre fazia, Justin me encontrou na esquina.

— Temos que correr — disse. — Ou vamos perder a sessão das nove.

— Não estamos atrasados. Relaxa.

Andamos a andar em direção ao ponto de ônibus, e percebi que não tinha pegado o bilhete. Estava no bolso de um moletom que havia ficado na casa do Justin quando fui fazer a lição de casa com ele outro dia.

— Droga. A gente tem que voltar à sua casa. Meu bilhete de ônibus ficou no bolso do moletom que esqueci na sala de jantar.

Ele acenou com desdém.

— Eu pago para você.

— Não, Justin. Isso é bobagem. Ainda temos tempo.

Comecei a ir para a casa dele.

Ele segurou meu braço.

— Para. Eu pago pra você.

— Eu vou lá pegar.

Uma expressão de pânico passou rapidamente por seu rosto.

— Não podemos entrar.

— Por quê?

Como acontecia semana sim, outra não, a mãe dele, Carol, estava fora da cidade em uma viagem de negócios. Eu não entendia por que ele insistia tanto para não entrarmos na casa.

Justin dava a impressão de procurar uma desculpa. Seus olhos se moviam de um lado para o outro, e meu instinto me avisou que havia algo errado ali.

— O que você está escondendo de mim?

— Nada. Só não dá para entrar agora.

— Não entendo. O carro do seu pai está do lado de fora. Ele está em casa. Por que não posso entrar e pegar meu moletom?

— Meu pai vai ficar bravo se souber que estou com você. Eu disse que ia encontrar o Rob.

— Mentira. Seu pai sabe que estamos sempre juntos. Ele nunca reclamou disso.

— Não à noite.

— Você está mentindo.

— Tapa, confia em mim.

De repente, corri para a porta da frente e bati com força. Nada aconteceu durante um minuto, até que Elton Banks abriu a porta.

— Oi. Justin e eu vamos ao cinema, mas preciso do meu bilhete de ônibus. Está no moletom que deixei na sala de jantar. Só preciso entrar para pegar.

O pai de Justin olhou para o filho com ar preocupado. Do outro lado, o rosto de Justin empalideceu.

Quando percebi que o sr. Banks hesitava em me deixar entrar, simplesmente passei por ele.

— Só quero meu moletom.

Assim que entrei, vi meu agasalho sobre o encosto de uma cadeira. E outra coisa chamou minha atenção: o casaco de pele sintética da minha mãe.

O que ela estava fazendo aqui?

Não precisei de muito tempo para deduzir. Subi a escada furiosa, porque sabia exatamente onde a encontraria. Invadi o quarto dos pais de Justin e vi minha mãe se vestindo depressa.

Cobri a boca com a mão, balancei a cabeça incrédula e, correndo, desci a escada e saí pela porta da frente.

Justin correu atrás de mim.

— Tapa, espera! Por favor!

Virei-me e explodi:

— Você sabia disso? Sabia que minha mãe estava lá com seu pai? Há quanto tempo isso está acontecendo?

— Eu não sabia como te contar.

— Não acredito nisso!

— Desculpa, Tapa. Desculpa mesmo.

Corri de volta para minha casa e bati a porta, sem saber o que doía mais: as atitudes de minha mãe ou Justin ter escondido isso de mim.

6

Justin apoiou a cabeça no sofá enquanto eu tentava encontrar as palavras certas. O sofrimento em seus olhos era palpável.

— Errei quando descontei minha raiva em você. Minha mãe era como uma criança irresponsável, era uma pessoa egoísta. Ela teve muitos namorados, vários casos com homens casados. Nunca me surpreendeu o fato de ela ter baixado a esse nível com seu pai. Na época, porém, eu me senti traída por todo mundo, inclusive por você. Mas errei quando te puni pelas atitudes dos dois.

Justin esfregou os olhos e olhou para mim.

— O que você quer saber, Amélia?

— Como tudo começou? Desde quando você sabia?

Ele se virou para mim e apoiou o braço no encosto do sofá.

— Tenho certeza de que foi meu pai quem deu em cima dela. Ele sempre fazia perguntas sobre Patricia antes de acontecer alguma coisa entre os dois.

— Sério?

— O que eu sei hoje, mas não sabia na época, é que meus pais tinham um casamento aberto. Minha mãe fazia muitas "viagens de negócios", se é que você me entende. Mas, naquela época, eu não entendia bem o que acontecia. Um dia, voltei da escola mais cedo e encontrei sua mãe lá com ele. Vi os dois transando.

Estremeci.

— Ai, meus Deus.

Justin pegou a cerveja e bebeu um gole.

— Mais tarde, naquela mesma noite, meu pai sentou-se comigo e me explicou que acreditava que minha mãe também tinha outro relacionamento e que ele e Patricia estavam se encontrando havia pouco tempo. Sua mãe me fez jurar que eu não contaria para você. Disse que você não suportaria, que o relacionamento de vocês já era bem ruim e que você enfrentava muita pressão por motivos que eu desconhecia. Ela conseguiu me convencer de que eu arruinaria sua vida, se contasse. Disse que eu não devia falar nada, se gostasse realmente de você. Eu acreditei no que ela falou.

— Eu nunca escondi nada de você, Justin. Não tinha pressão nenhuma. Foi manipulação, ela inventou tudo isso para esconder de mim o que estava fazendo.

— Eu queria contar, mas, quanto mais o tempo passava, mais difícil era admitir que eu vinha escondendo algo de você. Decidi não falar nada. Minha única intenção foi te proteger.

— Justin, eu...

— Deixa eu terminar — ele me interrompeu.

— Ok.

— Nós dois fomos criados por famílias desarranjadas, mas desde que te conheci meu mundo pareceu um pouco menos despedaçado. Sempre tive a sensação de que era minha obrigação te proteger. E esconder de você o que eles faziam era parte disso. Minha intenção nunca foi mentir para você.

Agora eu entendia.

Eu tinha vergonha de admitir muitas coisas sobre meus sentimentos daquele passado distante, mas não podia esconder mais nada. Ele me deu uma chance para esclarecer tudo. Bebi um grande gole de vinho e me preparei para abrir o jogo.

— Eu fugi porque não consegui lidar com meus sentimentos. Não foi só o fato de você ter escondido tudo isso de mim. Era o que aquilo representava, era saber que haveria outros segredos no futuro. — Fiz uma pausa. *Fala de uma vez.* — Eu estava sentindo outras coisas por você, coisas que iam além da nossa amizade, e descobri que também não sabia lidar com isso. Não sabia como te contar. Tive medo de você se afastar de mim. Era como se estivesse destinada a me magoar, então decidi ir embora antes que isso acontecesse. Foi meu jeito de controlar a situação. Fui precipitada e boba.

Era a primeira vez que eu admitia ter tido algum sentimento por Justin além de amizade.

Ele olhou para mim por um momento, depois disse:

— Por que não falou sobre o que sentia antes do que aconteceu com nossos pais?

— Não imaginei que sentisse o mesmo por mim e não queria que você se assustasse. Não queria te perder.

— Mas aí você fugiu e me perdeu do mesmo jeito. Não faz sentido, percebe?

— Achei que ir embora antes de o pior acontecer seria menos doloroso. Mas o que interessa é que agi como uma menina de quinze anos burra e dominada pelos hormônios. Tomei a decisão errada. Fugir para morar com meu pai foi o pior jeito de lidar com a situação. Depois, quando percebi que havia errado e quis me desculpar no ano seguinte, você não me deu chance. Então, preciso falar agora. Sinto muito se ir embora daquela maneira te magoou de algum jeito.

— Magoou? — Ele deixou escapar uma risadinha ressentida, depois me chocou com o que disse: — Aquilo me *transformou*. Eu amava você, Amélia. Eu estava *apaixonado* por você. — Justin passou a mão na cabeça num gesto de frustração. — Como diabos você não percebeu isso?

As palavras de Justin pareciam cortar meu coração. Não consegui responder. Nunca esperei que ele dissesse algo assim. Sabia que ele gostava de mim, mas nunca soube que me amava como eu o amava.

Ele me amava?

Justin continuou:

— Eu teria morrido por você naquela época. Quando você foi embora, meu mundo acabou. Além da sua avó, você era a única pessoa com quem eu podia contar. Estava sempre ali... até não estar mais. Perder você me ensinou a não contar com mais ninguém além de mim mesmo. Faz parte de quem eu sou hoje, e isso não é necessariamente uma coisa boa.

Doeu muito ouvir Justin dizer tudo isso.

— Sinto muito.

— Não precisa pedir desculpas de novo. Você já pediu.

— Se você não disser que me perdoa, vou continuar pedindo.

Ele suspirou profundamente.

— Já falei, eu superei tudo isso.

Eu não queria que ele superasse. Queria voltar atrás, voltar no tempo e abraçá-lo. Não o soltar nunca mais.

Sofrendo com tudo o que ele havia revelado, enterrei as unhas no encosto do sofá e disse:

— Não quero essa coisa de sermos praticamente estranhos. Você ainda é muito importante para mim. O fato de estar com raiva de mim não muda isso.

— O que você quer de mim?

— Vamos tentar ser amigos de novo. Vamos tentar sentar na mesma sala e conversar, talvez rir um pouco. Essa casa sempre será nossa. Um dia vamos trazer filhos para cá. A gente precisa se dar bem.

— Não vou ter filhos — respondeu ele, enfático.

Eu havia esquecido que Jade me confidenciara que Justin não queria ter filhos.

— Jade me contou.

— Ah, é? Sobre o que mais conversaram? O tamanho do meu pinto? Falou para ela que deu uma boa olhada nele?

Decidi não aceitar a provocação e não desviar do assunto.

— Por que não quer ter filhos, Justin?

— Você, mais do que ninguém, deveria entender que é idiotice trazer uma criança ao mundo sem ter certeza absoluta da sua capacidade como progenitor. Meus pais são um ótimo exemplo de pessoas que não deviam ter procriado.

— Você não é como eles.

— Não, mas sou um produto desarranjado dos erros dos dois e não vou repetir a história.

Deu-me uma imensa tristeza saber que Justin se sentia assim. Lembrar como ele havia sido protetor comigo me dava certeza de que seria um pai incrível. Ele só não percebia. Eu havia prometido que não falaria mais sobre o passado depois desta noite, e isso me causava uma enorme urgência de pôr para fora tudo o que eu sentia.

— Não concordo. Acho que você é uma pessoa muito mais forte por ter sido forçado a amadurecer mais depressa que os outros garotos, que tinham tudo na mão. Você deu a outras pessoas o que não recebeu de seus pais. Jamais vou esquecer como me fazia rir, mesmo quando parecia impossível, como sempre sabia exatamente do que eu precisava, como sempre me protegeu. Essas são as qualidades que fazem de alguém um bom pai. E com ou sem filhos, você é um ser humano incrível. Tem um talento musical fantástico. Fico triste quando penso em tudo o que perdi porque fui burra e medrosa. Sei que nós dois mudamos, mas ainda vejo tudo que há de bom em você, embora se esforce muito para se esconder atrás de uma máscara. — Meus olhos se encheram de lágrimas, e uma escorreu. — Sinto sua falta, Justin. — Era como se tudo transbordasse de mim antes de eu pensar nas consequências de ser tão franca sobre meus sentimentos.

Fiquei surpresa quando Justin estendeu a mão e secou uma lágrima do meu rosto com o polegar, induzindo-me a fechar os olhos. Seu toque era muito bom.

— Acho que conversamos o suficiente por hoje — disse ele.

Concordei movendo a cabeça.

— Tudo bem.

Ele se levantou do sofá e desligou a televisão.

— Vem, vamos respirar um pouco lá fora.

Eu o segui até a porta da frente e a praia. Andamos em silêncio pelo que pareceu uma eternidade. A noite estava quieta, exceto pelo ruído das ondas quebrando. A brisa do mar acalmava e, por incrível que pareça, o silêncio entre nós era como um exercício terapêutico. Era como se eu tivesse me livrado de um peso enorme por ter dito o que eu queria dizer. Embora não houvesse uma conclusão definida para o nosso conflito, nossa conversa não podia ter sido melhor.

O som do celular de Justin interrompeu a quietude da nossa caminhada. Ele atendeu.

— Oi, gata... Tudo bem... Que bom... Uau. Está acontecendo, mesmo. Só caminhando um pouco. — Achei interessante ele não mencionar que estava comigo. — Eu também. Não vejo a hora. Também te amo. Tudo bem, gata.

Justin desligou, e eu olhei para ele.

— Tudo bem com a Jade?

— Tudo. Ela entra em cena amanhã à noite, porque o avô da atriz titular faleceu.

— Uau. Isso é ótimo. Bom, não a morte do avô...

— É. Eu entendi.

Não falamos mais nada até nos aproximarmos de casa. Justin apontou alguma coisa distante.

— Está vendo aquilo?

— O quê?

Quando dei por mim, não estava mais no chão. Justin me carregava nos braços e corria pela praia. Ele ria, o que me fez pensar que não havia nada para ver. Sua intenção era me distrair para me pegar de surpresa.

Babaca.

Justin me jogou totalmente vestida no mar. A água salgada entrou pelo meu nariz e desceu pela garganta. Ele correu imediatamente para a areia, enquanto eu tentava sair da água. Na praia, Justin ainda ria. Ele havia tirado a camisa molhada, e sua calça estava ensopada.

— Está se sentindo melhor agora? — Bufei.

— Um pouco. — Ele riu. — Na verdade... muito.

— Que bom. Fico feliz por você — respondi enquanto torcia o vestido.

Ele se aproximou.

— Eu ajudo. — Justin me surpreendeu novamente quando parou atrás de mim e torceu meu cabelo, tirando o excesso de água. Suas mãos se demoraram por alguns segundos, e meus mamilos reagiram. Virei para me distrair e me deparei com os olhos azuis de Justin mirando os meus. Eles brilhavam refletindo a luz que vinha da casa. Sua beleza era de tirar o fôlego.

Tropeçando um pouco nas palavras, eu disse:

— Ah... obrigada. Bom, eu nem devia agradecer, porque foi você que causou tudo isso.

— Até que demorou. Queria jogar você na água desde o dia em que cheguei aqui.

— Ah, sério?

— Sério. — Ele sorriu malicioso.

— Aliás, por que você ainda está aqui?

— Como assim?

— Podia ter ido encontrar a Jade em Nova York. Sabe disso.

— Está insinuando alguma coisa?

— Não estou insinuando nada, só que está usando as apresentações no Sandy's para justificar sua permanência, e eu não acredito nisso.

— O que quer ouvir, Amélia? Que estou aqui por sua causa?

— Não... não sei. Eu...

— Não sei por que estou aqui. Essa é a verdade. Ainda não senti que é hora de ir embora.

— Justo.

— Acabou o interrogatório por hoje... sua pé no saco?

— Sim. — Sorri. "Payne no saco" era outro apelido que ele inventara para mim. Uma brincadeira com meu sobrenome, Payne.

— Que bom.

— Só para constar, estou muito feliz por você ter ficado.

Ele balançou a cabeça, esfregou os olhos e disse:

— Tentar te odiar é cansativo.

— Para de tentar, então.

Comecei a bater os dentes. Estava frio ali fora.

— É melhor a gente entrar — sugeriu ele.

Enquanto o seguia para dentro de casa, pensei que o ar frio do lado de fora não afetava o calor que eu sentia por dentro por ter restabelecido minha conexão com ele.

— Está com fome? — perguntou Justin.

— Esfomeada, na verdade.

— Vai trocar de roupa. Eu faço o jantar.

— Sério?

— Bom, a gente precisa comer, não é?

— É, acho que sim. Já volto. — Sorri a caminho do quarto, atordoada com a ideia de Justin cozinhar para mim.

Quando voltei vestindo roupas secas, meu coração bateu mais depressa diante da visão de Justin parado na frente do fogão. Ele estava sem camisa, com a touca cinza, e refogava vegetais em uma panela.

Pigarreei.

— Que cheiro bom. O que você está cozinhando?

— É só teriyaki de legumes com arroz. As opções são limitadas. Desde quando parou de comer carne vermelha, aliás? Você era carnívora.

Ele devia lembrar como gostávamos do Burger Barn nos velhos tempos.

— Um dia simplesmente acordei e pensei como era bizarro comer uma vaca. Não fazia sentido. E parei.

— Sério? Isso é meio ridículo.

— Sim.

— Você sempre foi um pouco bizarra, Amélia. Não posso dizer que isso me surpreende.

Dei uma piscada para ele.

— Por isso você me ama. — Minha intenção era dar um tom brincalhão ao comentário, mas me arrependi imediatamente da escolha de palavras, considerando o que ele havia confessado anteriormente. Ele não respondeu. Entrei em pânico e tive um acesso de diarreia bocal. — Não quis dizer que ainda me ama. Estava só brincando. Eu...

Ele estendeu a mão aberta.

— Pode parar. Eu entendi o que você quis dizer.

Tentei pensar em um jeito de mudar de assunto depressa.

— Acha que consegue voltar a se apresentar no Sandy's amanhã à noite?

— Provavelmente.

— Que bom. Estou ansiosa para ouvir você tocar outra vez.

Ele pegou dois pratos, dividiu entre eles o conteúdo da panela e empurrou o meu pela bancada.

— Aqui está.

— Obrigada. O cheiro está delicioso.

A comida que ele havia preparado estava muito saborosa. Justin acrescentou castanhas e sementes de gergelim.

— Onde aprendeu a cozinhar desse jeito?

— Sou autodidata. Cozinho para mim há anos.

— Onde seus pais estão?

— Pensei que tínhamos encerrado essa conversa.

— Desculpa. Tem razão.

Apesar do comentário, ele levantou os olhos do prato e respondeu:

— Minha mãe voltou a morar em Cincinnati quando fui para a faculdade. Eles venderam a casa. Meu pai mora em um apartamento em Providence.

— Por quanto tempo ele e minha mãe continuaram se encontrando depois que fui embora?

— Um ano, mais ou menos. Minha mãe descobriu que eles se encontravam na nossa casa e o colocou para fora. Ele foi morar com Patricia, mas depois de um tempo as coisas azedaram entre os dois.

— Ele foi morar com minha mãe?

— Sim.

Não dava para acreditar.

— Ela escondeu isso de mim. Agora entendo por que minha avó parou de falar com ela mais ou menos nessa época. Ficou envergonhada com as atitudes dos dois.

— Passei muito tempo com sua avó antes de me mudar. Ela era a única pessoa que me impedia de enlouquecer.

— Alguma vez conversou com ela sobre mim?

— Ela tentou, mas eu me recusei.

— Acha que ela deixou a casa para nós por saber que isso forçaria um encontro?

— Não sei, Amélia.

— Eu acho que sim.

— Eu não tinha nenhuma intenção de vir aqui e fazer as pazes com você.

— Não... sério? Eu nem imaginava. — Quando ele esboçou um sorriso, perguntei: — Ainda se sente como antes?

— As coisas não mudam da noite para o dia. Nós conversamos. Isso não vai apagar anos de merdas que aconteceram. Não vamos voltar a ser melhores amigos num passe de mágica.

— Nunca tive essa expectativa. — Brincando com o que sobrava da comida, pensei muito antes de falar de novo: — Só vou dizer mais uma coisa e prometo não tocar mais nesse assunto.

— Eu não colocaria minhas mãos no fogo.

Justin sorriu de novo, e me senti confiante para desabafar pela última vez.

— Provavelmente vou passar o resto da vida imaginando o que teria acontecido se eu não tivesse ido embora, se tivesse superado o medo e falado o que eu sentia. Hoje você contou que naquela época estava apaixonado por mim. Eu não sabia, Justin, de verdade, mas queria ter percebido. Não tinha a menor ideia de que era isso que você sentia. Preciso dizer que eu também te amava. O problema era que demonstrava isso da pior maneira possível. E você passou todos esses anos me odiando. Só quero que você seja feliz. Se você fica com raiva ou estressado quando está perto de mim, não quero forçar nada; e, se for esse o caso, talvez seja melhor ficarmos longe um do outro. Mas, se existir uma possibilidade de sermos amigos de verdade outra vez, eu adoraria. E não sou idiota. Sei que não vai acontecer da noite para o dia. É isso. Não vou mais tocar nesse assunto. — Levantei da mesa e levei o prato para o lava-louças. — Obrigada pelo jantar e por ter conversado comigo. Vou deitar mais cedo.

Quando pisei no primeiro degrau da escada, a voz de Justin me fez parar.

— Eu nunca odiei você. Não poderia ter odiado nem se tentasse. E acredite, eu *tentei*.

Virei e sorri.

— É bom saber.

— Boa noite, Payne no saco.

— Boa noite, Justin.

7

Dois dias depois, eu tomava café quando recebi uma notificação de mensagem no celular. Era o dr. Will Danger.

> *Vamos jantar amanhã?*

Pensei na resposta. Seria bom ter algo que me distraísse do Justin. Desde a conversa que tivemos na outra noite, as coisas estavam mais cordiais entre nós. Pelo menos ele não me evitava mais. Depois de sua apresentação na noite anterior, voltamos para casa juntos. Foi uma viagem silenciosa, mas um passo na direção certa. As coisas estavam tão boas quanto poderiam estar.

O problema era eu. Ainda não conseguia sufocar a atração que sentia por ele e não sabia onde traçar o limite das minhas emoções. Pensava nele o tempo todo. Logo seguiríamos caminhos distintos, sem mencionar o importante detalhe do relacionamento sério que ele mantinha com Jade. Eu nunca faria nada com a intenção de prejudicar essa relação. Mas, mesmo assim, não conseguia controlar o que sentia.

Digitei uma resposta para Will:

> *Claro. A que horas?*

A voz profunda de Justin me assustou.

— Vejo que fez café com a fusão especial.

Dei um pulo e larguei o celular.

Ele riu.

— Interrompi alguma coisa? Estava conversando com um cara?

— Não.

Justin me olhou, desconfiado.

— Mentirosa.

Deixei escapar uma risadinha nervosa.

— Quer café?

— Tentando mudar de assunto?

— Talvez.

— Quem era?

— Will.

— Dr. Danger?

— Sim.

— Já ouviu falar que é perigoso dar mole para estranhos?

— Já.

— Perigo. *Danger*. Tem a ver com o nome do cara.

— Ah, é?

— Tenho certeza. — Ele serviu café em uma caneca e olhou para mim. — É sério? Dr. Sem Graça? Vai sair com ele?

— Sim, amanhã à noite. O que você tem contra ele, afinal?

— Ele é desrespeitoso.

— Como assim?

— O cara comeu você com os olhos antes de saber se éramos namorados.

— Talvez seja sensitivo, só isso.

— Como?

— Ele pode ter notado seu desprezo por mim. Era bem óbvio.

— Aonde ele vai te levar?

— Ainda não sei.

— Devia procurar saber.

— Que importância tem isso?

— Caso você desapareça, será o primeiro lugar que direi à polícia para começar a busca.

A tarde passou, e eu ainda não sabia o que vestir. Will disse que iríamos a um restaurante à beira-mar em Tiverton. Seria uma noite úmida, então escolhi um vestido tubinho de estampa floral que havia comprado no começo do verão, em uma das vezes que saí com Jade.

Então ouvi Justin ofegar do outro lado do corredor.

De novo não.

Não me atrevi a ver o que estava acontecendo, não depois do que ocorreu na última vez, quando testemunhei a farra da punheta. Depois de alguns minutos, ouvi outro ruído de socos junto com a respiração ofegante. Quebrei o juramento de não ser intrometida e saí do quarto para conferir a cena.

Encontrei Justin na sala de ginástica, golpeando um saco de pancadas da Everlast.

O suor escorria-lhe pelas costas esculpidas. A sala cheirava a suor e perfume. Seu cabelo estava ensopado. Justin usava fones de ouvido, e eu conseguia distinguir a música que brotava deles. Rangendo os dentes, ele batia cada vez mais forte no equipamento de borracha preta. Meu coração batia mais depressa a cada soco.

Quando me aproximei com cautela, ele grunhiu:

— Melhor sair da frente.

Eu me encolhi quando seu braço passou perigosamente perto de mim.

Recuei, mas fiquei assistindo ao treino do canto da sala. Já tinha visto Justin se exercitar antes, mas nunca desse jeito. Ele era como um animal, forte e viril. Com Jade longe há tanto tempo, ele devia estar carente de sexo. Talvez por isso extravasasse no saco de pancadas. Qualquer que fosse o motivo, eu estava hipnotizada pela energia que ele emanava e não conseguia desviar o olhar.

De repente ele parou, tirou os fones de ouvido e se aproximou da porta, onde havia instalado uma barra de metal para flexões. Meus olhos acompanharam o movimento de seu corpo ao levantar o próprio peso, enrijecendo o abdome definido a cada repetição.

Justin se soltou da barra e limpou o suor da testa com o dorso da mão.

— Não tem nada melhor para fazer em vez de me ver malhar? Não devia se arrumar para sair?

— Já me arrumei.

— Esse vestido é da Jade, não é?

— Não. Ela tem um igual, mas este é meu. Compramos na mesma loja e no mesmo dia. Era liquidação.

— Nela fica normal. Em você... está ridículo.

Meu estômago endureceu.

— Está dizendo que eu sou gorda?

— Não, mas seu corpo é diferente do dela. Esse vestido fica indecente em você.

Olhei para baixo e me senti nua.

— Como assim?

— Vou ter que desenhar?

— Vai.

Ele parou atrás de mim, segurou meus ombros e me levou para a frente do espelho que cobria uma das paredes. Suas mãos em mim provocaram um arrepio.

— Olha. Seus peitos estão pulando para fora do vestido. E seus mamilos estão salientes no meio dessas margaridas.

Fiquei confusa, pois tudo o que eu conseguia ver no espelho era o corpo suado de Justin atrás do meu. Ele me virou depressa, e seus olhos mergulharam nos meus. Estávamos perto demais para eu me sentir confortável, e minhas pernas ameaçavam ceder com o peso da tensão sexual.

— Olha sua bunda no espelho. O tecido não esconde quase nada. Acha que o dr. Doolittle vai conseguir olhar nos seus olhos se você for vestida desse jeito?

—Acha mesmo que está tão ruim assim?

Justin se afastou de repente e voltou à barra de flexão. Meus mamilos formigavam. Eu só queria suas mãos sobre mim outra vez.

— Sim, acho que faz você parecer uma prostituta — respondeu, antes de fazer mais uma série de flexões em silêncio. Quando soltou a barra, ouvi o baque dos pés tocando o chão de madeira. — Você não percebe, não é?

— Como assim?

— Nunca teve a menor ideia do efeito que provoca nas pessoas.

— Seja mais específico, por favor.

— Quando éramos mais novos, você se sentava no meu colo, me tocava, passava a mão no meu cabelo, me abraçava o tempo todo com seus peitos enormes colados em mim. Passei metade da adolescência com uma maldita ereção e não podia fazer nada a respeito. E você parecia nem notar.

— Não notava mesmo.

— Agora eu sei que não. E não sabe quantas vezes tive que te defender. Os garotos falavam do seu corpo, faziam comentários sexuais bem na minha cara. Sabe em quantas brigas me meti por sua causa?

— Você nunca me contou isso.

— Não, não contei. Porque estava tentando proteger seus sentimentos. Eu fazia um esforço enorme para proteger você de tudo, e foi exatamente isso que me ferrou no final.

— Desculpa.

Ele levantou as mãos.

— Quer saber? Esquece. A culpa foi minha. Não vamos fazer isso de novo. Eu disse que não voltaríamos a esse assunto. E não vamos.

— Tudo bem.

— Queria continuar me exercitando em paz, se não se importa.

— Ok.

Voltei ao meu quarto e de lá ouvi o barulho dos socos no saco de pancada. Ainda abalada pelo que Justin dissera, não pude deixar de pensar que talvez ele estivesse certo. Talvez eu fosse mesmo uma pessoa sem noção. Mas ele também não demonstrou o que sentia por mim naquela época. Eu devia ler pensamentos? Senti que precisava esclarecer esse ponto. Estava incomodar. Voltei à sala de ginástica e falei em meio ao barulho dos violentos ganchos no saco de pancada.

— Você me perguntou por que eu nunca falei o que sentia por você. Bom, é evidente que você também não teve peito para me contar sobre seus sentimentos.

Justin parou de golpear o saco de pancadas, mas manteve os braços apoiados nele. Ele precisou de alguns segundos para recuperar o fôlego.

— Pensei que fosse claro. Dava para eu ter sido mais óbvio? Compus músicas para você e creio que nunca me viu com outras meninas, certo?

— Mas você mesmo disse que tinha beijado alguém antes daquela noite no porão do Brian.

— Sim, eu já tinha beijado uma garota antes daquela noite. Quer saber por quê? Porque não queria ser sem noção, queria saber o que fazer quando finalmente tivesse coragem para beijar você. Nunca considerei aquilo um beijo de verdade. Queria que o primeiro de verdade fosse com você. Queria tudo com você. Mas tinha medo de você ser muito nova, por isso esperei. Não queria apressar as coisas e estragar tudo. Mas você tem razão. Também não tive coragem de falar o que eu sentia.

— Queria que tivesse falado. Você foi cuidadoso, e eu fui tonta. Juntos, nós fomos... descuidados.

— Um cuidadoso mais uma tonta é igual a dois descuidados? Inventou isso agora?

— Sim.

— Que coisa mais cafona.

— Muito obrigada.

— É melhor se arrumar para sair com o dr. Caçador Vigarista.

Dei risada, aliviada por ele agora sorrir de certas coisas.

— Pode me ajudar?

— Ajudar? Para que precisa de ajuda?

— Para escolher a roupa. Porque você tem razão, ficou meio vulgar.

— Meio vulgar? Se eu mandar uma foto sua para a revista pornográfica mais hardcore que conheço, eles vão te ligar amanhã.

— Tudo bem. Entendi. Muito vulgar.

— Não consegue resolver isso sozinha? É muito simples. É só cobrir os peitos e a bunda. Pronto.

— Sim, mas ainda quero ficar atraente. Você sabe que gosto de coisas esquisitas. Roupas feitas de saco de batata e tal. Tenho a sensação de que vou de um extremo ao outro, e não sei como me vestir entre eles.

— Tudo bem. — Justin bufou exausto e me seguiu até o quarto.

Comecei a tirar os vestidos do guarda-roupa, jogando-os sobre a cama um a um.

— Que tal este?
— Vulgar.
— E este?
— Mais vulgar ainda.
— Ok. E este?
— Tem uma sandália para combinar?
— Entendi... este?
— Bom, esse seria ótimo para se livrar do cara.

Cobri o rosto.

— Aaah, isso é muito frustrante!
— Tenho uma solução.
— Qual?
— Desiste desse encontro.
— Porque não consigo escolher o que vestir?
— É. Acho que deveria ficar em casa.
— Você não gosta dele.
— Não gosto.
— Por quê?
— Ele só quer te comer, Amélia.
— Mas não vai.
— Tem certeza disso?
— Não transo no primeiro encontro.

Ele levantou as sobrancelhas como se duvidasse.

— Nunca foi para a cama com um cara no primeiro encontro?
— Bom...
— Exatamente.
— Mesmo se eu quisesse dormir com ele, o que não quero, não seria hoje.

— Por quê?

— Eu me esfaqueei de novo.

Ele balançou a cabeça e riu quando entendeu que eu me referia à minha menstruação.

— Entendi.

— Por que acha que ele só quer transar comigo?

— Eu vi aqueles olhos. Não confio neles. Dá para dizer muito sobre uma pessoa só pelo olhar dela. O dele me causou um sentimento ruim.

— Bom, tenho mais qualidades interessantes, além de peitos e bunda. Portanto, espero que esteja errado.

— Tem razão. Você também tem covinhas legais, quando sorri.

Senti o corpo esquentar quando ouvi aquele elogio inesperado. Não sabia como responder, por isso apenas disse:

— Cala a boca.

— Só tome cuidado — disse Justin, em um tom sério, levando a mão ao bolso de trás. — Falando nisso... leve isto com você. — Era o velho canivete suíço que ele carregava quando éramos mais novos.

— Ainda tem isso?

— Nunca vou deixar de precisar dele.

— Quer mesmo que eu leve o canivete?

— Quero.

Aceitei a oferta e disse:

— Tudo bem.

— Tudo certo, então?

— Ainda não escolhemos a roupa.

Justin se aproximou do meu guarda-roupa e passou a mão pela fileira de opções, parando em um vestido preto e sem mangas que não tinha nada de revelador. Parecia mais adequado para um funeral. Na verdade, era o vestido que eu havia comprado para o funeral da minha avó, antes de saber que ela havia deixado ordens explícitas para que não houvesse um. Ela queria apenas ser cremada e que suas cinzas fossem jogadas no mar, sem nenhuma cerimônia.

— Esse? Sério?

Ele pegou o vestido.

— Não me peça ajuda se não vai ouvir o que eu digo.

— Tudo bem, vou usar esse. — Peguei o vestido da mão de Justin e o vi se dirigir à porta. Meus olhos estavam cravados na tatuagem em suas costas. Sempre achei a tatuagem muito sexy, mas nunca consegui olhar direito para ela... até agora.

— Justin.

Ele se virou.

— Quê?

— O que é essa tatuagem nas suas costas?

O corpo dele ficou tenso.

— É um código de barras.

— Foi o que pensei, mas sempre fiquei em dúvida. Significa alguma coisa?

Recusando-se a responder à pergunta, ele apenas disse:

— Vá se vestir. Melhor não se atrasar para o encontro com o dr. Otário.

Will passaria para me pegar em vinte minutos. Eu estava sentada na cozinha, bebendo uma taça de vinho branco para relaxar. O vestido preto que Justin tinha escolhido até que ficou muito bom. Não havia exibição desnecessária de pele, e era assim que tinha que ser, provavelmente. Acabei prendendo meu cabelo comprido e castanho em um coque.

O cheiro de perfume me fez olhar para o lado. Meu coração se retraiu quando vi Justin parado na entrada da cozinha. Não havia notado sua presença, até sentir seu cheiro. Tive a impressão de que ele me observava sem eu saber.

Ele havia acabado de tomar banho depois de malhar e estava irresistível em uma camiseta preta e básica que exibia seus músculos. O jeans era um daqueles que valorizavam sua bunda. Eu estava de folga, mas ele ia tocar no Sandy's. Hoje a mulherada ia ficar maluca.

Justin puxou uma banqueta e sentou-se ao meu lado. Meus mamilos reagiram à proximidade daquele corpo.

Ele estudou meu rosto e disse:
— Você não parece muito animada.
— Para ser bem honesta, não sei como me sinto.
— Não está nervosa porque vai sair com aquele babaca, está?
— Um pouco.
— Por quê? Ele não merece seu nervosismo.
— É a primeira vez que saio com alguém depois do Adam.
Justin inspirou por entre os dentes como se estivesse bravo.
— O cara que te traiu...
— É. Como sabe disso?
— Jade me contou.
Fiquei surpresa por terem conversado sobre mim. Justin sabia de minha história com Adam e eu não tinha ideia de como reagir.
— Ah.
— Não deixe que a traição daquele cretino te afete a ponto de se contentar com o primeiro Tom, Dick ou Harry que aparecer.
— Você já traiu alguém?
Ele hesitou antes de responder.
— Sim. E não me orgulho disso. Eu era mais novo. Não faria isso hoje. Acho que, se você está se relacionando com alguém e se interessa por outra pessoa, tem que romper o relacionamento antes. Traição é coisa de covarde.
— Concordo. Queria que Adam tivesse terminado comigo antes.
— Fico feliz por não estar mais com ele.
— Eu também.
— Ele queria o melhor de dois mundos. Vai acabar traindo a outra garota também. Pode esperar.
— Jade tem sorte por ter você, por estar com alguém leal.
A expressão de Justin arrefeceu antes de ele responder:
— Atração é natural, mas isso não significa que a gente tem que ceder. — Era como se ele ponderasse as próprias palavras para se convencer do que dizia.
— Certo. É claro.
Justin mudou de assunto.
— Pegou o canivete?
— Peguei. Não vou precisar dele, mas está na bolsa.

— Muito bem. Tem o número do meu celular?
— Tenho.
— Devia ir com seu carro.
— Já aceitei a carona, então ele vem me buscar.
— Se ele tentar alguma palhaçada, é só me ligar. Eu vou te buscar.
— No meio do show?
— Não importa. Se precisar de carona, me liga.
— Ok.

O modo como Justin se preocupava comigo me fez lembrar dos velhos tempos. Ter alguém cuidando de mim era muito bom. Na verdade, não sentia nada assim desde que saí de casa tantos anos antes.

Bebi mais um pouco de vinho, mas, antes que pudesse deixar a taça sobre o balcão, senti a mão de Justin na minha. Ele pegou a taça e bebeu o vinho que ainda restava nela.

Minha voz era quase um sussurro.

— Não sabia que você gostava de vinho branco.

— Acho que estou com uma disposição diferente hoje. — Ele levou a taça ao bar e a encheu novamente, deixando-a sobre o balcão na minha frente.

Bebemos em silêncio da mesma taça, passando-a de um para o outro e fazendo contato visual, mas sem falar nada. Sempre que ele lambia o Chardonnay dos lábios, o gesto era incrivelmente excitante. Eu me sentia culpada por reagir desse jeito, mas não dava para controlar. Como ele mesmo disse, atração é natural, não é? Mas saber que eu não podia ceder e não cederia tornava meus sentimentos ainda mais fortes. O fato de ele ser intangível me consumia.

Para ser bem honesta, eu não queria sair com Will. Queria ver a apresentação de Justin, principalmente porque eram os últimos dias antes de ele voltar para Nova York.

A batida na porta soou forte e confiante. Justin massageou a nuca para amenizar a tensão. Se eu não soubesse a verdade, poderia pensar que ele estava nervoso por causa do meu encontro.

Quando pulei da banqueta para abrir a porta, ele disse:

— Espera.

— Que foi?
— Você está muito bonita. Acho que esse vestido foi a escolha certa.
Meu coração palpitou.
— Obrigada.
O salto alto fazia barulho no piso quando andei até a porta da frente.
Will segurava um pequeno buquê de flores.
— Boa noite, Amélia. Meu Deus, você está linda.
— Oi, Will. Obrigada. Entre.
Justin estava de braços cruzados. A linguagem corporal era própria de um segurança armado na entrada de um banco, não de um homem na cozinha da própria casa.
— Se lembra do Justin, que divide a casa comigo?
— É claro. Como vai?
— Energizado, dr. Danger.
Will parecia irritado com o erro de pronúncia.
— O correto é Dan-guer — corrigiu.
— Desculpa. Não queria aborrecer o dr. Dan-guer.
Will não riu da piada.
— Não tem problema.
— Aonde as crianças vão hoje?
— Ao Boathouse. Conhece?
— À beira-mar. Que beleza. Não economiza balas.
Peguei a bolsa e interferi:
— Bom, é melhor irmos.
Justin estendeu a mão.
— Eu cuido das flores.
Por alguma razão, pensei que elas iriam parar no lixo assim que a gente saísse e fechasse a porta.
— Obrigada.
— De nada.
Assim que saímos, Will olhou para mim.
— Seu amigo gosta de fazer piada com meu nome. Ele gosta de caçoar dos outros, né?

— É. Você tem razão.

Will abriu a porta da Mercedes e esperou eu me sentar no banco do passageiro. A conversa foi tranquila a caminho de Tiverton. Ele me perguntou sobre a carreira de professora, e falamos sobre quando ele estudava na faculdade de medicina da Universidade da Carolina do Norte, em Chapel Hill.

Meu celular vibrou.

Justin: Essas flores são do supermercado.

Amélia: Como sabe?

Justin: Ele deixou a etiqueta. Que otário.

Amélia: O que vale é a intenção.

Justin: Olha no banco de trás. Aposto que vai ver leite e ovos.

Amélia: Você não devia estar no Sandy's?

Justin: Estou saindo agora.

Amélia: Bom show.

Justin: Fique longe do Danger. Melhor ainda, mantenha o perigo longe de você.

Amélia: Palhaço.

Justin: Peça a lagosta. Pelo menos tirará proveito de algo nesta noite.

Amélia: Tchau, Justin!

— Qual é a graça?
— Ah, não é nada. Desculpa.
Will olhou para mim.
— Então, do que estávamos falando? Ah, você ia me dizer quando pretende voltar a Providence...
— Na última semana de agosto. Preciso preparar as aulas para o começo de setembro.
— Seus alunos devem gostar muito de você.
— Por quê?
— Queria ter tido uma professora bonita como você quando estava no colégio.
— Ah, eu prefiro pensar que eles gostam de mim por outros motivos.
— Ah. É claro que gostam.

Quando chegamos ao restaurante, já estava escuro e a orla não era tão impressionante quanto teria sido à luz do dia. Começava a esfriar, por isso preferimos uma mesa do lado de dentro, mas perto de uma janela de onde pudéssemos ver o mar. As luzes de alguns veleiros iluminavam o oceano escuro. Lâmpadas brancas de Natal tornavam o restaurante um local acolhedor. O cheiro de frutos do mar perfumava o ambiente. Eu ri sozinha, pensando em como Justin provavelmente diria que o lugar era fedido.

Acabei escolhendo o peixe-espada com molho de manga, e Will pediu frango ao molho Marsala. Enquanto esperávamos a comida, falamos sobre coisas corriqueiras. Discutimos um pouco a iminente eleição presidencial. Will era republicano; democrata. Também contei a ele a história sobre como herdei a casa da minha avó.

Meu celular vibrou.

Justin: E aí?

Não queria ser indelicada e responder. Por isso ignorei a mensagem até Will pedir licença para ir ao banheiro.

Amélia: Não devia estar cantando?

Justin: Intervalo de dez minutos.

Amélia: Está tudo bem.

Justin: Só queria saber se ainda estava viva.

Amélia: Não precisei usar o canivete.

Justin: Pediu a lagosta, como eu sugeri?

Amélia: Não. Peixe-espada.

Ele não respondeu, e eu deduzi que havia cansado de mandar mensagens, o que era bom, já que Will retornara à mesa.

Nossa comida chegou, e a garçonete trouxe uma segunda taça de vinho para mim. Comemos em um silêncio agradável, até que eu senti o celular vibrar no meu colo. Imaginando que fosse Justin, fiquei curiosa e senti vontade de olhar para baixo, mas não quis ser indelicada. Na metade do jantar, decidi pedir licença e ir ao banheiro para checar o celular.

Lá dentro, me apoiei na pia e peguei o aparelho.

Justin: Você estava certa.

Do que ele estava falando?

Amélia: Sobre o quê?

Depois de cinco minutos sem nenhuma resposta, voltei à mesa.
— Tudo bem?
— Sim, tudo bem.
— Estava pensando... Podemos voltar para Newport e andar um pouco pela Main Street, talvez parar para tomar café ou sorvete, o que você preferir.

O que eu queria de verdade era voltar para casa, descer do salto e mergulhar na banheira cheia de água quente.

— Ótima ideia — menti.

Meu celular vibrou de novo. Desta vez, abaixei a cabeça e dei uma olhada na mensagem.

> Justin: *Não fiquei por causa das apresentações no Sandy's.*

> Justin: *Eu podia ter voltado para Nova York.*

> Justin: *Eu quis ficar.*

As palavras de Justin garantiram que eu não conseguisse me concentrar em mais nada durante o tempo que Will e eu passamos no Boathouse. Não respondi às mensagens, mas só porque não sabia o que dizer. Talvez ele nem esperasse uma resposta. Meu coração estava apertado, o que era inexplicável.

Assim que entramos em Newport, Will avisou que precisava parar em uma loja de conveniência. Do nada, meu nariz começou a escorrer. Eu precisava muito de um lenço de papel, então abri o porta-luvas do carro na esperança de encontrar algo com que limpar o nariz. Não achei nenhum lenço, mas encontrei uma aliança de ouro. Uma aliança de casamento.

Que merda é essa?

Meu coração começou a bater furiosamente.

Só podia ser brincadeira.

O babaca provavelmente estava comprando camisinha para trepar comigo. Sem pensar em mais nada, desci do carro e bati a porta. Não estava com disposição para um confronto nem me importava com o cara o suficiente para acabar com ele. Tudo o que importava agora era encontrar Justin. Olhei para o celular e deduzi que ele ainda estava tocando a última seleção no Sandy's, que ficava a uns oitocentos metros de onde eu estava. Correr com salto me fez ofegar enquanto atravessava o centro de Newport.

Parei para recuperar o fôlego antes de entrar no restaurante. A noite estava um pouco mais fria, e Justin estava no palco, lá dentro. Entrei e me escondi em um canto onde ele não podia me ver, mas de onde eu podia vê-lo. A apresentação logo terminaria.

Sua voz vibrou amplificada pelo microfone.

— Essa última canção vai para todo mundo que já teve uma amiga ou amigo daqueles que deixam a gente maluco... O tipo que parece grudar na pele e marcar presença lá mesmo quando não está junto. Alguém com covinhas com as quais a gente sonha desde a infância. Com olhos verdes nos quais a gente se perde. Um amigo confuso demais. Esse tipo de amigo. Se você se identificou, essa música é para você.

Ai, meu Deus.

Justin começou a tocar uma canção que eu conhecia. Era "Realize", da Colbie Caillat. Tentei ouvir a letra, mas não consegui, pois estava hipnotizada com o jeito como Justin cantava. A letra da música era basicamente sobre perceber sentimentos verdadeiros por uma pessoa e como, algumas vezes, eles podem ser unilaterais. Durante a maior parte do tempo, ele manteve os olhos fechados, apesar de tocar violão. Ele não sabia que eu estava ali, e eu tinha certeza de que pensava em mim. Talvez eu devesse ir embora. Tinha a sensação de invadir sua privacidade, de algum jeito. Era improvável que ele tivesse escolhido essa canção para cantar na minha frente.

Quando terminou de tocar, Justin agradeceu a plateia e ficou em pé. Ignorando as mulheres que tentavam se aproximar para pedir um autógrafo no CD, ele se retirou para o fundo do restaurante. Eu precisava decidir se anunciava minha presença.

Ainda no canto do salão, senti o celular vibrar.

Justin: Noite encerrada. Estou indo para casa. Tudo bem por aí?

Amélia: Não exatamente.

Justin: ???

Decidi fingir que não havia escutado a música e o que ele disse antes de cantá-la. Não era para eu ter ouvido. A caminho da saída, digitei:

> Amélia: Estou bem. Acabei de chegar ao Sandy's. Estou aqui fora.

Dez segundos depois, a porta se abriu e Justin saiu carregando o violão. Vi a raiva estampada em seu rosto.

— Que porra é essa?
— Oi para você também.
— O que aconteceu?
— Suas suspeitas sobre o caráter do cara se confirmaram.
— Ele tentou tocar em você?
— Não. Nem encostou em mim.
— O que ele fez, então?
— Esqueceu de contar que é casado.
— Quê? Como você descobriu?
— Encontrei a aliança no porta-luvas.
— Filho da mãe.
— Obrigada por se preocupar comigo.
— É difícil perder o hábito. — Ele olhou para o céu estrelado. — Bom, lamento que tenha desperdiçado a noite.
— A única coisa que lamento é ter perdido sua apresentação. Deixei o doutor na Cumberland Farms, a loja de conveniência, e vim correndo para cá, mas não cheguei a tempo.
— Não perdeu muita coisa.
— Por quê?
— Não consegui me concentrar muito hoje.
— Deve ser impressão sua.
— Não. Eu estava distraído.

Um grupo de mulheres saiu do restaurante e parou perto de nós. Uma delas se aproximou com um CD.

—Autografa pra mim, Justin?

— É claro. — Ele foi muito atencioso.

A menina gritou e correu de volta para perto das amigas.

Dei risada.

— Então, será que posso pegar uma carona com a celebridade local?

— Não sei. Sua casa pode ficar fora do meu caminho. — Justin inclinou a cabeça. — Vem, meu carro está no estacionamento do outro lado da rua.

Eu adorava andar no Range Rover do Justin porque o cheiro dele era dez vezes mais forte ali dentro. Com a cabeça apoiada no encosto, fechei os olhos e me senti incrivelmente feliz por estar com ele. Então lembrei que faltavam poucos dias para Justin voltar para Nova York. Eu fecharia a porta de casa, e não o veria mais todos os dias.

Quando abri os olhos, percebi que atravessávamos a Mount Hope Bridge. Ele estava saindo da ilha.

— Aonde vamos?

— É só um desvio. Tudo bem?

A animação me invadiu.

— Claro.

Quarenta minutos depois, chegávamos a Providence, a cidade onde eu morava e onde nós dois crescemos.

— Não volto aqui há anos — comentou ele.

— Não está perdendo muita coisa.

— A verdade é que tento não pensar no que estou perdendo.

Passamos pelo bairro onde moramos e chegamos às ruas movimentadas do East Side. Quando Justin virou a esquina em uma ruazinha secundária, finalmente entendi aonde ele estava me levando. Como se estivesse reservada para nós, havia uma vaga bem na frente do cinema vermelho. Justin estacionou e desligou o motor.

Ficou ali sentado por alguns segundos, depois olhou para mim.

— Parece que está aberto. Será que ainda tem a sessão da meia-noite?

— Não venho aqui há anos. A gente pode dar uma olhada.

Não esperava essa viagem pela estrada das recordações.

Justin se aproximou do velhinho na bilheteria.

— Vocês ainda exibem filmes indie?

— Pode chamar do que quiser.

— Quando é a próxima sessão?

— Em dez minutos.

— Dois ingressos, por favor.

— Sala um, à sua esquerda.

— Obrigado — respondeu Justin, antes de me levar para dentro do cinema escuro.

Olhei em volta e confessei:

— Estou muito feliz por você ter pensado nisso.

— Lembra-se desta sala?

— Claro. — Apontei para o meio dela. — Costumávamos nos sentar bem ali. O cheiro é pior do que eu lembrava.

— Péssimo, é verdade.

Só havia mais uma pessoa no cinema, um homem sentado em sentido diagonal a partir de onde estávamos.

As luzes foram se apagando, e o filme começou. Em poucos segundos, ficou claro que, apesar da aparência física do cinema vermelho ainda ser a mesma de antes, todo o resto havia mudado.

A sequência de abertura era uma montagem musical de mulheres chupando vários homens. Nosso cineminha vermelho havia perdido completamente a inocência nesses anos que passamos longe dele. Agora era um cinema pornô.

Olhei para Justin, e ele ria tanto que estava quase chorando. Cochichei:

— Você jura que não sabia?

Ele esfregou os olhos.

— Juro por Deus, Amélia. Eu nem imaginava. Viu alguma placa, algo assim...?

— Não. Mas eles nunca anunciaram os filmes em exibição, então presumi...

— É o que dizem por aí sobre presumir coisas.

— Que somos dois idiotas?

— Quase. Às vezes, quando você presume demais, pode acabar sem querer em um cinema adulto assistindo a uma cena de anal.

Ele apontou para a tela, que mostrava só um traseiro gigantesco sendo comido.

— Nosso cineminha vermelho foi corrompido, Tapa.

Para piorar a situação, o único espectador além de nós parecia subir e descer a mão embaixo de um cobertor. Nós dois olhamos para o homem e começamos a gargalhar.

— Acho que essa é a deixa para a gente sair daqui, certo? — perguntei.

— É, pode ser.

De repente, uma nova cena surgiu na tela. Não era tão gráfica e era mais fotogênica, como um filme de verdade comparado a um vídeo ruim e barato. A música era mais suave. O recorte mostrava dois homens e uma mulher, e os movimentos eram lentos e sensuais. Ela fazia oral em um deles, enquanto o outro a penetrava. Era para irmos indo embora, mas fiquei paralisada na cadeira, incapaz de desviar os olhos da tela. Sabia que Justin também assistia ao filme, porque ele ficou quieto. A cena inteira durou cerca de dez minutos.

Quando acabou, olhei para Justin e vi que ele me encarava. Ele assistia ao filme ou me olhava assistir ao filme? Sabia que eu estava excitada com o que tinha visto? De qualquer maneira, ele não fez nenhum comentário malicioso nem riu de mim.

Quando finalmente cochichou no meu ouvido, sua voz era tensa.

— Quer ficar?

— Não. É melhor sairmos daqui.

— Ok.

Fiz um movimento para me levantar, mas ele segurou meu braço.

— Preciso de um minuto.

— Por quê?

Ele só me encarou como se eu devesse saber.

Então entendi.

— Ah.

Não sabia o que me excitava mais, assistir àquela cena ou saber que Justin tinha uma ereção por causa dela. Era demais para mim. Ele fechou os olhos por um minuto, mais ou menos, depois olhou para mim.

— Não está funcionando.

— Ficar aqui não vai ajudar muito.
— Provavelmente não.
— Então vamos. — Eu não queria rir, mas aquilo tudo era muito engraçado.

Nós levantamos e saímos do cinema. Eu fazia um esforço enorme para não olhar para baixo, mas meus olhos me traíram e buscaram o volume que distendia sua calça jeans. Pensamentos obscenos invadiram minha cabeça. Queria que as coisas fossem diferentes, pois eu conseguia pensar em um milhão de maneiras para ajudá-lo a resolver seu problema.

A viagem de volta a Newport foi silenciosa. A tensão sexual dentro do carro era enorme. Meus mamilos se transformaram em aço, e minha calcinha estava molhada só de pensar que ele ainda devia ter a ereção. Constatei que certas situações podiam ser ainda mais excitantes que o sexo propriamente dito, situações em que você deseja muito alguém que não pode ter. Meu corpo experimentava um estado impossível de excitação.

Paramos na frente de casa. Quando ele desligou o motor, apoiou a cabeça no encosto do banco e olhou para mim, como se quisesse dizer alguma coisa, mas não encontrasse as palavras.

Eu quebrei o gelo.
— Obrigada por tentar melhorar minha noite.
— Tentar é a palavra. Foi um tremendo fracasso.
— Não foi.
— Não? Eu acidentalmente te levei para ver um filme pornô e acabei de pau duro. Qual é... voltei a ter quinze anos?
— Eu também fiquei excitada. Só não é tão evidente.
— Eu sei. Dava para perceber. Foi isso que... — Ele hesitou, depois balançou a cabeça. — Deixa pra lá.
— Bom, enfim. Ainda assim foi melhor que o encontro com o dr. Danger.
— Não acredito nesse babaca. Eu devia ir ao hospital e arrebentar a cara dele amanhã.
— Não vale a pena. — Olhei pela janela. — A gente devia entrar.
— É.

Em casa, paramos na cozinha. Eu não queria dormir, embora fosse mais de uma da manhã. Nenhum de nós se mexia.

— Nossa, está bem tarde, mas não estou nada cansada — comentei.
— Se eu fizer café com a fusão, você toma um pouco?
— Claro, vou adorar. — Sorri.
Observei cada movimento enquanto ele fazia o café.
Eu te amo.
O pensamento brotou do meu inconsciente. De tempos em tempos, as três palavras brincavam na minha cabeça quando eu estava com ele. Eu amava Justin, amava como sempre havia amado. Mas precisava controlar esses sentimentos, senão a decepção seria enorme.

Ele estava de costas para mim quando disse:
— Jade volta em alguns dias.

Meu coração ficou apertado.
— É mesmo? E você vai voltar com ela para Nova York?
— Não. Depois que ela for embora, eu ainda fico alguns dias para cumprir o que prometi a Salvatore.
— Ah.

Justin deixou uma caneca fumegante na minha frente.
— Aqui está.
— Obrigada.

Nas últimas quarenta e oito horas, alguma coisa entre nós parecia ter mudado. Talvez a mudança em sua atitude fosse resultado da aproximação do fim do verão.

Bebi um pouco do café e disse:
— Acho que nenhum de nós vai dormir tão cedo depois disso.
— Melhor nem tentar dormir então.

Durante as duas horas seguintes, Justin e eu conversamos abertamente sobre coisas que não sabíamos um do outro. Descobri que antes de morar em Nova York ele havia cursado um semestre na Berklee College of Music em Boston, mas não teve dinheiro para continuar. Os pais se recusaram a pagar a faculdade de música, então ele se mudou para Nova York e trabalhou em empregos variados e se apresentou cantando e tocando, até voltar a estudar. Formou-se em administração com especialização em música. Ele me contou que conheceu Olivia, a ex-namorada, alguns anos depois de se mudar para lá. Eles moraram juntos por dois anos e continuaram amigos mesmo depois de Justin ter rompido o relacionamento. Ela havia sido sua única namorada firme antes de Jade. Justin contou que Jade acha que a ex quer reatar com ele, embora Olivia já namore outra pessoa. Entre esses dois relacionamentos, ele ficou com várias mulheres. Eu apreciava a honestidade, mas era doloroso ouvir tudo isso.

Contei histórias sobre meu tempo na Universidade de New Hampshire e como escolhi o curso de educação por sentir que era uma opção sólida, não por ser apaixonada pela área. Admiti que, embora goste de lecionar, sentia que faltava alguma coisa, que devia fazer algo que ainda não sabia o que era.

Pilhados com o café, passamos a noite inteira conversando. Eu ainda usava o vestido preto. Em dado momento, subi para ir ao banheiro. Quando voltei à cozinha, Justin estava sentado em uma banqueta ao lado da janela, dedilhando as cordas do violão.

O sol começava a se erguer sobre o mar. De costas para mim, ele começou a tocar "Here comes the Sun", dos Beatles. Apoiada no batente da porta, ouvi sua voz relaxante. Quanto mais prestava atenção à letra, mais ela parecia metafórica. A última década havia sido como uma longa estação de escuridão e remorso que pairou sobre mim e Justin. Essa reaproximação era realmente como o sol se erguendo de novo pela primeira vez em muito tempo. É claro, ele só havia escolhido a canção porque o sol estava de fato nascendo. Mesmo assim, não consegui impedir a viagem da minha cabeça, ainda mais depois de uma noite sem dormir.

Para de se apaixonar por ele de novo, Amélia.

E como eu podia mudar o que sentia? Não podia. Só precisava aceitar que Justin estava com Jade. Ele estava feliz. Eu tinha que encontrar um jeito de voltar a ser amiga dele sem me machucar.

Quando a canção terminou, ele se virou e viu que eu o observava. Eu me aproximei de onde ele estava e olhei para fora.

— O nascer do sol está lindo, não está?

— Muito lindo. — Mas ele não olhava para o sol.

8

Jade chegaria no dia seguinte, e isso me deixava muito perturbada.

Eu precisava conversar com alguém, por isso coagi Tracy, minha amiga e colega de trabalho, a me visitar na ilha. Ela me encontrou no Brick Alley Pub para o almoço. Não nos víamos desde o fim do ano letivo. Com a agitada agenda de verão dos filhos, ela não havia conseguido uma folga até agora.

A primeira metade do almoço foi preenchida por nachos, pela história que eu tinha com Justin e por tudo o que havia acontecido na casa de praia até agora.

— Meu Deus, eu não queria estar no seu lugar — disse ela. — O que você vai fazer?

— O que eu posso fazer?

— Falar com ele sobre o que sente.

— Ele está com a Jade, e ela é muito legal. Não posso dar em cima dele bem na cara dela, se é isso que você está sugerindo. Não vou fazer isso.

— Mas ele quer você, é evidente.

— Eu não acho.

— Para. E a música que dedicou a você? Tudo bem, ele não sabia que você estava ouvindo, mas é evidente que ele ainda sente alguma coisa.

— Sentir alguma coisa é diferente de fazer alguma coisa com esses sentimentos. Ele não vai desistir da namorada linda, talentosa, estrela da Broadway, que estava ao lado dele quando eu não estava, só porque velhos sentimentos foram revividos. Jade é uma garota incrível.

— Mas não é você. Ele sempre quis você. Foi você quem se afastou.

— Fui eu quem *fugiu*. Ele não vai se esquecer disso. Pode até me perdoar, mas não sei se volta a confiar totalmente em mim. Não tenho nem o direito de esperar que confie.

— Está se julgando de um jeito muito duro. Você era uma criança. — Tracy mordeu um nacho e falou com a boca cheia. — Você disse que não vai vender a casa, certo?

— É, decidimos ficar com ela. Era o que minha vó ia querer.

— Então, ele estando com Jade ou não, essa casa liga vocês dois para sempre. Quer mesmo passar o resto da vida vendo o homem que você ama curtir o verão com outra mulher?

Era como se meu coração se partisse em dois. Flashes de muitos verões se transformando em invernos desfilaram por minha mente em alta velocidade. Essa ideia era assustadora. Ano após ano de amor não correspondido por alguém intangível não era algo que eu queria suportar.

— Você não está ajudando. Minha esperança era que você me convencesse a ter um pouco de juízo, me ajudasse a entender que preciso aceitar as coisas como são e seguir em frente.

— Mas não é isso que você quer, é?

Não. Não é.

Era minha noite de folga. Eu não sabia se estava aliviada ou desapontada por perder a apresentação de Justin. Mantivemos certa distância desde aquela noite em claro. Melhor assim, já que as coisas beiraram o impróprio naquela noite, pelo menos na minha cabeça.

Tracy decidiu ficar e dormir na casa de praia. Com Justin fora, ela teve a brilhante ideia de comprarmos algumas bebidas para animar a noite.

Chegamos em casa com uma sacola em que havia tequila, limões e sal grosso. Eu quase desanimei quando vi o carro de Justin na entrada da garagem.

Era para ele estar trabalhando. O que fazia em casa?

— Merda. Justin está em casa.
— Pensei que ele estivesse trabalhando — comentou ela.
— Eu também.
Ao entrar, não o encontramos. Deixei a sacola com as compras sobre o balcão da cozinha e subi para mostrar o deque a Tracy. E foi lá que o vimos, sentado fumando um cigarro, com as pernas apoiadas na balaustrada e os olhos voltados para o mar. Seu cabelo estava molhado, como se ele tivesse acabado de dar um mergulho. Ele estava sem camisa, e dava para ver a parte de cima da cueca por baixo do jeans. Justin parecia um modelo da Calvin Klein. O queixo de Tracy quase tocou o chão quando ela o viu.
— O que você está fazendo aqui? Pensei que estivesse no restaurante.
Ele soprou a fumaça do cigarro.
— Eu devia estar. Mas o lugar quase pegou fogo.
— Quê?
— Houve um incêndio na cozinha hoje à tarde. Quando cheguei lá, eles me disseram que ficariam fechados para arejar todo o ambiente. Só vão reabrir depois de uma semana, no mínimo. Acho que não volto a tocar lá antes de ir embora.
— Puta merda. Alguém se machucou?
— Não, mas Salvatore estava arrasado. — Ele olhou para Tracy. — Quem é essa?
— Tracy, uma amiga de Providence, professora na escola onde leciono. Ela veio passar o dia comigo. Vai dormir aqui nesta noite.
Justin pôs o boné na cabeça com a aba virada para trás e se levantou.
— Prazer — disse ele, estendendo a mão.
— O prazer é meu — respondeu ela, ao cumprimentá-lo.
Balancei a cabeça incrédula, não só por causa do incêndio, mas por saber que Justin iria embora com Jade mais cedo do que eu esperava.
— Nossa. Que coisa essa história do incêndio.
— Eu nem estava com disposição para tocar, mas nunca teria desejado uma merda dessa para o Sal.
— Talvez nem eu volte a trabalhar lá antes do fim do verão.
Ele deu mais uma tragada no cigarro e bateu as cinzas. Havia sensualidade em seu gesto.

— O que vão fazer hoje? — perguntou Justin.
— Compramos bebida, vamos ficar em casa.
— Ai, que delícia.
Tracy riu.
— Não é toda noite que escapo das crianças. Uma noite em casa com uma amiga e bebida é o máximo de loucura que pode rolar para mim.
Justin piscou.
— Bom, vou ficar fora do caminho de vocês, então.
— Não é necessário. Beba com a gente — convidou Tracy.
— Não, tudo bem.
Quando ele desceu, Tracy foi ao banheiro. Eu estava cortando limão quando Justin entrou na cozinha e viu a enorme garrafa de tequila em cima do balcão.
— Meu Deus do céu. Acha que tem tequila suficiente?
— Foi ideia da Tracy. Nunca bebi tequila pura.
Justin apertou os olhos.
— Nunca bebeu um shot de tequila?
— Não.
— Droga, Tapa. Vocês não sabem curtir a vida em New Hampshire?
— Eu nem bebia até um ano atrás. Na verdade, nunca bebi mais do que bebi neste verão.
Ele sorriu.
— Posso assumir a culpa por isso?
— Talvez. — Eu ri.
Nós dois olhamos para Tracy quando ela apareceu.
— Amélia, sinto muito, mas Todd acabou de ligar para avisar que Ava está vomitando. Preciso voltar para casa.
— Sério? Puxa, que pena!
— Acho que vocês dois vão ter que beber essa tequila sem mim, mas fico feliz por Todd ter ligado antes de eu começar a beber e não poder mais dirigir.
— Precisa de alguma coisa para a viagem? Uma garrafa de água, talvez? — perguntei.
— Não, tudo bem. — Tracy me abraçou. — A gente se vê na escola daqui a algumas semanas.

— Obrigada por ter vindo, Tracy. Foi muito divertido.
— Foi um prazer te conhecer, Justin.

Ele acenou silencioso, e eu a acompanhei até a porta.

Assim que Tracy saiu, o clima passou de leve a extremamente tenso. Quando me virei, Justin estava encostado no balcão da cozinha com os braços cruzados.

Isso era exatamente o que eu tentava evitar. Parte do motivo para ter convidado Tracy para passar a noite na ilha era não ficar sozinha com ele. Esta noite seria a última vez que ficaríamos sozinhos antes de Justin voltar para Nova York.

Caminhei lentamente para onde ele estava parado.

Justin sorriu.

— O que vamos fazer com toda essa tequila?

Dei de ombros.

— Não sei.
— Acho que a gente devia beber.
— Não sei como preparar os shots. Tracy ia me ensinar.
— É simples. Lamber, virar, chupar.
— Como é que é?
— O processo tem três etapas. Você lambe a porção de sal na mão, vira a dose de tequila e depois chupa a fatia de limão. Lamber, virar, chupar. Eu te mostro.

Ouvi-lo falar em "lamber, virar e chupar" fez meu corpo formigar.

Nesse momento, meu celular vibrou em cima da bancada. O aparelho estava bem ao lado de Justin, e ele ficou sério quando olhou para a tela.

Ele pegou o telefone e resmungou:

— Muito legal, sério. — E me deu o aparelho.

Todo o sangue do meu corpo pareceu se concentrar na cabeça quando li a mensagem de Tracy.

> *Justin está a fim de você. Devia trepar muito com ele nesta noite.*

Seu olhar era penetrante quando levantei a cabeça.

Revirando o cérebro em busca de uma resposta, deixei escapar uma risada forçada.

— Ela é uma palhaça. Gosta de fazer piadinhas. Desculpa.

Justin não disse nada, só olhou para mim com uma intensidade incômoda.

Merda. Valeu, Tracy!

Meu coração batia acelerado.

Ele ficou quieto por mais um longo instante, depois falou:

— Preciso dessa bebida.

Suspirei aliviada e admiti:

— Eu também.

Justin examinou a garrafa.

— Foi você que escolheu a tequila?

Ótimo, ele ia deixar passar.

— Sim.

— Essa marca é horrível. É barata.

— Eu falei que não sei nada sobre tequila.

— Na verdade, não é a pior coisa do mundo. A gente engole tão depressa que nem sente o gosto. Se fosse das mais caras, seria desperdício.

Justin abriu o saleiro, pegou dois copinhos de shot no armário e os colocou sobre o granito do balcão, depois empurrou um deles para mim.

Em seguida, levantou a mão e afastou bem o indicador e o polegar, mostrando o espaço entre eles.

— Abre a mão assim e faça o que eu faço. — Ele lambeu o espaço entre os dedos. Meu Deus, que lambida erótica. Era fácil imaginar o que aquela boca podia fazer em outras circunstâncias.

Jade era uma mulher de sorte.

Eu o imitei, e Justin observou cada movimento da minha língua. Depois salpicou um pouco de sal na mão dele e na minha.

— Agora lambe o sal bem depressa e vira a dose de tequila de uma vez só. Não para. Bebe tudo. Depois pega uma fatia de limão e chupa.

Mas que inferno. Ouvir o tom autoritário da voz de Justin ao pronunciar as palavras lamber e chupar era quase demais para mim.

— Preparada? Vamos juntos. No três. Um... dois... três.

Lambi a mão e esvaziei o copo na boca. A tequila queimou minha garganta.

Esqueci de pegar o limão. Mas Justin pegou uma fatia e enfiou na minha boca.

— Depressa. Chupa. Vai suavizar o sabor.

Chupei a fruta e saboreei sua acidez. Meus lábios tocaram seus dedos enquanto ele segurava o limão. Ele me observava atentamente enquanto eu o chupava. Queria engolir os dedos dele.

Quando Justin puxou a fatia de volta, lambi os lábios.

— Caramba, isso é forte. E agora? Mais uma?

— Vai com calma na bebedeira. Vamos esperar um pouco. Você é peso-pena.

Espaçamos as doses, e cada uma provocava um impacto maior que a anterior. Quando fiquei meio desequilibrada, Justin decidiu:

— Agora chega. Você para por aqui.

Eu o vi beber mais duas doses. Depois de vários minutos, seus olhos começaram a ficar vidrados. Estávamos bêbados.

A sala girava quando fui para o sofá e fechei os olhos. Senti o peso de Justin afundar a almofada ao meu lado. Ele apoiou a cabeça no encosto e também fechou os olhos. Havia tirado o boné, e o cabelo estava bagunçado. A luz indireta da sala de estar iluminava o topo de sua cabeça, realçando as mechas naturais loiras. Depois de olhar para ele por um tempo, a necessidade de tocar aqueles fios sedosos se tornou insuportável. Estendi a mão e comecei a deslizar os dedos por seu cabelo. Sabia que era errado, mas me convenci de que era um gesto inocente entre amigos. Como costumávamos fazer quando adolescentes. No fundo, sabia que estava me enganando. O álcool havia banido a inibição e me dado coragem para fazer uma coisa que eu desejava havia muito tempo.

Justin deixou escapar um suspiro longo, trêmulo, mas manteve os olhos fechados enquanto meus dedos acariciavam seu cabelo. No início, ele parecia em êxtase, por isso não me detive. Depois de um minuto, porém, sua respiração ficou ofegante, e ele começou a ficar inquieto.

Assustei-me quando ele abriu os olhos e se virou para mim.

— Que porra é essa que você está fazendo, Amélia?

Afastei a mão. Meu coração começou a bater mais forte enquanto eu tentava pensar numa desculpa.

— Desculpa, eu... me deixei levar.

— Sei. Culpa do álcool?

Justin se levantou e foi para o outro lado canto sala, puxando o cabelo enquanto andava de um lado para o outro. Depois, fez uma coisa muito bizarra. Ele deitou no chão e começou a fazer flexões numa sucessão rápida.

Tentando segurar as lágrimas de humilhação que faziam meus olhos arder, observei enquanto ele continuou a se exercitar por vários minutos. Justin estava arfante e exausto quando caiu deitado de costas. Finalmente, ele sentou-se e abaixou a cabeça, profundamente pensativo. O suor escorria por suas costas.

Uma vez que já havia causado estrago demais por uma noite, me levantei e me dirigi à escada.

A voz dele me fez parar.

— Não. Fica.

— Acho que preciso dormir.

— Venha aqui — falou, em voz baixa.

Quando voltei ao meu lugar no sofá, a voz dele era mais autoritária.

— Eu disse... venha aqui — intimou, apontando para o chão a seu lado. Ele estava sentado abraçando as pernas, e eu me acomodei a seu lado, ainda envergonhada demais para olhar em seus olhos.

Ele se virou de costas para mim.

— Você perguntou o que significa essa tatuagem nas minhas costas. Olhe os números em três séries de quatro embaixo da barra.

Pareciam numerais aleatórios sem nenhuma ordem em particular. *Três séries de quatro.* O que significavam?

A primeira série finalmente fez sentido: 1221.

— Vinte e um de dezembro. Seu aniversário.

Ele assentiu.

— Sim.

A série seguinte era 0323.

— E essa?

— Vinte e três de março de 2001 — ele falou.

— O que significa essa data?

— Não sabe?

— Não.

— O dia em que a gente se conheceu.

— Como pode lembrar a data exata?

— Eu nunca esqueci.

Olhei para a série seguinte: 0726.

Essa era uma data que eu nunca tinha conseguido esquecer.

— O dia em que saí de Providence, 26 de julho de 2006. — Olhei para a tatuagem mais uma vez antes de dizer: — O código de barras representa seu nascimento e o começo e o fim da nossa amizade.

— Sim. Momentos que definiram minha vida.

— Quando fez a tatuagem?

— Eu estava em Boston terminando o primeiro e último semestre na faculdade de música. Sabia que não voltaria porque não tinha como pagar. Naquela noite, eu estava deprimido, triste e sentindo muito sua falta. Mas tinha me negado a falar com você quando foi me procurar no ano anterior, e eu não ia ceder. Era jovem, teimoso. Queria te castigar por ter ido embora. O único jeito que encontrei foi fazer o que você fez comigo, desaparecer. Encontrei um estúdio de tatuagem perto da faculdade e gravei isso em mim. Era a representação de que eu havia te superado de uma vez por todas.

— E funcionou?

— Sabe, depois desse dia, realmente cumpri a promessa de seguir com a minha vida. E a cada ano ficava mais fácil esquecer tudo, sobretudo quando me mudei para Nova York. Dias e semanas se passavam sem que eu pensasse em você. Achei que a tinha colocado no passado, onde era seu lugar.

— Até não conseguir mais me evitar.

Ele assentiu.

— Eu não sabia o que esperar quando vim para cá. Quando te vi naquele primeiro dia na cozinha, percebi que meus sentimentos ainda existiam, não tinham ido embora. Eu só os havia reprimido. Rever você como uma mulher adulta foi perturbador. Eu não soube lidar com isso.

— Então foi cruel comigo.

— No começo eu ainda estava com raiva. Queria que você me tratasse mal, porque assim a raiva seria justificada, pelo menos. Mas você foi doce e mostrou arrependimento. O objeto da minha raiva foi mudando, deixou de ser você e passou a ser eu mesmo, por ter perdido tantos anos amargurado. Então... sabe o que essa tatuagem representa para mim agora? — Ele fez uma pausa. — Burrice.

— Eu que fui burra por ter te deixado. Eu...

— Deixa eu terminar. Preciso falar tudo hoje.

— Tudo bem.

O que ele disse em seguida foi totalmente inesperado.

— Precisamos conversar sobre essa atração que sentimos, Amélia.

Engoli em seco.

— Tudo bem.

— Aquela mensagem da sua amiga... ela tem razão. Quero transar com você, quero tanto que estou praticamente tremendo. A única coisa que me impede é minha consciência. É errado e muito confuso.

Meu corpo pirou depois dessa confissão e não sabia se ficava excitada ou enjoada.

Ele continuou:

— Desde aquele dia em que você ficou me espiando no quarto, não consigo tirar você da cabeça.

— Eu não devia ter feito aquilo.

— É, não devia. Mas o que importa é que... não consegui ficar bravo, porque você me espiar enquanto eu me masturbava foi a coisa mais excitante que já aconteceu comigo.

Uau. Eu não sabia que ele se sentia assim.

— Pensei que me achasse pervertida.

— Eu teria feito a mesma coisa se passasse pela porta do seu quarto e visse você se acariciando.

— Você tem um corpo lindo, Justin. É difícil não olhar para ele.

— Em que estava pensando?

— Como assim?

— Quando me espiava. Em que estava pensando?

Já que ele estava sendo tão honesto comigo, decidi dizer a verdade.

— Eu me imaginava com você.

A respiração de Justin falhou por uma fração de segundo, e ele olhou para o outro lado antes de me encarar.

— Sempre se sentiu assim atraída por mim?

— Sim. Mas agora é mais forte. Eu sei que é errado, Justin.

— Certo ou errado, não dá para controlar por quem nos atraímos. Não quero te desejar desse jeito. Ficar sentado ao seu lado agora já é difícil para mim. Mas querer alguém e ter alguma coisa com essa pessoa são duas coisas diferentes. Por isso tive que fazer você parar de acariciar meu cabelo.

— Sério, eu não estava tentando ir para a cama com você. Só senti saudade de tocar seu cabelo. Só isso. Foi egoísta.

— Eu entendo, acredite. Não sou inocente nisso tudo. Também procurei desculpas para poder te tocar. Mas eu tenho uma namorada. Temos uma vida legal em Nova York. Não tem justificativa. Estou começando a me sentir como meu pai, totalmente descontrolado e sem nenhuma consideração por ninguém.

— Você não é seu pai.

— Minha mãe era igual.

— Bom, você não é como seus pais.

— Também não quero te magoar, Tapa. Estou muito confuso. Essa situação de dividirmos a casa torna tudo muito desconfortável. — Ele fechou os olhos por um longo momento antes de continuar. — Talvez a gente deva pensar em um acordo qualquer no ano que vem.

— Acordo?

— Sim, podemos vir em meses alternados, assim não ficamos aqui ao mesmo tempo.

Tive a sensação de levar um soco no peito. Não podia acreditar no que estava ouvindo.

— Deixe-me ver se entendi. Você não consegue confiar no seu autocontrole quando está perto de mim, então não quer me ver mais?

— Não é isso.

— Então, por qual outro motivo não quer ficar perto de mim?

Ele levantou a voz, e o tom se aproximou do furioso.

— Você gosta de me ouvir trepar com a Jade?

— Não, mas...

— Bom, eu também não quero ouvir você trepando com ninguém. Estou tentando proteger nós dois.

Meu sangue ferveu.

— E por isso prefere não me ver mais?

— Eu não disse isso. Mas precisamos ao menos pensar nessa ideia de um cronograma. Acho que seria uma opção inteligente.

As palavras soltavam-se da minha boca.

— Por mais que a situação tenha sido difícil para mim, nunca considerei essa ideia. Essa é a diferença entre nós. Eu enfrentaria todo o desconforto necessário para ter você na minha vida. Eu jamais faria uma escolha que envolvesse fingir que você não existe. Prefiro ter um pedaço de você a não ter nada. É evidente que você não sente a mesma coisa em relação a mim. Então quer saber? Agora que sei disso, tudo bem, vamos pensar em um cronograma. — As lágrimas escorriam por meu rosto.

— Merda, Tapa. Não chora.

Estendi as mãos e me levantei.

— Por favor, não me chama mais por esse apelido.

Ele enterrou o rosto entre as mãos e gritou:

— Merda!

Fui correndo para a cozinha e abri a garrafa de tequila. Bebi mais uma dose sem me incomodar com sal e limão.

Justin pegou a garrafa antes que eu pudesse me servir mais uma dose.

— Você vai acabar vomitando.

— Isso não é da sua conta.

Então ouvimos o barulho da porta abrir. Viramos ao mesmo tempo para ver quem era.

Justin ficou branco antes de exibir um sorriso falso.

— Jade!

Ela correu na direção do namorado e o abraçou.

— Não deu para esperar nem mais um dia. Eu estava morrendo de saudade.

Jade o beijou nos lábios, e o corpo de Justin ficou tenso. Dava para perceber que ele estava tenso por beijá-la na minha frente depois de tudo o que havia acontecido momentos antes.

Ela se afastou.

— Que cheiro de tequila.

— É, uma amiga dela esteve aqui e trouxe.

— É bom ver que vocês dois ainda se falam. — Jade olhou para mim e se aproximou para me dar um abraço. — Senti saudade de você também, Amélia. — A culpa crescia dentro de mim a cada segundo que seu corpo magro permanecia colado ao meu.

— Que bom que voltou — menti.

Ela olhou para o meu rosto.

— Seus olhos estão vermelhos. Está tudo bem?

— Sim. Bebi demais, só isso. Não estou acostumada.

— Tequila é forte. — Ela riu e olhou para a garrafa. — Principalmente quando é uma porcaria barata como essa.

Jade passou os minutos seguintes me contando todas as fofocas dos bastidores da Broadway, enquanto Justin e eu nos olhávamos furtivamente. Quando ela parou de falar, decidi que precisava arrumar uma desculpa para sair dali.

— Estou exausta. Vou dormir.

— Espero que a gente não incomode muito nesta noite. — Jade piscou e olhou para Justin. — Faz tempo...

Ele ficou sério e muito incomodado.

— Não se preocupem comigo. Divirtam-se.

No quarto, cobri a cabeça com o travesseiro para abafar o barulho da cama deles. Ouvir os dois transarem era mais doloroso do que eu podia imaginar, mas nem se comparava ao vazio que eu sentia depois da conversa com Justin.

Meu estômago doía. Senti um enjoo violento. Corri para o banheiro e jurei que nunca mais beberia tequila enquanto eu vivesse, não só por causa do enjoo, mas porque sempre me lembraria dessa noite miserável.

9

Dois dias mais tarde, eu ainda estava enjoada. Uma ressaca podia durar tanto tempo assim? Eu mal havia saído do quarto. Justin e Jade se preparavam para voltar para Nova York. Eu ouvia os dois fazendo as malas sem pressa. Ainda não sabia exatamente quando partiriam. Furiosa com a sugestão de programarmos as próximas visitas para não nos encontrarmos na casa, não tinha nenhuma vontade de ver Justin nem de me despedir dele.

Ele também não havia se dado ao trabalho de me procurar. Quando Jade aparecia no meu quarto, eu agradecia pela preocupação, embora lhe sugerisse que ficasse longe de mim para não adoecer antes de voltar para a Broadway. Preferia não falar com eles antes de irem embora, mas começava a perceber que teria que sair do quarto para ir ao médico.

Hoje, porém, devia ser meu dia de sorte, porque eles sumiram juntos pelo tempo necessário para eu me arrumar e sair sem ter que encontrá-los.

Quando cheguei ao consultório, fizeram-me esperar meia hora para ser atendida. Não quis me arriscar a ir ao pronto-socorro do Newport Hospital, pois a última coisa de que precisava era ser examinada pelo dr. Will Danger. De carro, rodei pela cidade até encontrar a pequena clínica.

Uma enfermeira finalmente me chamou:

— Amélia?

Eu a segui pelos corredores até uma sala pequena e fria, onde ela me deixou esperando por mais vinte minutos. Quando a médica enfim apareceu, expliquei-lhe todos os meus sintomas: náusea, vômito, fadiga. Contei a ela que havia passado o verão todo com um enjoo que ia e vinha e confessei ter bebido demais dois dias antes, mas ela excluiu a hipótese de intoxicação alcoólica. Também mencionei o fato de Justin ter ficado doente, caso pudesse haver alguma relação.

Quando admiti que não ia ao médico havia mais de dois anos, ela insistiu em fazer alguns exames só para ter certeza de que estava tudo bem comigo. A médica me mandou ao laboratório, onde uma enfermeira colheu amostras de sangue. Também fiz xixi em um recipiente. Tudo parecia meio complicado.

O resultado dos exames de sangue sairia em alguns dias. Eu estava deixando a área do laboratório quando a médica me alcançou na recepção.

— Srta. Payne?
— Sim?
— Pode vir ao meu consultório um instante, por favor?

Meu coração disparou. Tinha alguma coisa errada nesse cenário. Eles disseram que telefonariam. Por que ela precisava falar comigo de repente?

— Como sabe, o laboratório colheu uma amostra do seu sangue, e o resultado dos exames vai demorar um pouco, mas o exame de urina é mais rápido. Embora tenha escrito na sua ficha que não está sexualmente ativa no momento, você está grávida.

— Impossível.
— O exame comprova.
— Eu menstruei.
— Pode ter sido um escape ou algum sangramento intermitente que não era menstruação. A senhorita mencionou que tem bebido muito ultimamente. Não é possível que tenha tido relações sexuais e não se lembra disso?

— De jeito nenhum.

Pensei na última vez que havia transado. Com Adam, havia alguns meses, na noite em que terminamos. Sempre usamos camisinha, o que tornava a hipótese ainda mais improvável.

— Tem certeza?
— O teste é bem preciso.
— Não dá para fazer de novo?
— Tenho uma ideia melhor. Temos atendimento de ginecologia e obstetrícia na clínica. Vou ver se conseguem encaixá-la para fazer um ultrassom rápido. Não garanto que tenha horário, mas vou tentar. Pode esperar na recepção?

Tive a sensação de que me fizeram esperar por uma eternidade. Estava certa de que tudo não passava de um engano e, portanto, era uma grande perda de tempo.

A médica foi me chamar na recepção.

— Srta. Payne? Boa notícia. Eles vão atendê-la agora. Pegue o elevador para o primeiro andar e procure a Doris na Reid Obstetrics. Ela é a técnica de ultrassom. Já passamos todas as informações do seu convênio.

— Obrigada.

Quando cheguei à sala no primeiro andar, uma garota mais ou menos da minha idade, com um avental sobre uma camiseta com estampa da cabeça do Mickey Mouse e um sorriso no rosto, esperava por mim.

— Amélia?
— Sim.
— Oi. Pode vir comigo.

Doris me levou a uma sala meio escura. Era muito mais quente ali do que no consultório lá em cima, e no rádio tocava uma música suave.

— Antes de mais nada, parabéns. — A jovem tinha um leve sotaque hispânico.

— Ah, eu não estou grávida. É só um vírus. Esse exame é só para confirmar que houve algum engano no teste de urina.

Ela sorriu.

— Esses testes são muito precisos.
— Sim, podem ser, mas não nesse caso — respondi, com firmeza.

Ela ignorou o comentário e apontou para minha camiseta.

— Pode levantá-la, por favor? Vou passar gel no seu abdome.

O tubo fez um ruído de esguicho quando ela espremeu o gel sobre minha barriga. Então, ela encostou o aparelho de ultrassom em minha pele e o pressionou levemente. Uma imagem branca e sem nitidez surgiu na tela, e em segundos eu vi. Não só uma mancha, mas cabeça e braços. Parecia enorme e se mexia.

— Amélia, eu te apresento... o vírus. Como pode ver, tem um coração batendo bem aqui, e parece que todos os membros estão onde deveriam estar. Você está grávida, não há dúvida.

Senti a sala rodar.

— Como isso é possível?

— Tenho certeza de que vai descobrir, se pensar bem. Você está grávida de aproximadamente doze semanas, o que significa que o bebê nascerá no fim de março.

Três meses. Há quase três meses eu transava pela última vez com Adam. O Adam que me traiu. O Adam que morava em Boston com Ashlyn. O Adam que eu odiava. Esse Adam.

Eu esperava um filho de Adam.

A técnica continuou:

— Infelizmente, ainda é um pouco cedo para saber o sexo do bebê, mas você pode marcar outro exame, se quiser, para a consulta de dezoito semanas, quando poderá confirmar se é menino ou menina. Mas, da próxima vez, passará pelo médico antes.

— Eu vou marcar consulta em Providence, onde moro na maior parte do ano. Mas obrigada.

Atordoada e confusa, vi incrédula que ela imprimia três fotos do bebê para me dar. Olhei para as imagens da criatura desconhecida, depois para minha barriga, que nem parecia ter mudado. Eu havia notado um pequeno inchaço, mas pensei que era consequência do estresse e da bebida.

Ai, meu Deus. A bebida!

Bebida alcoólica e fusão de café. Será que o bebê estava bem?

Entorpecida, saí da clínica e fiquei sentada no carro por alguns minutos antes de me sentir com energia suficiente para dirigir. O mundo parecia diferente. Mais cinza. Mais assustador. O futuro era incerto. Pela primeira vez em meses, outra coisa além de Justin dominava meus pensamentos.

Em casa, Justin e Jade preparavam o jantar na cozinha, enquanto eu me mantive deitada na cama abraçando a barriga de maneira incrédula. Havia conseguido me fechar no quarto antes de eles voltarem do supermercado, por isso ainda não tinha encontrado os dois. O som da risada de Jade lá embaixo me enlouquecia.

Eu continuava em choque. Era como estar no meio de um terrível pesadelo. Era difícil acreditar nessa gravidez.

Como eu poderia criar um filho? Mal conseguia cuidar de mim mesma. Meu salário não cobriria nem o custo da creche. Havia muitas coisas indefinidas. A batida da porta da frente interrompeu meus pensamentos frenéticos. Antes que eu pudesse especular se eles haviam ido embora, ouvi passos na escada aproximando-se do meu quarto.

Alguém bateu à porta.

— Quem é?

— Sou eu. — A voz grave me fez tremer.

— Que foi?

— Posso entrar?

Levantei e fui abrir a porta.

— O que você quer?

Ele parecia cansado, esgotado.

— Parece exausto. Muito sexo?

Justin ignorou minha provocação.

— Jade está fazendo guacamole. O limão acabou, e ela deu uma corrida ao supermercado. É a primeira oportunidade que tenho para conversar com você a sós. Não temos muito tempo.

— O que tem para me dizer?

— Por que não saiu do quarto?

— Não era o que você queria, que eu desaparecesse?

Triste, Justin balançou a cabeça lentamente e murmurou:
— Não.
— Não?
— Não. A ideia do cronograma foi idiota. Peço desculpas por ter sugerido.
— Ah, mas quer saber?
— O quê?
— Não vai ser difícil resistir a mim. Não vai ter dilema. Porque quando eu contar o que descobri hoje, você nunca mais vai ter um pensamento inadequado a meu respeito. Não vai querer *nada* comigo. Seu maior pesadelo... acabou de se tornar minha realidade, Justin.

Ele piscou tentando decifrar minhas palavras.
— Do que você está falando?

Comecei a chorar, sentei na cama e escondi o rosto entre as mãos. De repente, percebi claramente os hormônios da gravidez. Justin, que nunca tinha me visto chorar daquele jeito, sentou ao meu lado e me abraçou. O gesto só me fez soluçar de tanto chorar.
— Amélia, fala comigo. Por favor.
— Fui ao médico. Era para ser uma consulta de rotina. Fiquei enjoada... como você...
— Alguém te fez alguma coisa lá?

Limpei o nariz na manga da blusa e gritei:
— Não. Nada disso.
— O que é, então?
— A médica fez alguns exames. Um teste de gravidez, inclusive.
— Envergonhada, eu me afastei e olhei nos olhos dele.
— Você está... grávida?

Minha voz era praticamente inaudível.
— Sim.
— Como pode?
— Estou de três meses. É do Adam.
— Aquele babaca não usava camisinha?
— Aí é que está. Nós usávamos camisinha. Não sei como isso aconteceu. Só consigo pensar que preservativo não é infalível.

— É muito tarde para interromper?

— Não ouviu o que eu disse? Três meses. Sim, é tarde demais! Mesmo que não fosse, eu nunca conseguiria fazer um aborto.

Justin se levantou da cama e começou a andar pelo quarto.

— Tudo bem... tudo bem. Desculpa. Só estava pensando alto, queria saber se conhecia todas as opções.

— Estou com medo.

Jade falou lá embaixo:

— Justin? Voltei!

Ele parou de andar.

— Merda.

— Por favor, não conte para a Jade — implorei. — Não quero que ninguém saiba, por enquanto.

— Tudo bem. É claro.

— É melhor você descer.

Ele continuou parado.

— Amélia...

— Vai! Desce. Não quero que ela me veja chorando.

Chocado e confuso, Justin saiu do quarto.

Passei o resto da noite pesquisando na internet sobre o que esperar nos próximos seis meses. Eu precisava decidir como contar para o Adam. Ele podia até não querer se envolver nessa história, mas precisava saber.

Justin e Jade estavam colocando as malas no carro. Eu já havia me despedido dela no café da manhã, mas não tive oportunidade de falar com Justin. Eles partiriam a qualquer minuto. Era difícil acreditar que esse dia finalmente havia chegado. Eu sentia uma mistura de pavor e alívio. Vê-lo todo dia seria ainda mais difícil, sabendo que, com toda a certeza, não havia mais nenhuma possibilidade de futuro para nós. Justin não queria ter filhos. Não ia querer criar o filho de outro homem. A gravidez era o último prego no caixão. Talvez eu concordasse com a ideia do cronograma para o próximo verão. Melhor ainda, talvez eu tivesse que vender minha parte da casa para ele. Por mais que odiasse pensar nisso, não sabia qual seria minha situação financeira depois que o bebê nascesse.

    Parada diante da janela do quarto, vi os dois colocarem malas e caixas no porta-malas do Range Rover. Em dado momento, Justin olhou para cima e me viu. Ele levantou o indicador, como se me dissesse para eu esperar. Pouco depois, notei que ele cochichava no ouvido de Jade. Em seguida, ela saiu com o carro.

    Logo depois ouvi passos, e Justin apareceu na porta do meu quarto. Aparentemente triste, ele disse:

— Oi.

— Oi.

— E aí, como se sente?

— Não muito bem.

— Pedi a Jade para abastecer enquanto eu me despedia, disse que queria ver se você precisa de alguma coisa antes de irmos embora.

— Não preciso. Estou bem. Você tem que voltar para a sua vida.

— Eu me sinto mal de deixar você assim.

— Eu vou embora em dois dias. Quanto mais cedo voltar a Providence e me preparar para essa nova realidade, melhor.

— Tapa...

— Não me chama mais desse jeito. — Meus olhos se encheram de lágrimas. — Não estou brava com você, mas isso me deixa triste. — Meus lábios tremeram.

— Tudo bem.

— O que veio me dizer?

— Se precisar de alguma coisa... qualquer coisa... pode me ligar. E promete que vai me manter informado sobre tudo o que acontecer.

— Prometo.

—Avisa quando eu puder contar para a Jade.

— Tudo bem. Não vai dar para esconder por muito tempo.

    Ele olhou para a cama. Pouco antes eu estava olhando as fotos do ultrassom, e elas ainda estavam lá. Justin foi pegá-las. Ele olhou para as imagens como se estivesse hipnotizado.

— Essa coisa está aí dentro? Nem parece.
— Eu sei.
Ele balançou a cabeça enquanto examinava as fotos.
— Meu Deus, é muito estranho. Acho que ainda estou em choque.
— Você não é o único.
Justin deixou as fotos em cima da cama e ficou olhando para o nada, perdido nos próprios pensamentos. Depois, pôs a mão no bolso e pegou o canivete suíço vermelho.
— Quero que fique com isto. Você precisa dele mais do que eu. Deixa ao lado da cama de noite. Vai me fazer sentir melhor, porque agora me sinto bem imprestável.
Eu não ia discutir com ele.
— Tudo bem.
Justin olhou para a janela. Nós dois vimos Jade chegar.
Enxuguei os olhos.
— É melhor você ir.
Ele não se moveu.
Ficamos nos olhando em silêncio até ouvirmos o barulho de Jade entrando em casa.
Então, ele foi embora.

10

OITO MESES DEPOIS

Eu me sentia invadindo propriedade alheia, embora fosse dona de metade dela.

Tudo continuava como havíamos deixado. A casa de praia estava gelada. Eu precisava ligar o aquecimento. Era meio de maio e ainda fazia muito frio na ilha. Eu não devia voltar antes do fim de junho, mas o prédio em que eu alugava um apartamento havia sido vendido, e eu tive que sair de lá. Sem alternativa, fui a Newport antes do previsto ou ficaria na rua. Já estava em licença-maternidade e não voltaria até o fim do ano letivo, por isso a solução fazia sentido.

Não conseguimos inquilinos para a baixa temporada, e a casa havia ficado vazia. Senti uma saudade inesperada. Antes esse lugar me lembrava minha avó. Agora me lembrava Justin. Podia quase sentir o cheiro de seu perfume na cozinha. Era minha imaginação, mas parecia real. Também o imaginei parado ao lado da jarra da cafeteira, sorrindo enquanto misturava o café com a fusão de pós... as costas musculosas e nuas e os olhos voltados para o mar além da janela... o lambe, vira, chupa quando ele bebeu tequila. Olhei para a sala de estar e recordei a noite constrangedora antes de Jade voltar.

Fechei os olhos por um momento e imaginei o verão passado, quando a vida era simples. O gritinho no canguru preso ao meu peito me trouxe de volta à realidade.

Bea balançava a cabeça procurando meu peito.

— Espera... espera. Primeiro tenho que tirar você daí. — Enquanto a tirava do canguru, eu murmurava: — Você foi muito boazinha durante a viagem. Deve estar com fome, não é?

Merda. Minhas coisas ainda estavam no carro. Levei minha filha de dois meses lá fora para pegar a almofada de amamentação no banco de trás. Tracy a havia comprado para mim e disse que eu precisaria muito dela, e era verdade. Cor-de-rosa com estampas de margaridas brancas, era um item de primeira necessidade para alimentar esse bebê constantemente faminto sem acabar com as minhas costas. Parei um instante para admirar o oceano antes de voltar para dentro da casa.

Bea era diminutivo de Beatrice, nome da minha avó. Minha menininha nasceu no meio de março, uma semana antes da data prevista. Adam preferiu não estar presente. Disse que queria prova de que a filha era dele e que, enquanto não a tivesse, não a reconheceria como tal. Por termos usado preservativos sempre, ele deduziu que era impossível ser o pai. Ele foi a única pessoa com quem eu havia dormido antes de engravidar, mas minha palavra não provava coisa nenhuma. Não queria o estresse de colher sangue de Bea agora, e ele não tinha pressa para nos amparar e apoiar. Decidi adiar o momento de lidar com Adam. A mulher dele, Ashlyn, certamente acompanhava e manipulava tudo dos bastidores, e eu tinha certeza de que ela o havia convencido de que eu mentia. Com coisas mais importantes para resolver, eu não precisava dessa merda agora. A vida já estava bem complicada sem eles.

Bea terminou de mamar e dormiu de novo. Eu a acomodei com cuidado na cadeirinha e usei o raro intervalo para buscar o resto das coisas que estavam no carro. Quase tudo o que eu tinha estava em um depósito em Providence, exceto por todas as nossas roupas e o cesto de Bea. Eu ainda teria que comprar um berço e descobrir como montá-lo.

Um homem de cabelos escuros e enrolados de uns trinta e poucos anos de idade se aproximou de mim. Seus grandes olhos castanhos brilhavam.

— Oi, vizinha. Vi seu carro. Já estava me perguntando quando ia conhecer os donos dessa linda casa.

Apontei para a casa à direita da minha.

— A sua é aquela?

— Sim. Em me mudei para lá no outono. Aparentemente, sou uma dessas pessoas raras que ficam aqui o ano inteiro.

— Já conheceu a Cheri? Ela também mora aqui.

— Sim, mas acho que somos os únicos.

Dei risada.

— É, acho que sim.

Ele estendeu a mão.

— Roger Manning.

— Prazer... Amélia Payne.

— Estou vendo coisas de bebês. Tem filhos?

— Só uma filha. Nasceu em março. Está dormindo lá dentro.

— Também tenho uma filha de sete anos. Mora com a mãe na Califórnia.

— Deve sentir falta dela.

— Você nem imagina. Trabalho para a Marinha, vou ter que passar um tempo aqui. Depois do divórcio, minha ex-mulher quis voltar para o Oeste para ficar mais perto da família.

— Entendo.

— Vou conhecer seu marido?

— Ah, não sou casada. É uma longa história. Não estou com o pai do bebê. Foi uma gravidez acidental.

— Lamento.

— Não lamente. Foi uma bênção.

Roger olhou dentro do meu porta-malas.

— Posso te ajudar a levar as coisas para dentro?

O medo de confiar em um desconhecido era menor do que a fadiga. Bea não me deixava dormir, e eu aceitaria qualquer ajuda para levar tudo aquilo para dentro de casa.

— Seria ótimo.

Roger transportou tudo que estava no carro para dentro de casa e até levou o cesto para o quarto e o colocou ao lado da minha cama.

Quando descemos, ele se ajoelhou para dar uma olhada na Bea, que dormia na cadeirinha no chão da sala de estar.

— Ela é linda — sussurrou.

— Obrigada. Ela gosta de dormir de dia e me manter acordada à noite. Dizem que a gente deve dormir quando o bebê dorme, mas eu não posso. Tenho muita coisa para fazer quando ela está dormindo.

Roger levantou-se e, depois de um instante, disse:

— Bom, se precisar de alguma coisa, estou na casa ao lado. Sério... Se alguma coisa quebrar, se precisar levantar algo pesado... não hesite.

— Sou mais grata do que pode imaginar. Obrigada.

Quando ele fechou a porta, um sorriso iluminou meu rosto. O pobre Roger não sabia que logo estaria montando um berço.

Enquanto Bea dormia, decidi subir e começar a guardar nossas roupas. A caminho do meu quarto, parei na frente do quarto de Justin. Entrei e cheirei o travesseiro no lado da cama onde ele dormia. Desta vez, não era imaginação, o cheiro dele ainda estava lá. E eu senti saudade outra vez. Abracei o travesseiro, e uma lágrima escorreu por meu rosto. Havia conseguido sufocar esses sentimentos durante quase um ano. E nesse momento tudo vinha à tona.

Sinto sua falta.

Justin havia telefonado e mandado mensagens inúmeras vezes nos últimos meses. Eu dizia que estava bem e que não precisava de ajuda. Ele não era muito ativo nas redes sociais, exceto por algumas fotos de shows, basicamente do público, postadas no Instagram. Eu espiava a página de Jade no Facebook para saber o que eles faziam em Nova York, invejando a liberdade dos dois. Eu morria de saudade de Justin, mas sabia que era melhor me afastar.

Logo depois do nascimento de Bea, enviei-lhe uma foto dela por mensagem. Justin ofereceu ajuda novamente, inclusive monetária. Eu sempre recusava. Ele e Jade acabaram me mandando um generoso vale-presente da Babies R Us, que eu usei para comprar o cesto e a cadeirinha de Bea.

Não contei para ele que tive que sair do meu apartamento. Tinha vergonha e não queria mais uma oferta de caridade. Portanto, ele ainda não sabia que eu estava morando na casa de praia. Eu realmente esperava que, por algum milagre, eles ficassem bem longe dali no próximo verão. Sabia que não gostariam de ser acordados por Bea várias vezes no meio da noite. A verdade, porém, era que eu não queria vê-lo simplesmente porque seria muito doloroso.

Quase um mês se passou sem nenhum sinal de Justin e Jade. Eu finalmente me acostumava à vida na ilha outra vez.

Roger acabou montando o berço para mim. Era branco, e comprei pela internet um conjunto de roupa de cama com o que havia sobrado do vale-presente. Roger e eu nos tornamos amigos. Como sabia que não era fácil eu sair de casa, às vezes ele me trazia café ou frutos do mar do píer. Eu sentia que ele estava atraído por mim, mas Roger não tentava nada, o que era bom, porque eu não estava em condições de me envolver com ninguém.

Bea passava por uma fase difícil. Tinha cólicas e ainda não dormia muito. Não importava quanto eu a amamentasse, ela sempre queria mais. Quando conseguia sair de casa, eu a levava comigo. Ao mercado, às consultas médicas, sempre. Eu não ficava sozinha desde o dia em que ela nasceu. Éramos só nós duas. Eu estava bem assim. Os únicos momentos em que a tristeza me rondava era tarde da noite, depois de um dia exaustivo.

Em uma dessas noites, a chuva lavava a janela do meu quarto. Bea chorava e gritava. Ela havia mamado todo o leite dos meus seios e não aceitava mamadeira. Eu começava a ver estrelas de cansaço, só queria dormir. Então, desatei a chorar. Tinha a impressão de que aquilo era uma sessão de tortura como as que os prisioneiros enfrentam nas detenções. Como eu poderia continuar vivendo sem dormir? Como poderia voltar a trabalhar e quem ia cuidar dela como eu cuidava? Um sentimento de impotência me invadiu quando um trovão retumbou ao longe. E se acabasse a luz? Como eu ia trocar a fralda dela no escuro?

Não tínhamos velas. Um pequeno ataque de pânico começou a tomar conta de mim. Decidi ir para a sala. Segurando Bea, fui descendo a escada com cuidado.

Meia hora mais tarde, meu estado emocional só havia piorado. Meus mamilos estavam rachados e doloridos. No meu colo, Bea ainda sofria de cólicas. A porta da frente tremeu, e o pânico me dominou. Impelida pela descarga de adrenalina, peguei o canivete de Justin no meu bolso. Eu sempre usava pijamas com bolsos exatamente por isso.

Alguém estava arrombando a casa.

Meu celular estava lá em cima. Bea gritava, e não dava para me esconder com ela. A porta tremeu de novo.

— Porcaria de chave — disse ele, ao abrir a porta.

Seus olhos quase saltaram da órbita quando ele me viu. Bea estava pendurada no meu peito. Meu cabelo estava desgrenhado, e eu apontava o canivete para ele.

— Justin.

11

Ele virou a cabeça e olhou para o outro lado.

— Que merda, Amélia. Guarda o canivete e cobre esse peito.

A chegada inesperada de Justin me assustou tanto que eu nem percebi que um dos meus seios estava fora do sutiã de amamentação. Eu não usava camiseta, pois raramente dormia com uma. Era mais fácil amamentar só de sutiã. Levando Bea nos braços, fui até a cozinha pegar o cardigã que havia deixado em uma das banquetas.

O cenário era caótico. Eu tentava me vestir e falar em meio aos berros lancinantes de Bea.

— O que você está fazendo aqui?

— Agora anda pela casa só de sutiã, é? Se é um novo hábito, isso será um problema.

— Eu não sabia que você viria. No ano passado você não veio tão cedo. Por que não telefonou antes?

— Primeiro, não sabia que você estava aqui. Precisava sair um pouco da cidade, pensei em abrir e arejar a casa por umas duas semanas antes de você chegar.

Bea continuava gritando. Eu a sacudia para cima e para baixo, tentando acalmá-la.

— O que ela tem?

— Cólica. Não tenho leite suficiente, e ela não aceita mamadeira.

Justin aproximou-se lentamente e olhou para o rosto de Bea. Sua boca esboçou um sorriso suave.

— Ela é parecida com você.

— Eu sei.

Agora que estava mais próximo, ele olhou para mim também.

— Caramba, Amélia.

— O quê?

— Você parece ter saído de uma guerra.

— Esse é outro jeito de dizer que estou horrorosa?

— Olhos vermelhos, cabelo embaraçado. Nossa, você está horrível.

— Acha que eu não sei?

— Você tem dormido?

— Não. Tenho dormido muito pouco. Ela está em uma fase difícil, passa a noite acordada e dorme esporadicamente durante o dia.

— Fase difícil, dá para ver.

— Engraçadinho.

— Mas você não pode viver desse jeito.

— E o que sugere que eu faça?

— Pode começar tomando um banho.

— Não posso deixar minha filha chorando desse jeito.

— E se ela estiver chorando justamente por causa do seu cheiro? — Ele riu.

Fiquei sem fala por um instante, antes de começar a rir de mim mesma. Meu Deus, ele podia estar certo.

— Talvez tenha razão.

— Eu a seguro enquanto você toma banho.

— Sério? Faria isso?

— Já disse que sim.

— Já segurou um bebê antes?

— Nunca.

— Tem certeza de que não se importa?

— Eu me viro.

Eu não podia deixar passar essa oportunidade. A ideia de um banho quente era absolutamente maravilhosa.

Entreguei Bea a Justin com cautela e avisei:

— Cuidado com a cabeça dela. Não deixa cair para trás. Apoia o pescoço no seu braço.

— Entendi.

Bea parecia muito menor nos braços largos de Justin. E ela também parecia gostar de estar lá. A pestinha parou de chorar.

— Só pode ser brincadeira.

— O quê? — perguntou Justin.

— Não notou que ela parou de chorar?

— Eu disse. É o seu cheiro.

— Talvez. — Dei risada. — Ou você é um ímã para as mulheres, e isso vale para as pequenas também.

Ele balançava o corpo para ninar Bea e acenou me mandando sair dali.

— Shhh. Vai logo, Amélia. Antes que ela endoideça de novo.

— Tudo bem. — Antes de subir a escada, virei para trás. — Obrigada... de verdade.

Lá em cima, embaixo do jato de água quente, agradeci a Deus por Justin ter aparecido. Eu já estava com medo de perder a sanidade. Como sempre fazia quando éramos crianças, Justin apareceu exatamente quando eu precisava dele. Mesmo que não fosse intencional, hoje ele era meu herói.

Saí do chuveiro me sentindo um ser humano outra vez e me vesti tão depressa quanto pude. Notei que estava tudo quieto lá embaixo. Mesmo assim, eu sentia que precisava me vestir depressa, caso Justin estivesse perdendo a paciência, ou pior, caso Bea tivesse feito cocô.

Quando desci, a realidade era muito distante do que eu havia imaginado. Bea estava deitada de bruços no peito de Justin, e suas costas subiam e desciam. Apagada como uma lâmpada. Ele estava reclinado no sofá, e tudo parecia absolutamente tranquilo. Quando viu que eu me aproximava, ele levou um dedo aos lábios para pedir silêncio.

Sentei no sofá ao seu lado e fiquei olhando para a cena sem esconder o espanto. Ele não teve que fazer nada além de existir e conseguiu fazê-la dormir. Quem podia imaginar que Justin "Não Quero Ter Filhos Nunca" era um encantador de bebês.

Ele olhou para mim.

— Por que não vai dormir?

— E se ela acordar?

— Eu me viro.

— Ela vai acordar para mamar.

— Se isso acontecer, eu a levo lá em cima para você. Ela está bem, por enquanto.

— Tem certeza?

— Amélia...

— Oi?

— Parece que alguém aqui vai a algum lugar tão cedo? — perguntou Justin, balançando a mão para me dispensar. — Vai!

— Obrigada — murmurei antes de subir a escada.

Nem me lembro da minha cabeça tocar o travesseiro. Não dormia tanto desde que minha filha nascera.

Seis horas mais tarde, acordei com o choro de Bea. Esfreguei os olhos e vi Justin parado na porta do quarto segurando-a no colo.

— Esperei o máximo que pude... — Ele se aproximou e a colocou nos meus braços. — Vou sair para você amamentar. Aproveito e durmo um pouco.

— Muito obrigada. Eu precisava dormir, de verdade.

— Sem problemas.

Assim que ele saiu, ofereci o seio e Bea o pegou imediatamente. Ela estava com o cheiro de Justin. Inspirei o aroma masculino, e um desejo sexual reprimido havia muito tempo ganhou vida em mim. Era muito bom não ser mais a única adulta da casa, mas eu precisava controlar meus sentimentos. Faria o que fosse necessário, mas não ficaria obcecada por Justin novamente. Ser responsável por outro ser humano significava que eu não podia mais me dar ao luxo de virar um frangalho emocional.

No meio da tarde, Justin desceu. Bea estava presa ao meu peito no canguru enquanto eu limpava a cozinha.

— Bom dia — eu disse, sorrindo.

— Oi — respondeu ele, meio grogue.

E assim, do nada, meu corpo despertou com uma necessidade intensa. Ele era a definição do relaxo. Seu cabelo estava uma bagunça, e à luz do dia dava para ver a barba por fazer. Uma camiseta cinza e justa parecia ter sido pintada sobre seus músculos. Sem mencionar a calça de tactel que moldava seu traseiro.

— Como ela está? — perguntou ele. Meu corpo reagiu ainda mais intensamente quando Justin se aproximou para dar uma olhada em Bea.

— Dormindo.

— Faz sentido. O sol está brilhando, eu devia ter imaginado. — Ele olhou nos meus olhos. — E você?

— Estou bem. Você foi incrível ontem à noite.

— É o que sempre dizem. — Ele piscou.

Revirei os olhos.

— Obrigada de novo.

— Para de agradecer. — Justin ficou sério. — Sabe, esse tempo todo, sempre que eu perguntei como estavam as coisas, você dizia que estava tudo bem. Pois você não parecia nada bem ontem à noite. Você mentiu.

— Justin, isso tudo é minha responsabilidade. E as pessoas não podem fazer muito por mim.

— Sua mãe não apareceu nem para visitar?

— Ela foi ao hospital quando Bea nasceu, mas não se ofereceu para ficar e ajudar. Está mais preocupada com outras coisas, como viajar para Cancún com o namorado e vender leggings coloridas pela internet. Sabe como é, prioridades.

— É inacreditável. — Ele olhou em volta antes de dizer: — Sua vó teria ajudado.

— É, teria. — Fechei os olhos por um momento e pensei em minha avó, antes de voltar a falar da minha mãe. — Mas eu não quero que Patricia fique aqui comigo. Seria como ter que cuidar de dois bebês.

— Ela devia ter tido a decência de oferecer ajuda, mesmo que você recusasse.

— Concordo.

Ele coçou a cabeça.

— Esqueci de trazer meu café. Tem algum por aí?

— Na verdade, parei de beber a fusão quando descobri que estava grávida. A abstinência foi de matar. Tem um pouco de descafeinado no armário.

— Vai ter que ser isso. — Justin olhou para Bea. — Acha que todo aquele café fez mal para ela?

— Por causa do sono instável?

— Eu me sinto culpado por ter viciado você naquela coisa. Nenhum de nós dois sabia o que estava acontecendo.

— Nem começa. Você não tem culpa de nada. Olha para ela. Está tudo bem.

Justin coçou o queixo e sorriu.

— É, ela parece bem.

— Vou tentar colocá-la no berço. Já desço para fazer o café.

— Eu faço.

— Tem certeza?

— Sim.

Acomodei Bea no berço e, quando voltei à cozinha, Justin preparava duas canecas de café.

— Creme e açúcar? — perguntou.

— Sim, obrigada.

— Como ela está?

— Dormindo como um bebê.

— Que bom. — Ele empurrou uma caneca para mim.

Bebi um gole e fiz a pergunta que estava me matando.

— Por que a Jade não veio junto?

— Ela conseguiu um papel em um novo musical chamado *The alley cats*. Não pode sair da cidade.

— Ela não vem?

— Não sei.

— Quanto tempo você pretende ficar aqui?

Justin mexeu o café e balançou a cabeça.

— Não sei.

O medo me invadiu. Justin havia chegado no dia anterior, e eu já me sentia triste por pensar no dia em que ele me deixaria sozinha de novo.

— Estou feliz por ter vindo.

Bebemos café em silêncio até eu perceber que Justin olhava para os meus seios.

Ele tossiu e perguntou:

— Derrubou café?

Olhei para baixo e vi as duas manchas enormes formadas pelo leite que vazava.

— Merda. Não. O leite está vazando. Vou trocar de blusa, mas isso vai acontecer de novo até ela acordar.

— Meu Deus. Fico muito feliz por não ser mulher.

Ótimo. Eu também fico feliz por você não ser mulher.

— Bem-vindo à minha vida. — Ele continuou olhando para o meu peito, então eu disse, brincando: — Não precisa continuar olhando. Meus olhos estão aqui em cima.

— Seus peitos estão enormes. Bom, você já devia saber.

— Ah, eu sei. É uma questão de oferta e procura. Quanto mais ela mama, o que faz o tempo todo, mais eu produzo leite. E mamar é a única coisa que ela quer fazer quando está acordada.

— Não dá para dizer que ela está errada.

Eu sabia que meu rosto estava vermelho. O que acontecia comigo? Não dava para ser um zumbi em privação de sono e lidar de novo com essa paixão. Eu não me sentia mais sexy. Mesmo assim, estava voltando a desejar esse homem.

— Bom, embora meus seios estejam maiores, eu emagreci.

— Ah, eu percebi. Não tem se alimentado?

— Não como deveria. Eu me forço a comer queijo e vegetais crus, mas, normalmente, estou exausta demais para cozinhar.

— Quando foi a última vez que fez uma refeição de verdade?

— Não consigo nem lembrar. Só cozinho quando o vizinho traz frutos do mar do píer.

— Que vizinho?

— Roger.

— *Roger*.

— Sim. Ele se mudou para a casa que estava vazia no verão passado. Sabe qual é? A azul.

— Ah, sério? — Justin olhou para mim. — O que mais ele traz para você?

— Café, às vezes.

— Vamos ver se adivinho. Ele é solteiro.

— Divorciado, mas é só um amigo. Ele tem me ajudado. Na verdade, foi ele quem montou o berço.

— Certo. É claro que montou. Nenhum homem faz esse tipo de coisa sem ter segundas intenções, Amélia.

— Nem todos os homens são iguais.

— E nem toda mulher parece com você. Pode acreditar, o cara está esperando o momento certo. Não se esqueça disso e toma cuidado.

Animada com o elogio, pigarreei.

— Bom, não faz diferença se ele tem segundas intenções ou não. É evidente que não estou em condições de ter algo com um homem. Não consigo nem tomar banho!

— Você não devia deixar desconhecidos entrarem na casa com essa facilidade. Sua posição é bem vulnerável agora. Esse cara sabe disso.

— Bom, eu estava precisando muito de ajuda, então...

— Devia ter ligado para *mim*.

— Você estava em Nova York. Não teria feito o menor sentido. Ele estava na casa ao lado.

— Eu teria vindo passar o dia aqui, se precisasse de mim.

— Não quero ser um fardo para você, Justin. Preciso encontrar meu caminho. — Embora uma parte minha tivesse adorado ouvir suas palavras, outra parte estava confusa. — No verão passado você sugeriu que evitássemos qualquer encontro. — Meu tom era amargo. — Desculpa se você não foi a primeira pessoa em quem pensei quando precisei de ajuda.

A expressão dele ficou sombria.

— Merda, Amélia. É sério? Vai tocar nesse assunto de novo? Acha mesmo que era isso que eu queria? Naquela noite eu estava bêbado, falando e fazendo qualquer coisa para manter meu pinto dentro da calça. Acho que já expliquei que essa sugestão foi idiota.

— Tudo bem. Desculpa. — Levantei as mãos. — Não quero brigar.

— Ótimo. — Ele suspirou e mudou de assunto. — Falei para o Salvatore que posso tocar algumas noites no restaurante, se ele quiser. Mas não me comprometi com nada por muito tempo.

— Não sabe quanto tempo vai ficar?

— Isso.

— Bom, ele deve ter ficado feliz por ter você de volta, mesmo que só por algumas noites.

— É, ele ficou.

— Queria ver você tocar.

— Por que não vai?

— Não dá para levar a Bea ao Sandy's. Ela vai começar a chorar no meio da apresentação. E vai ser bem estranho se eu tiver que amamentá-la lá.

— E daí se ela chorar? As pessoas vão ter que aguentar. E você pode amamentar na sala do fundo. Você precisa sair um pouco de casa.

— Vou pensar.

De repente, ele se levantou e levou a caneca para a pia.

— Preciso trabalhar. Hoje eu faço o jantar, não vai se entupir de vegetais crus.

— Que maravilha.

Bea dormiu algumas horas à tarde, e eu consegui lavar roupa e fazer mais algumas coisas na casa, enquanto Justin trabalhava no quarto.

Quando ele finalmente desceu, havia tomado banho e abotoava a camisa preta.

Estava arrumado demais para quem ia ficar em casa.

— Vai tocar no Sandy's?

— Não. Hoje não.

— Eu já imaginava. Mas está todo arrumado, então...

— Lembra do Tom?

— O gerente noturno do Sandy's?

— Sim. Vou encontrar com ele mais tarde no Barking Crab. Ele quer conversar sobre música.

— Ah.

— Por que não sobe e troca de roupa antes do jantar?

— Não vamos comer aqui mesmo?

— Sim, mas está com a blusa manchada de leite. Achei que gostaria de tomar um banho e trocar de roupa.

Ele estava certo. Eu precisava ter mais cuidado com minha aparência.

— Boa ideia.

Justin cuidou de Bea enquanto eu tomava banho. Decidi caprichar e usar um vestido tubinho. Escovei o cabelo e passei um pouco de maquiagem nos olhos. Era como se estivesse me arrumando para um encontro, e eu precisava interromper essa linha de pensamento.

Esperava encontrar Justin cozinhando quando descesse. Eu disse que ele podia colocar Bea na cadeirinha. Mas ele a ninava nos braços enquanto olhava pela janela e não percebeu que eu o observava.

— Pronto.

— Ah, oi. Ela não quis ficar na cadeirinha, começou a chorar, e então ficamos aqui vendo o pôr do sol.

Meu coração ficou apertado.

— Mas você precisa cozinhar, não?

— Sim, mas não é nada demorado.

Estendi os braços e, para minha surpresa, Bea começou a chorar quando fui pegá-la. Afagando as costas dela, comentei:

— Acho que ela não quer ficar longe de você.

— Não. É sua imaginação.

— Mesmo? Quer fazer um teste? — Ofereci a bebê de volta a Justin.

Ele a pegou e, como eu esperava, Bea parou de chorar e ficou olhando para ele. Pelo jeito, a filha não era muito diferente da mãe.

— Imaginação, é?

Justin sorriu para ela.

— Não sei por que ela gosta de mim. Não faço nada além de segurá-la.

— Para um bebê, isso é tudo.

De repente, ele devolveu Bea, parecendo meio desconfortável.

— É melhor você ficar com ela.

Nos meus braços, Bea começou a protestar novamente, e eu a levei à sala e a amamentei enquanto Justin começava a preparar o jantar.

Alguém bateu à porta.

— Está esperando alguém? — gritou Justin, da cozinha.

— Não. Pode ir ver quem é? Ela ainda está mamando. — Ajeitei o cobertor sobre o ombro para garantir privacidade.

Eu não conseguia ver a porta da frente de onde estava sentada, mas podia ouvir tudo.

— Quem é você?

— Sou Roger, moro na casa ao lado. E você?

Merda.

— Justin. Sou o dono desta casa.

— Ah, é verdade. Ela mencionou um coproprietário que aparece de vez em quando.

— Precisa de alguma coisa?

— Amélia está?

— Sim, mas está amamentando.

— Eu fui ao píer e trouxe uns caranguejos para ela.

— Amélia! Roger está aqui, ele trouxe uns trecos fedidos.

Ótimo.

Eu me cobri o mais depressa que pude e gritei:

— Já estou indo! — Tentando parecer tranquila, disse: — Oi!

— Oi, Amélia. Desculpa, acho que estou atrapalhando algo.

— Não, de jeito ne...

— Na verdade, íamos começar a jantar — interrompeu Justin.

Roger parecia irritado.

— Quanto tempo vai ficar por aqui, Justin?

— O tempo que for necessário.

— Amélia me contou que você namora uma estrela da Broadway.

— É verdade.

— Bem radical.

— Radical? Você é surfista? — Justin balançou a mão num gesto característico da tribo. — E aí?

— Roger, não liga para o Justin. Foi muita gentileza trazer os caranguejos. Muito obrigada.

— Caranguejo... escolha interessante — resmungou Justin.

— Vou deixar vocês jantarem.

— A gente se fala — eu me despedi, sorrindo.

— Sim, se cuida, Amélia. Foi bom te conhecer, Justin.

Justin fez uma saudação rápida.

— É isso aí, Roger!

Quando Justin bateu a porta, eu olhei para ele.

— Que coisa mais idiota.

— Ei, eu estava só brincando com o cara.

— Acha que é engraçado? Pois ele é o único amigo que tenho aqui, e você vai afugentá-lo. Quando você voltar para Nova York, vou precisar de alguém com quem conversar. É muito solitário por aqui.

— Não precisa do cara. Para que ia precisar *dele*? E você mora em Providence.

Mordi o lábio antes de responder.

— Na verdade... eu ia falar com você sobre uma coisa.

— Que coisa?

— Talvez eu tire um ano de licença... do meu trabalho. O dono do prédio onde eu morava vendeu o imóvel, então tive que me mudar. Não tenho mais uma casa na cidade e não sei se quero matricular Bea na creche no fim do verão. Queria saber se você se importa se eu ficar por aqui depois da temporada.

— A casa é sua. É claro que não me importo. Não precisava nem perguntar.

— Tudo bem. Bom, agora que resolvi esse problema, já me sinto bem melhor. Obrigada.

— O jantar está pronto. Põe a Bea na cadeirinha para comermos.

Justin serviu vinho para nós dois.

— Ah... não posso beber, Justin.

— Merda. Eu nem pensei nisso.

— Bom, dizem que posso tomar uma taça, mas tenho evitado.

— Tudo bem. Não vamos jogar fora.

Justin havia feito arroz de forno. Estávamos no meio da refeição quando Bea começou a gritar na cadeirinha. Quando ameacei levantar para pegá-la, Justin me deteve.

— Acabe de comer. Eu cuido dela.

Ele a pegou e levou para a mesa. Como sempre, ela ficou quietinha no colo dele, esticando o pescoço a fim de olhar para seu rosto. Desta vez, ela estendeu a mãozinha e começou a brincar com sua barba.

— Ei, está tentando dizer que preciso fazer a barba?

Vê-lo com ela sempre me deixava arrepiada.

Não comece, Amélia.

Bea balbuciava. Era quase como se tentasse conversar com ele.

Justin fingia entender o que ela dizia.

— Ah, é? — Ela soltou um pum, e ele nem se moveu. Só continuou falando: — Opa, desculpa aí!

Eu estava quase chorando de rir.

Terminei de comer, peguei Bea de volta e fui amamentá-la no sofá, enquanto Justin lavava a louça. Bea dormiu depois de mamar.

Quando Justin se juntou a nós na sala, lembrei que ele ia sair.

— Não ia encontrar o Tom?

— Ah, acho que vou desmarcar. Eu toco amanhã à noite, melhor deixar para conversar com ele depois do show.

O celular vibrou, e ele atendeu.

— Oi.

Não tive certeza de quem era, até ele olhar para mim e dizer:

— Jade está mandando um oi.

— Oi, Jade. — Sorri, mas o velho e conhecido ciúme despertava dentro de mim. Talvez fosse bom ela ter ligado justo agora, porque eu precisava desesperadamente de um choque de realidade.

Justin foi conversar com ela no quarto.

Quando voltou à sala, ele disse:

— Vou ter que voltar a Nova York no fim de semana.

Tive a sensação de que meu coração caía dentro do estômago.

— Ah. Vai ficar por lá só um fim de semana?

— Talvez um pouco mais.

12

Era noite de sexta-feira, e Justin já havia saído para tocar no Sandy's. Ele partiria cedo na manhã seguinte para voltar a Nova York. Eu havia dito que não assistiria à apresentação, mas estava quase mudando de ideia. Não sabia quando e se ele ia voltar. Afinal, ele tinha vindo para passar um tempo sozinho, sem saber que Bea e eu traríamos o caos para sua vida. Eu, no lugar dele, não sei se voltaria.

De repente, olhei para Bea:

— Quer sair para ver o tio Justin tocar? Promete que vai ser boazinha?

Deixei a bebê no berço e comecei a me despir apressada, com medo de demorar muito para me arrumar e acabar ficando em casa por falta de coragem. Escolhi um vestido vermelho que não usava desde antes da gravidez e usei protetores de seio para evitar vazamentos de leite. Arrumei o cabelo em ondas soltas e me maquiei. Minutos depois, Bea e eu estávamos prontas e dentro do carro.

Voltar ao Sandy's me deixava nervosa. Eu não ia lá desde o verão passado. Também estava inexplicavelmente aflita com a ideia de Justin me ver na plateia depois de eu ter dito que não iria.

Quando entrei, ele estava no meio de uma canção que eu não conhecia. Como sempre, a multidão estava hipnotizada, e mulheres se aproximavam cada vez mais do palco para ver melhor aquele rosto bonito. Eu sempre me emocionava quando assistia a uma de suas apresentações. Felizmente, Bea se comportava no canguru, e eu pude aproveitar cada momento.

Fui até o bar para cumprimentar Rick, o bartender, que me deu uma água com gás por conta da casa. Relaxada em meu lugar, fechei os olhos e me deliciei com a voz de Justin cantando um cover de "Wild horses", dos Rolling Stones. A canção parecia ter sido feita para a voz dele. Quando senti que meus olhos se enchiam de lágrimas, briguei comigo mesma. Por que eu tinha que me emocionar tanto sempre que ele cantava? Era como se cada palavra de cada música tivesse um significado relacionado ao que eu viveria com ele.

Na metade da música, Bea começou a chorar. E a canção não era do tipo que encobria muito bem os gritos de um bebê. Muita gente olhou para mim. Ouvi algumas pessoas cochichando, provavelmente se perguntando por que alguém levara um bebê a um lugar como aquele.

Ondas quentes passeavam por meu corpo. Sem parar de cantar, Justin olhou para onde eu estava. Nossos olhares se encontraram. Quase morri de vergonha por interromper aquela linda canção. Quando a música chegou ao fim, levantei para ir à sala do fundo. Justin fez um gesto me pedindo para ficar. Continuei andando mesmo assim, até a voz amplificada pelo microfone me fazer parar.

— A bebê que acabaram de ouvir chorando é muito especial para mim. Ela se chama Bea, cuja mãe, Amélia, também é muito especial para mim. Uma das minhas amigas mais antigas. Enfim, essa é a primeira vez que Amélia sai de casa para se divertir desde que Bea nasceu, há quase três meses. Ela não queria vir. Temia que as pessoas se incomodassem, caso a filha chorasse. Eu disse a ela para não se preocupar, pois o público aqui é gentil e compreensivo. Ela não acreditou em mim, mas decidiu arriscar e vir assim mesmo. Acreditem, não tem sido fácil para ela. Amélia está fazendo um trabalho incrível criando a bebê sozinha. Ela merece uma noite de folga, não merece?

Aplausos estrondosos seguiram o discurso, e Justin acenou me chamando para perto dele. Bea ainda berrava.

— Traz ela para cá. Traz o canguru também — falou Justin ao microfone.

Justin ajustou o canguru no peito e acomodou Bea nele. Minha bebê estava exatamente onde queria estar e, enfim, se acalmou. Ele mudou a posição do violão para ajeitá-la e começou a cantar uma música que, de início, parecia uma canção de ninar. Depois reconheci "Dream a little dream of me". Não consegui deixar de sorrir vendo Bea no palco com ele.

As mulheres na plateia suspiravam. Se já o adoravam antes, agora sentiam os ovários entrando em combustão. O aplauso bateu recordes quando ele terminou.

Quando Justin tirou Bea do canguru, o bumbum dela ficou na frente do microfone. Amplificado, o ruído que imitava uma explosão ecoou no restaurante. Logo compreendi que toda aquela gente havia acabado de testemunhar a diarreia explosiva da minha filha.

Justin teve um ataque de riso. Quando me devolveu a bebê, ele ria com todas as pessoas na plateia. E sussurrou:

— Bea caprichou desta vez.
— É melhor eu trocar a fralda dela.

Quando estava me afastando, ele me chamou:

— Amélia.
— Oi?
— Você está muito bonita.

Dei de ombros.

— Eu tentei.

Embora demonstrasse não dar muita importância ao elogio, não me sentia bonita até aquele momento. Agora meu coração batia a um quilômetro por minuto.

Na manhã seguinte, quando acordamos, Justin tinha ido embora. Encontrei um bilhete na bancada da cozinha:

Foi a primeira noite que vocês dormiram. Não tive coragem de acordar as duas antes de ir embora. Cuide de Bea. A gente se vê logo.

Uma semana inteira se passou sem nenhuma notícia dele.

Tentei não ficar aflita. Afinal, não éramos responsabilidade dele. Mas a solidão parecia muito pior agora, depois de saber como era ter alguém por perto. A insônia de Bea também estava pior que antes. Acho que ela sentia falta dele. Assim como eu.

Em um ato de desespero, liguei para minha mãe e perguntei se ela não queria passar uma semana comigo. Três dias depois de ela ter chegado à casa de praia, eu já queria dar um tiro em minha cabeça. Ela passava mais tempo no telefone com o namorado ou no deque fumando seus cigarros Benson & Hedges do que com a filha e a neta. Que burrice minha esperar que a condição de avó a tornasse menos egoísta.

Apesar de ela cuidar da Bea para eu poder dormir algumas horas todas as noites, convidá-la para ficar conosco foi um erro. Na última noite de sua estadia, em vez de passar um tempo com a neta, ela decidiu me atormentar sobre tomar alguma atitude legal contra Adam.

— Quando vai obrigar o cara a pagar pensão, Amélia?

Logo depois da partida de Justin, eu havia levado Bea para fazer um exame de sangue. Adam também foi a um laboratório em Boston, e no dia anterior tivemos a confirmação de que ele era o pai biológico.

— Não quero que minha filha tenha que passar por isso agora. Acho que ele tem que tomar a iniciativa. Adam tem sido muito cretino, e não quero que ele faça parte da minha vida.

— Bom, você não vai conseguir se sustentar por muito tempo. Precisa de um homem, mesmo que não seja ele.

— Não vou pôr um homem na vida da Bea só para ter ajuda financeira. Vou encontrar um jeito de me sustentar.

Não sou você.

— Com um salário de professora? Boa sorte.

— Pelo menos eu tenho uma carreira respeitável. Você deve achar que é melhor eu não trabalhar e explorar homens que nem conheço, como você sempre fez. Ainda bem que meu pai era um dos bons. E você pode ter certeza de que nunca vou dar a Bea a infância que eu tive, com homens indo e vindo.

— Quem ouve vai pensar que você sofreu abuso. Sua infância não foi tão ruim assim.

— Você nem sabe. Esteve ausente na maior parte dela.

— Você me convidou para vir aqui para isso, Amélia? Para brigar?

— Preciso dormir. Você vai embora amanhã. Vamos parar de discutir. Pode ficar com a Bea para eu ter algumas horas de sono?

— Sim, vá dormir.

Decidi tirar vantagem da última noite dela na casa. Depois da experiência conturbada, Patricia provavelmente não voltaria.

Algumas horas mais tarde, algo perturbou meu sono. Passava da meia-noite. Ouvi vozes abafadas lá embaixo. Minha mãe devia estar cuidando da Bea. Então, quem estava na minha casa?

Tomada pelo pânico, desci a escada e parei quando percebi que a outra voz era de Justin.

Ele havia voltado?

Escondida na escada, ouvi a conversa entre ele e minha mãe, uma conversa que me deixou de queixo caído.

— O que você está fazendo aqui?

— Esta casa é minha — respondeu Justin.

— O que é uma palhaçada, aliás. Esta casa devia ter sido deixada para mim.

— Veio por conta própria ou sua filha que a convidou?

— Amélia me pediu para vir. — Ela fez uma pausa antes de continuar. — Caramba, você cresceu e ficou bem gostoso.

— Como é que é?

— Você parece uma versão melhorada do seu pai. Queria ser quinze anos mais nova. A menos que goste de mulheres mais velhas...

— Está falando sério, Patricia? Não acha que já fez estrago suficiente na nossa vida? Amélia pediu para você vir e ajudar com a bebê, e encontrei Bea sozinha na sala, enquanto você fumava no deque. Agora está dando em cima de mim?

— Relaxa. Era brincadeira.

— Queria muito acreditar nisso. Você tem ideia do que Amélia enfrentou nos últimos meses? Ela está fazendo o melhor que pode.

E não merece essa merda toda. Você devia ter se oferecido para ajudar desde o começo, mas, francamente, ela está melhor sem você.

Decidi que havia escutado o suficiente e desci as escadas.

— Mãe, acho melhor você ir embora hoje.

— Hoje? O plano é ir amanhã de manhã.

— Sim, mas eu não sabia que Justin voltaria. A casa é dele, e você está incomodando nós dois. E por que estava no deque, quando devia cuidar da Bea?

— Ela estava dormindo. Qual é o problema?

— Nada é problema para você!

— É sério que você está me pedindo para ir embora agora, no meio da noite?

— Não. Estou *mandando* você ir embora. Por favor. Você é minha mãe e eu te amo, mas é toda errada e não vai mudar nunca.

— Não estou acreditando nisso. — Minha mãe bufou, mas subiu a escada para arrumar suas coisas.

Quando voltou, ela tirou Bea da cadeirinha, acordando-a intencionalmente para dar um beijo nela. Bea começou a chorar quando minha mãe a colocou no meu colo, depois se dirigiu à porta sem dizer mais nada.

Quando ela fechou a porta, cerrei os olhos e tive a sensação de que começaria a chorar também. E foi então que senti os braços de Justin me envolverem.

— Sinto muito — disse ele.

— Eu não sabia que você voltaria hoje.

Ele pegou Bea. Como eu esperava, ela imediatamente parou de chorar. Mas algo inesperado também aconteceu, algo que ela nunca havia feito antes. Sua boca pequenina se distendeu num sorriso sem dentes quando ela olhou para Justin.

— Ai, meu Deus, Justin. Ela está sorrindo para você!

— Ela nunca sorriu antes?

— Algumas vezes pensei que sim, mas não sabia se eram só gases. Agora não tenho nenhuma dúvida. Isso é um sorriso!

Ele parecia fascinado, e Bea continuava sorrindo.

— Talvez ela tivesse pensado que eu não ia voltar.
Ela não era a única.
— Nós duas estamos felizes por você ter voltado.

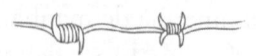

Na manhã seguinte, quando desci com Bea no colo, Justin já tinha feito café. O cheiro de grãos moídos na hora misturado ao do perfume que ele usava era um ótimo jeito de começar o dia. Notei que também havia uma cafeteira de espresso nova em cima da bancada.

— De onde veio isso?

— Trouxe do meu apartamento. Assim posso fazer fusão para mim e descafeinado na cafeteira para você.

— Isso foi muito gentil da sua parte.

Quando ele me entregou a caneca fumegante, eu percebi um detalhe.

— O que pôs aqui? O creme acabou, não tive tempo de ir ao mercado.

— Usei leite.

— Não tem leite.

Ele apontou a geladeira com o polegar.

— Tinha uma garrafa de vidro com leite.

Cobri a boca com a mão e respondi:

— Eu não comprei leite, Justin... Esse é meu leite! Eu tirei e guardei em uma garrafa de vidro. A única coisa boa que minha mãe fez por mim enquanto esteve aqui foi comprar uma bomba para tirar leite. Estive treinando. — Rindo, apontei para as canecas. — Você pôs meu leite nisso!

— Não só pus... como já *bebi* duas xícaras de café com seu leite. Esta é a terceira.

Cobri a boca de novo.

— Ai, meu Deus!

Ele bebeu um gole do café.

— É bom.
— Sério?
— Sim, é doce. Agora entendo por que Bea é viciada nele.
— Está brincando?
— Não.
— Você é maluco. Não vou beber isso.
— Quanto consegue produzir por dia? Podemos vender.
— Espero que seja brincadeira.
— Sobre vender, sim. Sobre beber? Não. E não quero dividir isso com ninguém além da Bea.
— Você é doente.
Ele piscou.
— Só agora você percebeu?
Era muito bom tê-lo de volta.

Uma semana depois, em uma noite qualquer durante a semana, Justin tocava no Sandy's, e Bea e eu estávamos em casa. Ela estava quietinha brincando com o móbile no chão, e eu decidi me sentar no sofá com o laptop e dar uma fuçada na internet.

Eu evitava acessar a página de Jade no Facebook, porque não queria ver as fotos dela em Nova York, coisas que só me aborreceriam. Mas entrei em seu perfil e li os posts recentes. A maioria eram as coisas de sempre: cenas de bastidores, amigos do teatro passeando depois das apresentações, fotos com fãs. Mas uma coisa saía do padrão esperado. Jade havia mudado recentemente o status "em um relacionamento sério" para "solteira".

Eles terminaram?

Meu coração disparou.

Quando isso aconteceu?

Ela também havia postado um comentário vago mais ou menos na época em que Justin viera para Newport: "Aos recomeços".

Eles terminaram quando ele foi para Nova York! Justin voltara havia uma semana e não tinha me contado. Por que guardava segredo? Minha cabeça girava. Ele planejava me contar em algum momento?

Fiquei no mesmo lugar, na sala, esperando Justin chegar. Quando a maçaneta da porta girou, eu me sentei ereta.

Ele deixou o violão ao lado da porta e pendurou o casaco.

— Que foi? Por que está olhando para mim desse jeito?

— Por que não me contou que você e Jade terminaram?

Ele deixou escapar um longo suspiro.

— Como soube?

— Ela mudou o status de relacionamento no Facebook.

Mais um suspiro prolongado.

— As coisas desandaram já faz um tempo. Fomos nos afastando no último ano. Vim para Newport antes do planejado porque queria ficar sozinho, ter um tempo para pensar. Foi quando encontrei você e Bea aqui.

— Não entendo. Achei que estava apaixonado por ela.

— Não.

— Não? Então por que sempre falava para ela que a amava? Você a enganou.

— Houve um tempo em que achei que a amava. Sim, a gente dizia "eu te amo" um para o outro. E, quando você começa a dizer isso para alguém, acaba virando lugar-comum. As palavras perdem valor por uso excessivo e abusivo. Tivemos um bom relacionamento por um tempo, mas não ia funcionar a longo prazo.

— Por quê?

— Somos muito diferentes. Ela está muito envolvida com o teatro. Não sobrava tempo para resolvermos nossos problemas.

— E ela queria ter filhos — acrescentei.

— Isso também.

Engoli em seco. Eu sabia que ele não queria ter filhos, mas esperava que a convivência com Bea servisse para ele perceber que não era algo tão horrível.

— Não dava para perceber que vocês tinham problemas. Pelo contrário, na verdade. Sempre que ela vinha para cá, eu tinha que dormir tampando os ouvidos.

— O sexo era bom. Nunca tivemos dificuldades nessa área. Mas é preciso ter algo mais profundo para um relacionamento durar. Eu não quis desperdiçar o tempo dela. Tempo é precioso.

— Foi você quem terminou?

— Sim, fui eu.

Eu me senti mal por Jade, de verdade. Sabia como era gostar desse homem, e ela era uma pessoa muito boa. Não merecia ser dispensada.

— Foi essa a razão da viagem a Nova York?

— Meus sentimentos pesavam. Não queria passar o verão inteiro naquela situação. Agora ela é livre para fazer o que quiser.

— E você?

Ele hesitou antes de responder:

— Também.

Meu corpo não sabia como reagir, não decidia se sentia alívio ou enjoo. Isso era bom ou ruim? Honestamente, eu não sabia. Agora que estava solteiro, Justin podia viver com mais liberdade, trazer garotas para casa, envolver-se com todas as mulheres que se jogavam em cima dele no Sandy's. Eu não conseguiria lidar com isso. De um jeito estranho, apesar de triste, saber que ele estava comprometido com Jade era um consolo e um alívio, porque, pelo menos, ela era a única mulher com quem eu tinha que me preocupar. Agora poderiam ser muitas.

Ao mesmo tempo, eu finalmente poderia ter uma chance de ficar com ele. Tirei essa ideia da cabeça depressa, pois sabia que as chances eram mínimas. Ele não queria filhos e era enfático quanto a isso. Eu tinha uma filha, e não havia a menor possibilidade de Justin aceitar esse tipo de pacote. De repente, pensei que ele podia ter escondido o rompimento para evitar que eu criasse expectativas. *Era isso!*

— Por que não me contou, Justin?

— Eu ia contar.

— Quando?

— Não sei.

— O fato de eu saber não muda nada entre nós, se é isso que está pensando. Não espero nada de você, ainda mais agora.

— Como assim, "ainda mais agora"?

— Bom, talvez se eu não tivesse tido Bea... — Balancei a cabeça. — Deixa pra lá.

— Termina o que ia dizer.

— As coisas poderiam ser diferentes se eu não tivesse uma filha. Talvez pudéssemos tentar e ver no que dava.

Ele parecia pensar no que responder.

— Você não é menos atraente por ter uma filha. Nem pense nisso. Mas tem razão sobre uma coisa. Qualquer homem com quem se relacione tem que estar absolutamente preparado para esse tipo de responsabilidade. — Ele apontou para Bea, que balançava as perninhas brincando no tapete. — Ou não seria justo com ela.

Era verdade.

Quando fui me deitar naquela noite, eu me sentia mais confusa que nunca sobre o que o dia seguinte nos reservava.

13

Todas as noites, quando a porta abria, eu me encolhia e pensava se finalmente havia chegado o momento em que Justin traria uma mulher para casa. Eu me preparava constantemente para isso. Justin era uma pessoa muito sexual. Jade havia se referido várias vezes ao apetite insaciável que ele tinha. E os comentários sempre me deixaram com vontade de vomitar.

Ele não ficaria no celibato para sempre.

A questão não era "se" ele traria alguém para casa. A pergunta era "quando?". E cada vez que Justin voltava sozinho, o alívio era maior que na noite anterior.

Os dias se passavam, e eu seguia me perguntando até quando duraria essa parceria pacífica entre nós.

Bea crescia um pouco a cada dia. Ela começou a virar sozinha. Isso significava que eu tinha que tomar mais cuidado quando trocava suas fraldas, porque ela podia cair. Agora que eu tirava leite com a bomba, era muito mais fácil sair de casa de vez em quando. Justin cuidava da Bea por períodos curtos enquanto eu ia resolver uma coisa ou outra. Perto dela, eu o chamava de tio Justin. Ele parecia gostar. Era um tratamento seguro e servia para deixar claro que eu não esperava que ele tivesse um papel maior na vida da minha filha. Provavelmente, ele ia ser o tio Justin para sempre. Jurei que aprenderia a aceitar a situação.

A melhor parte do meu dia continuava sendo as manhãs, quando Justin e eu sentávamos na cozinha com Bea e tomávamos café juntos, embora ele continuasse usando meu leite como substituto para o creme. No começo pensei que ele mantinha o hábito só para ser engraçado, mas, quanto mais tempo o manteve, mais ficava claro que ele realmente apreciava o sabor.

Quando o vi despejar um pouco do leite da garrafa em sua caneca, perguntei:

— Acha que isso é normal?

— Prefiro seu leite ao de uma vaca. Pensa bem. Foi você quem parou de comer carne depois de seguir uma linha de raciocínio semelhante.

— Tudo bem, mas a maioria das pessoas normais vai achar que é bizarro você beber leite materno.

— Não. Bizarro seria eu entrar na fila quando você estivesse amamentando a Bea e pedir para ser o próximo.

Dei risada.

— Verdade. Mas como vai ser quando começar a sair com alguém? Acha que alguma mulher vai achar normal você beber o leite de outra? Ou já ter bebido antes?

— Vou deixar para pensar nisso quando acontecer.

Achei que era uma boa oportunidade para bisbilhotar.

— Não está saindo com ninguém?

Por cima da caneca, ele me lançou um olhar espirituoso.

— Tenho certeza de que você sabe a resposta, Amélia. Quando não estou aqui, estou no Sandy's, e volto para casa quando saio de lá. Em que momento eu encontraria alguém?

— Verdade. Acho que estou confusa, só isso.

Ele bateu com a caneca de cerâmica na bancada.

— Ok. Explica por que está confusa.

— Você é muito atraente. E é músico, ainda por cima. As mulheres se jogam em cima de você. Faz um mês que terminou o namoro com a Jade. Eu fico esperando você chegar aqui com alguém. É isso.

— Acha que sou um galinha, quando estou solteiro...

— Só convivi com você enquanto estava namorando, não tenho como saber.

Ele apoiou as mãos na mesa e se inclinou para a frente. O que ele disse a seguir me fez arrepiar.

— Eu adoro trepar. ADORO. Mais que qualquer coisa. — Aquelas palavras me atiçaram. Ele se recostou na cadeira e cruzou os braços. — Mas, quanto mais passa o tempo, mais percebo que é preciso ter cuidado. Não durmo mais com todo mundo como costumava fazer.

Decidi provocar e continuar o assunto.

— Interessante seu comentário, porque tenho pensado que sexo casual pode ser minha única opção.

Ele quase cuspiu o café.

— Ah, é?

— Sim. E você me ajudou a chegar a essa conclusão.

— Eu ajudei? Adoraria saber mais sobre isso.

— Pensa bem. Você mesmo disse que qualquer homem que se relacione comigo vai ter que se comprometer. E a gente leva tempo para perceber se isso acontece, não é? Não posso viver no celibato enquanto espero para ver se o Sr. Perfeito vai querer ser pai da minha filha. E eu também gosto de trepar.

Justin arregalou os olhos.

— Claro.

— Embora nunca tenha dormido por aí com quem quer que apareça, talvez seja melhor para mim, neste momento da vida, transar sem compromisso com uma pessoa confiável e que esteja na mesma frequência. Ele teria que ser saudável, é claro, e fazer todos os exames.

— Está falando sério?

— Totalmente.

Eu começava a me convencer do que dizia. Fazia sentido.

Ele debochou:

— E onde você vai achar esse homem interessado em sexo casual, saudável e respeitável, que possa conviver com sua filha? Ah, e esse cara não pode transar com mais ninguém ao mesmo tempo, se entendi bem? Sim. Faz sentido.

— Eu não deixaria ninguém se aproximar da Bea, a menos que fosse um relacionamento sério. No caso, ele nem conheceria minha filha.

— E onde vai encontrar esse cara?

— Em hotéis.

— E quem vai cuidar da Bea quando estiver trepando com esse cara em um motel?

Eu ri.

— Você?

— Por favor, diz que é brincadeira. Porque estou a um passo de perder a paciência.

— Quer a verdade?

— Sim.

— A maior parte do que falei é brincadeira. Mas acho que vou ter que encontrar alguém que satisfaça minhas necessidades em algum momento, alguém em quem eu possa confiar e que entenda que não vai rolar nada além de sexo.

Ele rangeu os dentes.

— Alguém como Roger, o vizinho.

— Talvez.

Justin ficou vermelho de raiva, se levantou e foi levar a caneca para a pia.

— Isso é ótimo, Amélia. Muito bom mesmo.

Essa foi a última coisa que ele disse antes de subir a escada para começar o dia de trabalho.

Naquela tarde, ele não desceu nenhuma vez.

Justin estava bravo... *e morto de ciúme*. Não havia nem tentado disfarçar.

Eu disse a ele que falaria a verdade, mas não foi bem assim. Porque a verdade era que só havia um homem com quem eu sonhava transar em um hotel... e esse homem era ele.

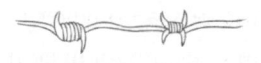

À noite, Justin ainda estava de cara fechada. Ele mudava os canais da televisão na velocidade da luz sem nem parar para ver o que estava passando. Quando meu celular vibrou em cima da mesinha de canto, ele o pegou e olhou para a tela.

Uma expressão de choque dominou seu rosto quando ele me entregou o telefone.

— É o Adam.

Merda.

Eu havia deixado uma mensagem de voz para ele alguns dias antes, perguntando se ele gostaria de vir a Newport conhecer a Bea. Vê-lo era a última coisa que eu queria, mas eu sentia que tinha essa obrigação e que precisava tentar estabelecer uma relação entre pai e filha.

Justin me observava como um gavião enquanto eu atendia à ligação.

— Alô?

A voz de Adam era meio abafada do outro lado.

— Oi.

— Imagino que tenha ouvido meu recado.

Pelo som do ambiente, acho que estava dirigindo.

— Sim. Ashlyn viajou. Posso ir no fim de semana. Quando é melhor para você?

Ele só pode vir porque Ashlyn viajou? Que legal.

— Acho melhor a gente se encontrar no centro da cidade. Talvez no parque. Posso mandar o endereço por mensagem. Pode ser no sábado?

— Pode ser.

— Tudo bem. Às três horas?

— Combinado.

— Eu mando o endereço.

— Tudo bem. Tchau.

— Tchau.

Ele nem perguntou como ela estava.

Justin continuou olhando para mim depois que desliguei.

— Ele vem aqui? Desde quando está interessado em participar da vida dela?

— Desde que um exame de sangue comprovou que ele é o pai.

— Não me contou que tinha feito o exame.

— Foi só uma formalidade. Você não estava aqui, e não pensei em mencionar porque nunca tive nenhuma dúvida. Além do mais, o único interessado no exame era o Adam, já que ele estava duvidando de mim.

O tom de voz de Justin era duro.

— Mesmo assim, não quero esse cara perto dela.

— Ele é pai dela.

— Ele é um doador de esperma — falou Justin, por entre os dentes.

— O que acha que devo fazer? Manter Bea longe do pai?

— Ele não merece conviver com ela. — Justin parou para pensar por alguns momentos antes de perguntar: — Que direitos ele tem agora?

— Não sei bem. Duvido que Adam queira se responsabilizar de alguma forma por ela, então nem me dei o trabalho de pesquisar esse assunto. E, pelo mesmo motivo, também não exijo nada dele. Enfim, vai ser só um encontro rápido.

— Eu vou com você.

— Não. Não precisa.

— Não vou deixar você ir sozinha encontrar aquele babaca.

— Isso não é necessário. Vamos só...

— Amélia, não é uma pergunta. Eu vou com você — ele repetiu.

A expressão em seu rosto me fez entender que essa era uma discussão que eu não venceria.

O clima era perfeito, seco. Íamos nos encontrar no Colt State Park, que ficava do outro lado da ponte e fora da ilha. Justin e eu visitamos o mesmo parque uma ou duas vezes quando éramos adolescentes, por isso a experiência era um pouco nostálgica.

Preparamos um piquenique para almoçar e passar a tarde no parque e chegamos lá uma hora antes do horário combinado com Adam. A ideia era equilibrar as coisas com um pouco de diversão.

Escolhi para Bea um vestido cor-de-rosa cheio de babadinhos e uma faixa de cabeça que combinava com a roupa. Os sapatinhos de couro branco completavam o figurino.

Justin passou um dedo pela cabeça dela.

— Bea está linda, mas me irrita ver que você a enfeitou toda para ele.

— Quero que ela esteja linda e que ele se sinta um merda.

— Ela sempre está linda, independentemente da roupa que você põe nela. E ele tem que se sentir um merda de qualquer jeito, com a Bea de vestido ou suja de cocô. Ela é filha dele, e o cara não a viu nenhuma vez em seus primeiros cinco meses de vida.

— Você tem razão.

Olhamos para um casal de adolescentes que empinava uma pipa colorida. Ficamos sentados em silêncio, apreciando o cenário. Era um dia perfeito para velejar, e dava para ver muitos barcos ao longe, onde o parque fazia fronteira com o mar.

Justin olhou para o céu azul.

— Lembra a última vez que estivemos aqui?

— Lembro — respondi. — Foi pouco antes de eu me mudar para New Hampshire. Você estava começando a fotografar. — Justin havia trazido a câmera ao Colt State Park na última vez que estivemos aqui e me fotografou com o mar ao fundo.

— É. Aquele hobby teve vida curta, perdeu espaço para a música. — Ele pegou a carteira, que era bem velha e de couro marrom rachado e gasto, e a abriu. — Vou te mostrar uma coisa, não ri.

— Tudo bem.

Ele pegou uma foto em preto e branco do fundo da carteira. As beiradas estavam gastas. Era uma foto minha que eu nunca tinha visto.

— É uma das fotos que eu tirei naquele dia. A única que revelei.

Peguei a foto da mão dele.

— Uau. Nunca vi nenhuma daquelas fotos.

— Essa é minha favorita, porque foi espontânea. Você estava rindo de uma das minhas piadas.

Olhei para aqueles lindos olhos azuis que fitavam os meus e refletiam o oceano atrás de mim.

— Sempre carrega esta foto com você?

— Não consegui me separar dela nem quando estava bravo com você. Eu a escondi para não ter que olhar para ela, mas não consegui me desfazer dessa imagem.

— Da fotografia ou de mim?

— Das duas.

Continuamos nos encarando enquanto eu tentava superar a dor do desejo que tinha de ser suprimida constantemente.

Olhei para o relógio e vi que eram três e dez.

— Adam está atrasado.

— Cretino.

Justin pegou Bea e se deitou, colocando-a sobre o peito. Ela tocava sua boca, e ele soprava seus dedos.

Os minutos passavam e nada de Adam. Depois de uma hora de espera, Justin estava irado.

— Precisamos ir embora.

— Não acredito que ele simplesmente não veio. Talvez tenha ficado preso no trânsito.

— Por que não manda uma mensagem, então? Isso é mais que desrespeitoso. Ele não merece nem mais um minuto do nosso tempo. Acho bom que nem apareça mais, porque sou capaz de socar a cara dele.

Comecei a recolher as coisas, sentindo uma tristeza enorme por Bea. Não me importava se Adam faria parte de nossa vida, mas ela se importaria com isso algum dia.

Meu telefone vibrou. Era uma mensagem de Adam.

> *Eu estava a caminho, mas desisti. Desculpa. Não consigo. Não posso fazer isso. Eu mando dinheiro.*

Justin pegou o celular da minha mão e leu a mensagem. Ele balançou a cabeça numa reação incrédula e olhou para Bea, que ainda estava ali sentada com seu lindo vestido, olhando para ele. Justin estava sentado com os joelhos dobrados, e ela estava com as costas apoiadas em uma de sua coxas. As mãozinhas eram, agora, envoltas pelas dele. Minha filha estava tranquila. Nem imaginava o que aquela mensagem significaria em sua vida. Não sabia que o pai havia acabado de abandoná-la.

Eu tinha certeza absoluta de que ela acreditava ver os olhos do pai nesse instante.

Depois de um longo momento de silêncio, Justin sussurrou:

— Ele não sabe o que está perdendo. É um idiota. — E aproximou o rosto do dela. — Bom, a gente não precisa dele. Não é, Bea? Ele que se foda.

Ele não devia usar esse tipo de vocabulário perto da bebê, mas foi quando a coisa mais incrível aconteceu. No segundo em que Justin disse "ele que se foda", Bea começou a rir como se tivesse entendido. Não era uma risadinha sutil, eram gargalhadas contagiantes. Quando ela parou de repente, Justin inclinou a cabeça para trás e a balançou rapidamente para a frente, dizendo:

— Ele que se foda!

Bea gargalhou novamente.

Ele repetiu.

— Ele que se foda!

Gargalhadas ainda mais fortes. Justin e eu também ríamos histericamente.

Lágrimas escorriam dos meus olhos, e eu não saberia dizer se ria ou chorava.

Naquela noite, Justin se ofereceu para pôr Bea no berço. Lá embaixo, ouvi sua voz calma cantar. Fechei os olhos para imaginar a cena de Justin ninando minha filha. A canção escolhida não era coincidência: *"Isn't she lovely"*, de Stevie Wonder.

14

Em uma tarde da semana seguinte, Justin trabalhava no quarto. Deitada de bruços na sala, Bea brincava enquanto eu pagava algumas contas. Alguém bateu à porta. Fui abrir e vi Roger parado do outro lado com dois *lattes* da Maggie's Coffeehouse. Fazia mais de um mês que ele não aparecia.

— Há quanto tempo. — Sorrindo, peguei um dos copos e falei: — Não precisava se preocupar. De qualquer maneira, já está na hora da minha dose de cafeína da tarde, então você chegou em bom momento. — Estendi o braço. — Entra.

Ele se ajoelhou para cumprimentar Bea.

— Meu Deus, ela está crescendo!

— Eu sei. Ela vai fazer seis meses. Dá para acreditar?

— O tempo voa.

— Sim... e é por isso que estou feliz por você ter aparecido. Pensei que Justin tivesse te amedrontado.

Ele se sentou e respondeu em voz baixa:

— Bom, confesso que hesitei em vir. Seu "cão de guarda" é bem intimidador.

— Desculpa, ele foi grosseiro na última vez em que você esteve aqui.

— Ele continua aqui?

— Sim, e está em casa agora. Ele trabalha de casa e está lá em cima, no escritório.

— Quanto tempo ele vai passar na ilha?

O verão se aproximava do fim, e Justin não havia me dado nenhuma indicação do que pretendia fazer. Quando eu perguntava, ele respondia que não sabia.

— Não sei. Ele pode ficar pelo tempo que quiser. Ele é dono de metade da casa, então a gente nem fala sobre isso.

— Posso ser um pouco intrometido?

— É claro. O que quer saber?

— Rola alguma coisa entre vocês dois?

— Não. Por quê?

— Bom, um homem não late para outro como esse seu amigo fez, a menos que queira a garota para ele.

— Justin e eu temos uma história muito longa, mas nunca ficamos juntos, em nenhum momento. Nunca nos beijamos, nenhuma vez sequer nesses mais de dez anos desde que nos conhecemos.

— Ah, é?

— Ele é protetor, mas não quer ter um relacionamento sério comigo, principalmente agora. Ele gosta da Bea, mas não quer ter filhos. Ele não quer ficar comigo.

Dizer essas palavras em voz alta me deixou muito triste e também muito zangada. Por que eu não era suficiente? Por que Bea não era suficiente? Justin gostava de nós, mas não o bastante.

— Bom, quem perde é ele.

— Tem coisas que a gente não deve mudar. Melhor deixar como estão.

— Bom, agora que esclareceu esse assunto... posso fazer outra pergunta?

— Pode.

— Quer sair comigo no fim de semana? Tem um festival de jazz no centro da cidade. Queria ir com você... e com a Bea. Podemos ir durante o dia.

— Tenho que ser honesta, porque não sei se está me convidando para um encontro. Acho que não estou preparada para nada sério, mas gosto da sua companhia. Então, se não houver nenhuma expectativa, eu vou adorar sair com você.

— Entendo. Não vamos chamar de encontro, então. Sem expectativas... só companhia. Às vezes a solidão é grande aqui na ilha, e agradeço por ter conhecido você, ter encontrado companhia, pelo menos. Mesmo que não seja mais que isso, eu adoraria sair com você. E você precisa sair, Amélia.

— Quer saber? Tem razão. Vamos ao festival. Vamos sair. — Sorri.

Linhas finas surgiram em torno de seus olhos quando ele sorriu e disse:

— Sábado, então?

— Sim. Vou ver se o Justin fica com a Bea. Se ele não puder, ela vai com a gente. — No fundo, eu sabia que Justin ficaria furioso. Mas era necessário. Se ele não queria que eu saísse com outros homens, teria que explicar por quê. Se não ia me dar afeto, eu precisava encontrar isso em outro lugar.

— Pode levar a Bea... — Roger piscou. — Não é um encontro.

— Vamos ver.

Roger conseguiu ir embora sem encontrar meu cão de guarda.

Quando Justin finalmente desceu naquela tarde, seu humor era indecifrável. Ele pegou Bea do chão e fez cócegas na barriga dela com o cabelo enquanto falava.

— O que quer jantar hoje?

— Tanto faz.

Justin levou Bea até o armário da cozinha e coçou a barba.

— Preciso ver o que temos. — Ele olhou para a lata de lixo e viu o copo do Maggie's. — Foi comprar café?

— Não. Roger trouxe hoje à tarde.

Sua mandíbula ficou tensa, e a mão parou sobre o último item tocado enquanto ele ponderava a resposta.

— Ele esteve aqui?

— Sim. — Suspirei. — Precisamos conversar.

Justin fechou o armário.

— Tudo bem.

Fala de uma vez.

— Roger me convidou para ir ao festival de jazz no fim de semana. Eu aceitei.

Ele piscou algumas vezes.

— Marcou um encontro com ele...

— Não.

— É uma porra de um encontro, Amélia.

— Já expliquei para ele que não estou interessada em namorar.

— Ah, é verdade. Você não quer namorar. Só quer uma trepada casual.

— É só um passeio.

Justin elevou a voz:

— Não é só um passeio. Ele é homem. Vi como olha para você. Ele quer te comer.

Justin começava a me irritar de verdade. Meu primeiro impulso foi gritar com ele, mas me contive. Em vez disso, olhei em seus olhos, realmente olhei dentro deles.

— O que você está fazendo?

Esperava que ele visse a dor e a frustração em meu rosto. A pergunta era simples, mas eu sabia que ele não seria capaz de responder. Era complicado. Acho que nem ele sabia por que se comportava desse jeito, mas isso tinha que parar.

Então, alguma coisa mudou em seus olhos. Era como se ele percebesse de repente quanto sua atitude não tinha cabimento. Justin não queria nada comigo, mas também não queria que eu me envolvesse com outra pessoa. E ele não podia ter as duas coisas. Não era justo, e acho que, neste momento, ele finalmente compreendeu o que fazia.

— Não sei — sussurrou, com um olhar vago. — Não sei por que isso me deixa tão furioso. Estou confuso. Merda. Eu... desculpa. — Ele ainda segurava Bea e me deu a bebê antes de se aproximar da janela e olhar o oceano.

— Eu ia perguntar se podia cuidar da Bea, mas acho melhor levá-la comigo.

— Não. — Justin virou-se, com as mãos nos bolsos. — Eu cuido dela. Você merece se divertir.

— Tem certeza?
— Tenho.
— Tudo bem. Obrigada.
Naquela noite, comemos em silêncio.

Na sexta-feira à noite, véspera do sábado do festival de jazz, decidi assistir à apresentação de Justin no Sandy's.

Desde que discutimos sobre Roger, ele havia se isolado, exceto quando brincava com Bea. Acho que eu estava curiosa para saber se essa disposição se mantinha durante seus shows.

Bea dormia no canguru quando chegamos ao restaurante. Justin tocava no palco ao ar livre. Ele nem me viu sentada em um canto mais distante.

A brisa derrubava guardanapos das mesas, e o cabelo de Justin dançava ao vento.

Quando ele começou a cantar "Daughters", do John Mayer, meu coração ficou apertado, porque pensei que a escolha da canção podia ter alguma relação com a situação de Bea e Adam. Também pensei que talvez ele pudesse pensar nela. A maioria das músicas no repertório da noite era lenta e melancólica, tanto que Bea dormiu o tempo todo.

Enfim Justin fez o primeiro intervalo. Ele ainda não havia notado nossa presença. Não observava a plateia, quase como se estivesse recolhido dentro da própria cabeça. Normalmente, ele se relacionava mais com o público.

Quando eu me preparava para levantar e anunciar que estávamos ali, uma jovem ruiva e atraente se aproximou do palco. Fiquei observando por vários minutos enquanto ela flertava descaradamente com Justin. Meu estômago dava nós. Em dado momento, a mulher deu a ele um pedaço de papel, o qual Justin guardou no bolso. Eu não fazia ideia se ele aceitara o bilhete para ser educado ou se pretendia usá-lo. Esse tipo de coisa devia acontecer todas as noites, mas eu ainda tinha a sensação de ter levado um soco no estômago e perdi a vontade de ficar para ver a próxima seleção de músicas.

Bea e eu fomos embora sem Justin saber que havíamos estado lá.

Dava para ouvir o barulho dos socos na sala de ginástica. Enquanto me arrumava para encontrar Roger, lembrei que a última vez que Justin havia espancado o saco da Everlast com tal violência fora na noite do meu encontro com o dr. Danger, no verão passado. Era como um *déjà-vu*.

Fiquei parada na porta enquanto ele atacava o saco de pancadas e esperei Justin notar minha presença.

Ele me viu e parou.

— A que horas vai sair mesmo?

— Em quarenta e cinco minutos, mais ou menos. Só queria perguntar se está realmente disposto a ficar com a Bea.

Ele limpou o suor da testa.

— Sim. Vou tomar um banho e desço antes de você sair.

— Obrigada.

Amamentei Bea enquanto Justin tomava banho. Ela acabou dormindo, e eu a coloquei no berço antes de dar uma última olhada no espelho. O festival de jazz era um evento casual, então escolhi uma regata, jaqueta jeans e uma saia rodada de estampa floral.

Lá embaixo, esperava Justin para dar a ele as últimas instruções. Eu estava guardando algumas garrafas de leite materno na geladeira quando ouvi a voz dele atrás de mim.

— Ela dormiu?

— Sim.

— Então, o que eu tenho que fazer?

Quando me virei, Justin estava apoiado na bancada. Lindo. Mechas de cabelo molhado caíam sobre sua testa. Ele estava sem camisa.

Meus olhos eram incontrolavelmente atraídos para o abdome definido. Os polegares descansavam nos passantes da calça. Apesar do zíper fechado, o botão do jeans estava aberto. Imaginei como seria lamber uma linha reta por aquele caminho para a felicidade. E, ainda por cima, ele estava descalço.

Merda. Que merda.

Eu tinha algumas instruções para dar, mas havia esquecido todas elas. Minha cabeça ficou completamente vazia.

— Não quero roubar sua fala, Amélia, mas meus olhos estão aqui em cima.

Constrangida, apenas respondi:

— Eu sei.

Ele sorria vaidoso.

— Fala, então. O que tenho que fazer enquanto você estiver fora?

— Ah... Tem duas mamadeiras na porta da geladeira.

— Não vou beber. — Ele piscou.

— Ela precisa comer uma porção de cereal de arroz quando acordar. Assim, vai ficar alimentada, caso as duas mamadeiras não sejam suficientes. Eu a amamentei antes de ela dormir.

Justin cruzou os braços.

— Entendi. Mais alguma coisa?

— Também vai ter que trocar a fralda assim que ela acordar.

— Entendi.

Inclinei a cabeça.

— Alguma pergunta?

— A que horas você volta?

— Por volta das oito, acho.

Justin não respondeu, e eu insisti:

— Mais alguma pergunta?

Ele ficou em silêncio, mas os olhos penetravam nos meus.

— Sim, eu tenho — respondeu, por fim.

— Fala.

— Por que está olhando para mim como se quisesse me comer?

— Está falando sério?

— E você? Está falando sério, Amélia?

— Não entendi.

— Vai mesmo sair com o Roger, quando prefere ficar em casa comigo?

— Quem disse que eu prefiro ficar em casa?

— Seus mamilos.

Olhei para ele com os olhos semicerrados e incrédula.

— Meus mamilos...

— Sim. Enquanto você estava olhando para mim, eu olhava para eles, e os vi endurecer diante dos meus olhos. — Ele se aproximou de mim bem devagar e se inclinou em minha direção. — Nenhuma parte de você, corpo ou mente, quer estar com ele, e você sabe muito bem disso. Está fazendo essa merda comigo porque acha que eu não te quero. E só para me deixar com ciúme.

— Não é verdade. Nem tudo tem a ver com você.

— Não. Mas isso tem.

— Não.

— Mentira. Você queria ver até onde podia ir antes de eu perder a cabeça.

— Se quer acreditar nisso, tudo bem. Enquanto isso, seu babaca egoísta, eu vou ao festival de jazz. — Comecei a me afastar sem saber para onde ir, já que Roger passaria para me pegar.

Então Justin me segurou pela cintura, me virou e me puxou para perto, e seus olhos anunciavam que eu não iria a lugar nenhum enquanto ele não deixasse. Depois, me empurrou lentamente em direção à porta, até minhas costas se apoiarem nela. Seus lábios pareciam flutuar sobre os meus enquanto ele arfava na minha boca. Mas ele se continha. Dominada pela necessidade de sentir seu gosto, não pude mais suportar. Segurei sua cabeça e o beijei. Sentir sua língua quente se movendo dentro da minha boca foi muito melhor do que todas as vezes que imaginei esse momento ao longo de uma década. Eu afagava seus cabelos sedosos enquanto nos beijávamos. A boca de Justin era molhada, quente, e seu gosto era viciante. O tempo parecia ter parado.

Afastando minhas pernas com o joelho, ele se colocou entre elas. A ereção quente pressionava meu corpo. Enquanto nos beijávamos, ele pegou minha mão e a colocou entre suas pernas para eu poder senti-lo. Falando com os lábios nos meus, ele disse:

— Merda, Amélia, acha que eu não te quero? Sente quanto eu não te quero.

Gemi em sua boca para confirmar que eu estava sentindo. A ereção era enorme. E eu, totalmente descontrolada, estava sob seu controle. O beijo não era comum, tampouco era parecido com qualquer outro que eu já tivesse experimentado. Ele beijava com toda a força do corpo, como se o ato fosse necessário para a sua sobrevivência. Se Justin beijava desse jeito, imagina como era fazer sexo com ele.

Roger bateu à porta, e a vibração reverberou nas minhas costas. Sem nenhuma vergonha, Justin nem se moveu. Pelo contrário, me beijou com mais ardor, mais profundamente. Era difícil parar.

Finalmente me soltei do abraço de Justin e gritei:

— Só um minuto!

Seus lábios ainda estavam bem perto dos meus. Ele me olhou de um jeito cheio de malícia, pois sabia que, mesmo saindo com Roger, eu não conseguiria pensar em outra coisa.

Justin moveu as sobrancelhas e disse:

— Divirta-se.

Depois virou e se afastou em direção à escada.

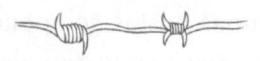

Roger nem desconfiou que Justin e eu quase nos engolimos momentos antes de ele chegar. Dei uma olhada no espelho antes de abrir a porta e atribuí a demora à amamentação.

Paramos no Maggie's para comprar *lattes* a caminho do festival de jazz, que acontecia na área do Fort Adams, na entrada do porto de Newport. Havia três palcos montados, cada um ocupado por uma banda diferente. A tarde estava linda e havia uma brisa fria. O lugar oferecia vistas panorâmicas da Newport Brigde e da East Passage.

Fiz um grande esforço para me concentrar no cenário e na música, mas minha cabeça estava em outro lugar. Ainda sentia o beijo de Justin, seu gosto na minha boca. Minha calcinha estava ensopada. Queria saber o que tudo isso significava, se as coisas seriam diferentes de agora em diante.

Então ouvi a notificação de mensagem de texto.

Justin: Pare de pensar em mim.

Amélia: Você é egocêntrico. Só me beijou porque eu ia sair com o Roger.

Justin: Tecnicamente, foi você quem me beijou.

Amélia: E a Bea?

Justin: Mudando de assunto?

Ele respondeu à pergunta com uma foto de Bea e ele deitados no tapete da sala. Bea sorria. Era lindo.

Amélia: Parece que estão se divertindo.

Justin: Estamos com saudade. Devia largar esse cara e vir ficar com a gente.

Amélia: Para ser honesta, estou com um pouco de medo de ir para casa.

Justin: Não vou morder. Prometo. A menos que você queira, e aí vai ser uma mordida bem suave, tão suave que você não vai nem sentir dor.

> *Amélia: Não posso ficar no celular. É grosseiro.*

> *Justin: Vamos ter que conversar mais tarde.*

> *Amélia: Sobre o quê?*

> *Justin: Quero me candidatar à vaga.*

> *Amélia: Que vaga?*

> *Justin: De trepada casual.*

> *Amélia: Quê?*

> *Justin: A gente conversa mais tarde.*

Eu não sabia nem o que dizer, então guardei o telefone.
Roger pôs a mão no meu ombro.
— Tudo bem em casa?
Não exatamente.
—Ah, sim. Estava pedindo notícias da Bea. Está tudo bem.
— Quer jantar? Podemos comer mais cedo.
Embora as mensagens de Justin tivessem acabado com meu apetite, eu respondi:
— Ótima ideia.
Roger e eu saímos do festival e fomos jantar no Brick Alley Pub. Conversamos sem parar durante a refeição. Ele falava sobre a viagem que faria em breve a Irvine para visitar a filha. Roger se enchia de orgulho cada vez que mencionava Alyssa, e pensei que ela era uma garota de sorte por ter um pai que gostava tanto dela. Bea não teria isso. Minha única esperança era que alguém preenchesse esse lugar vago algum dia.
Apesar da brincadeira sexual que Justin começara repentinamente, ele ainda não tinha dado nenhum sinal de que queria ficar conosco

por muito tempo. Ele era ótimo com Bea, mas não havia nenhuma indicação real de que estivesse interessado em ser mais que o "tio" dela. A sugestão de ser uma "transa casual" certamente não contava. Justin e eu não poderíamos ficar juntos de verdade, porque ele não queria ter filhos.

Roger me levou para casa depois do jantar. Não o convidei para entrar, porque não estava com disposição para as gracinhas do Justin.

Ele ficou parado onde estava.

— Espero que possamos sair de novo em breve.

— Eu ia adorar — respondi.

Apesar de ter passado o tempo todo pensando em Justin, eu havia gostado da companhia de Roger. Ele era inteligente, articulado e um bom ouvinte.

Quando abri a porta, Justin estava sentado no sofá vendo televisão. Bea estava no colo dele.

— Como foi?

— Foi bem divertido, na verdade. Você teria adorado o festival de jazz. Devia ir. Amanhã é o último dia — avisei, sentando-me no sofá, ao lado dele.

— Legal. — Justin sorriu, mas era um sorriso crítico.

Peguei Bea do colo dele e a beijei.

— Fiquei com saudade, Bea.

— Vou sair para você poder amamentá-la com privacidade. Não deve estar com fome para jantar, não é?

— Não. Roger me levou ao Brick Alley Pub.

Ele fechou a cara.

— Que bom.

Ouvi o barulho das panelas enquanto Justin preparava alguma coisa para ele na cozinha e eu amamentava Bea no sofá. Ela dormiu mamando, e eu a levei para o berço lá em cima. Ainda não era a hora que ela costumava dormir, por isso eu sabia que, provavelmente, Bea acordaria no meio da noite.

Quando voltei à cozinha, Justin parecia esperar por mim. Ele usava um moletom cinza com o zíper fechado até a metade do peito nu. Com o capuz sobre a cabeça, ele puxava as mangas de um jeito meio tenso.

— Precisamos conversar, Amélia.

— Tudo bem.

Ele me encarou.

— Não quero que você saia com ele de novo.

— Não pode decidir com quem eu saio ou deixo de sair.

— Bom, não quero que saia com ninguém.

— Não sei de onde tirou a ideia de que tem esse direito.

— Escuta o que eu vou falar.

— Estou ouvindo.

— Você disse que não quer nada sério agora.

— Disse.

— Eu também não. Acabei de sair de um relacionamento. Não consigo lidar com outro neste momento.

— E por isso acha que sou a candidata perfeita para quem quer dar uma? Não tem opções suficientes? E a ruiva que te deu o telefone outra noite, quando você nem percebeu que Bea e eu estávamos no Sandy's?

Justin me olhou furioso.

— Quê? Você estava no Sandy's naquela noite?

— Sim. Você tocou "Daughters". Foi muito comovente.

— Por que não me disse que estava lá?

— Você estava ocupado.

— Passei aquela noite inteira pensando em você, Amélia. Em todas as músicas. Quando não era em você, era em Bea. Essa é a verdade. Nem lembro o nome daquela mulher.

— Bom, isso é irrelevante. Volte ao que estava dizendo... sobre querer que eu seja sua puta.

— Não é assim. Não é nada disso, Amélia. — Estranhamente nervoso, ele disse: — Tenho pensado muito ultimamente. Você disse que precisa de alguém para satisfazer suas necessidades. Não quero que saia por aí transando com um cara qualquer, que não se importa com você. Ao contrário do que pode pensar, eu gosto de você. Sendo assim, quero ser quem vai cuidar disso para você.

— Cuidar disso? Está falando como se transar comigo fosse um procedimento cirúrgico.

— Longe disso. E cuidar disso não é a expressão certa. Tecnicamente, vou te foder até te deixar maluca.

— Não vou ser a foda caridosa de ninguém, Justin.

— Não é isso que estou falando. — Ele enfiou as mãos dentro do capuz e puxou os cabelos num gesto de frustração. — Merda. Tem ideia de quanto eu te quero? Preciso disso tanto quanto você.

— Desculpa, mas está me deixando muito confusa. Você gosta de mim, mas não quer ficar comigo. Só quer transar comigo. É contraditório.

— Quero dar o que você precisa hoje... não amanhã nem daqui a dez anos. Hoje. Acontece que você e eu precisamos da mesma coisa. Tenho que satisfazer essa vontade que me consome há mais de uma década. Preciso transar com você, senão vou acabar explodindo. Mas não posso dar um nome para isso agora. E não posso fazer promessas para o futuro, porque seria irresponsável. Tem muita coisa em jogo. Não vou fazer promessas praquela garotinha e desapontá-la depois.

— Está sugerindo que a gente esqueça tudo e comece um relacionamento físico sem expectativas.

— Foi o que você disse que queria com um cara qualquer, não foi? Por que não comigo? É muito mais seguro.

— Porque acho que não pode ser com você. Não consigo compartimentalizar anos de sentimentos para termos um relacionamento sexual casual. Você é muito importante para mim. Vou querer que fique na minha vida para sempre. Se transarmos, nunca poderemos voltar atrás. Eu nunca mais vou olhar para você do mesmo jeito.

— Você nunca mais vai *andar* do mesmo jeito.

— Dá para falar sério?

— É sério! — Ele sorriu. — Tudo bem... Com toda sinceridade, quero que pense na minha proposta. Só estou sugerindo que viva o momento, que se divirta comigo e vá vivendo as coisas um dia de cada vez.

— Viver um dia de cada vez, até o dia em que vou acordar e descobrir que você foi embora?

— Não vou a lugar nenhum tão cedo.

Queria pular nos braços dele, aceitar a proposta e colocá-la em prática ali mesmo, em cima da bancada da cozinha, mas meu lado racional não concordava com isso.

— Não sei.

— Se tiver alguma coisa que eu possa fazer para facilitar sua decisão, me avise. E pensa nisso. Não precisa decidir agora. Deita a cabeça no travesseiro e pensa. Ou deita *comigo*. Você é quem sabe.

Ele começou a caminhar em direção à escada.

— Aonde você está indo?

— Para o meu quarto. Vou deixar a porta aberta.

15

Fui direto para o quarto naquela noite e não saí de lá porque não confiava em mim mesma tendo Justin por perto. Ele havia falado sério? Talvez fosse brincadeira. Ou a proposta era um grande plano para se vingar de mim por tê-lo magoado há dez anos: me atrair com seu magnetismo sexual e depois me dizer que era brincadeira.

Virando de um lado para outro na cama, considerei os prós e os contras e cheguei a uma conclusão: transar com Justin seria incrível, mas o único resultado possível era sofrimento para mim. E também estragaria nossa segunda chance de amizade, que ainda era muito recente e incerta.

Ao mesmo tempo, eu estava completamente excitada, com a calcinha molhada só pelo jeito como ele havia falado comigo. Pensar em estar com ele me deixava maluca.

Em algum momento no meio da noite, devo ter adormecido enquanto pensava nisso. Quando acordei na manhã seguinte, eram onze horas. Eu não dormia até essa hora fazia anos!

O sol brilhava através das cortinas brancas e finas da janela do meu quarto. Eu havia sonhado com a conversa com Justin? Notei que Bea não estava no berço.

Desci correndo e encontrei Justin sentado na sala de estar.

— Cadê a Bea?

— Bem aqui. Olha só. — Bea se arrastava lentamente na direção dele e do brinquedinho de pelúcia com que Justin a atraía. Era uma lagarta colorida que fazia barulho.

— Vem aqui, Abelhão — ele a chamava.

Eu adorava o apelido que ele tinha dado a ela.

Bea se aproximava lentamente; essa era sua tentativa de mobilidade mais impressionante até agora.

— Ela está se aproximando de você!

— Eu sei. Passamos a manhã toda treinando.

— De onde veio esse brinquedo?

— Eu comprei para ela outro dia na loja do centro.

— E entrou no quarto hoje de manhã e a tirou do berço?

— Não. Ela saiu de lá sozinha, Amélia. — Justin riu. — É claro que sim. Fui ver se estava tudo bem, porque você nunca dormiu até tão tarde. Queria ter certeza de que não estava desmaiada depois de ter passado a noite toda pensando em mim.

— Não exatamente, embora eu tenha pensado.

— Enfim... ela estava sentada no berço, olhando para mim, quietinha enquanto você roncava. Eu a trouxe para baixo para você continuar dormindo. Tinha uma mamadeira na geladeira. Acabamos com ela. — Justin olhou para Bea. — Agora ela é minha companheira de café da manhã.

— Obrigada.

— Não foi nada.

Nós nos encaramos, e senti que eu precisava quebrar o gelo.

— Justin, sobre ontem à noite...

Ele se levantou do sofá.

— Não se preocupa com isso. Foi sem noção. Fiquei com ciúme, perdi a cabeça.

Fiquei surpresa com a repentina mudança de tom.

— Sério?

— Sim. Estava pensando com a cabeça errada.

— Tudo bem... fico feliz por estarmos de acordo.

— Bom, preciso trabalhar. — Justin pegou Bea do chão e a levantou sobre sua cabeça por um instante. — Vejo você mais tarde, Abelhão.

Depois disso, ele foi para o quarto e não saiu mais de lá durante o resto da tarde.

Mais confusa que nunca, limpei a casa e lavei a roupa da Bea.

Era início de setembro e começava a fazer frio na ilha. Algumas semanas atrás, eu havia notificado oficialmente a escola em Providence de que não voltaria para trabalhar neste ano. Foi uma decisão difícil, mas era melhor para minha filha. Minhas economias nos manteriam por um ano. Em um ano, eu reavaliaria a situação e voltaria a lecionar ou procuraria um emprego que me permitisse trabalhar em casa.

Quando ouvi as batidas na porta, deixei a vassoura em um canto.

Abri a porta, e meu coração parou de bater por um segundo quando vi uma loira de pernas longas e cabelo curto.

— Jade! Meu Deus, que surpresa!

— Sim, surpresa! — Ela me abraçou. — Caramba, você está ótima, Amélia. Emagreceu? As pessoas não engordam depois de ter filho?

— Acho que tenho sorte. Minha filha não me deixou comer nem dormir nos primeiros meses. — Tentando disfarçar o desconforto, perguntei: — Justin sabe que você viria?

— Não. Nem imagina. Ele está lá em cima? Vi o carro dele lá fora.

— Sim, está trabalhando no escritório.

Ela viu Bea brincando com os móbiles na cadeirinha.

— Ela é muito bonita. Parece com você. Posso pegá-la no colo?

— É claro.

Um desconforto me invadiu quando vi Jade se abaixar para olhar minha filha.

O que ela está fazendo aqui?

Justin a convidou?

Era essa a razão para sua súbita mudança de tom?

Fui bombardeada por um ciúme insano.

Jade pegou Bea no colo.

— Ela tem um cheiro muito bom. O que é isso?

— É o sabão especial que uso nas roupas dela. Próprio para bebês.

— Talvez eu deva te dar algumas das minhas roupas para lavar. Que cheiro bom, tão fresco e limpo!

Eu não estava a fim de papo-furado.

— O que veio fazer aqui, Jade?

Sentada no sofá com Bea no colo, ela foi direta:

— Fiz bobagem.
— Como assim?
— Estraguei tudo com Justin. No último ano, eu me dediquei completamente ao trabalho e não dei nenhuma atenção a ele. Achei que nossa relação estava segura. Ele falou alguma coisa sobre o motivo do rompimento?
— Só que terminou o namoro no começo do verão, quando foi a Nova York. Justin não deu detalhes.
— Foi um mal-entendido.
— Como assim?
— Ele chegou de surpresa em casa e me encontrou jantando com Greg Nivens, meu colega de elenco. Justin tirou conclusões precipitadas. Não estava acontecendo nada. Era só um jantar de negócios. As coisas já não estavam boas entre mim e Justin antes disso, mas eu nunca o trairia.
— Então, você veio...
— Buscar meu homem de volta. Sim. Eu nem lutei por ele. Não pedi para voltar. Fiquei tão chocada com o jeito como tudo terminou que nunca parei para pensar no que era responsabilidade minha. Basicamente, a culpa foi minha. E eu ainda o amo muito.

Não.

Não.

Não.

Essa ameaça inesperada e iminente punha meus sentimentos à prova. Fiquei apavorada com a ideia de perdê-lo, com medo de Justin voltar com ela para Nova York. Meu corpo ficou tenso, entrou em estado de alerta como se estivesse se preparando para a guerra, para uma batalha que estava destinado a perder.

— Uau. Não sei o que dizer. Eu...

A voz profunda de Justin me assustou.

— Jade. O que faz aqui?

Ela se levantou com Bea no colo.

— Oi.

Justin olhou para mim por um instante, depois para ela outra vez.

— Há quanto tempo está aqui? — perguntou ele.

—Alguns minutos. Vim até aqui porque a gente precisa conversar. Podemos sair? Que tal uma caminhada na praia?

Senti o peito pesado e percebi que estava suando de nervoso.

Justin olhou para mim de novo antes de responder:

— Vou pegar minha jaqueta.

Quando eles saíram, o medo que eu havia contido se libertou com o ar que soprei dos pulmões, só para começar a crescer de novo dentro de mim.

Olhei para Bea e falei como se ela fosse capaz de entender:

— Não quero que ele vá embora.

Ela fez barulhinhos de bebê enquanto batia com a mão nos brinquedos presos a sua cadeirinha.

— Tenho medo de ficar com ele e tenho medo de ficar sem ele.

Ela fez bolhas de saliva e babou.

— Você gosta muito dele, não é?

— Ba... Ba...

Meu coração disparou.

— Eu sei. Eu também.

Justin estava fora havia quase seis horas. Eu tinha certeza de que ele não ia voltar.

Quando ouvi a chave na fechadura por volta das dez e meia da noite, endireitei as costas no sofá e tentei adotar uma atitude casual para não dar a impressão de que esperava ansiosa pela sua volta.

Justin esfregou os olhos e jogou a jaqueta sobre uma cadeira. Em seguida, foi à cozinha pegar um drinque antes de voltar e sentar-se ao meu lado.

Engoli em seco com medo de perguntar:

— Cadê a Jade?

Justin bebeu um gole de cerveja e olhou para a garrafa, que girava distraído entre as mãos.

— Está voltando para Nova York. Eu a deixei na estação de trem.

— Pensei que não fosse voltar para casa hoje.

Ele ficou em silêncio por um momento e olhou nos meus olhos.

— Não aconteceu nada, Amélia.

— Você não me deve explicações.

Seu tom de voz subiu.

— Não devo? Está querendo se enganar?

— Como assim?

— Acha que não consigo ler suas reações? Vi sua cara quando ela estava aqui. Você estava com medo. Por que não admite? Por que não reconhece que tem tanto medo quanto eu de tudo isso que está acontecendo entre nós?

Não sei.

Não respondi, e Justin continuou:

— Fomos andar na praia... conversar. Depois eu a levei de carro até a estação de trem.

— Demorou para voltar. Pensei...

— Que tínhamos ido transar em algum lugar? Não. Fiquei sozinho dirigindo por aí, pensando.

— Ah. E o que você e Jade decidiram?

— Ela acha que terminei o namoro porque a encontrei jantando com outro cara, mas não é verdade. Fui para Nova York decidido a terminar tudo; já havia tomado essa decisão antes de vê-la com ele.

— Falou isso para ela?

— Não consegui ser completamente franco sobre tudo.

— Por que não?

— Porque teria de contar para ela coisas que não admiti nem para você... e não queria magoá-la ainda mais.

— Coisas como...

— Lembra o que eu falei sobre traição?

— Que se sentisse vontade de trair alguém seria melhor terminar o relacionamento com essa pessoa?

— Isso. Bom, eu pensei em trair Jade... com você... muitas vezes no último verão. Imaginei que enxergaria você de outro jeito depois da maternidade, que me sentiria menos atraído, mas não foi o que aconteceu.

Pelo contrário. Nunca te achei tão sexy. E, mesmo que não acontecesse nada entre nós, minha atração por você era um sinal de que algo não estava bem entre mim e Jade. Não se cobiça outra pessoa quando o relacionamento é saudável. É uma indicação de que falta alguma coisa, mesmo que você não saiba exatamente o que é. E, se o desfecho já está decidido em sua cabeça, não tem motivo para adiar a decisão.

— Jade está bem?

— Não muito.

Saber que ela estava sofrendo me incomodava. Eu me sentia mal por ela e continuava confusa em relação às coisas entre mim e Justin.

— O que fazemos agora? — perguntei.

— Já falei o que quero fazer.

— Mas hoje de manhã você disse que havia chegado à conclusão de que não era uma boa ideia, que não queria mais isso.

— Eu não disse isso. O que eu falei foi que o jeito como apresentei a proposta foi sem noção. Fui exageradamente agressivo porque me senti ameaçado, agi como um homem das cavernas. Nunca falei explicitamente que não queria isso. Nem você.

— Eu expliquei minhas ressalvas...

— E eu entendi. Ficou claro por que você tem medo de manter um relacionamento sexual comigo. Meu lado racional acha que você está certa, mas o lado impulsivo não dá a mínima e só pensa em levantar você sobre a minha cara e fazer você gozar enquanto monta na minha boca. Aquelas palavras me acertaram bem no meio das pernas. Ele continuou: — O fato de ter se contorcido no sofá só prova que você também tem um lado impulsivo. Talvez nossos desejos tenham que se encontrar em algum momento. — Ele se inclinou para mim e sorriu. — Mas não hoje. Apesar de estar ameaçando encontrar um pinto amigo, você ainda não está pronta para isso. Seria como passar do A ao Z pulando todas as letras do alfabeto.

— Não devia passar tanto tempo com a Bea assistindo a Vila Sésamo.

— Merda. Pode ser. De qualquer maneira, você agora está no A. Meu pau está no Z. E isso não encaixa. Essa foi uma das coisas em que pensei enquanto dirigia hoje à noite. Apesar daquela conversa sobre sexo casual, você ainda não está nesse estágio. — Ele se levantou. — Já volto.

Quando retornou, ele segurava algo atrás das costas.

— O que fazíamos quando éramos mais novos e estávamos de mau humor ou não tínhamos nada para fazer?

— Assistíamos a O grande Lebowski.

Ele mostrou o DVD.

— Na mosca.

— Não acredito que ainda tem isso.

— Sempre à mão.

— Vou fazer pipoca — avisei, correndo à cozinha, aliviada por sentir que a tensão havia diminuído. Ele estava certo. Eu não me sentia preparada. Não queria perdê-lo, mas, por mais que o desejasse, não estava pronta para um relacionamento sexual, nem com ele nem com ninguém.

Ficamos sentados num silêncio agradável assistindo àquele filme antigo que, pensando bem, devia ser impróprio para dois adolescentes de treze anos. Mas nenhum de nós tinha pais que monitorassem nossas atividades. A cena de abertura em que o personagem principal tem a cabeça empurrada dentro de um vaso sanitário trazia muitas lembranças. Antigamente pensávamos que aquilo era o máximo.

Na metade do filme, Justin deitou e apoiou a cabeça no meu colo. Sem pensar, afaguei seus cabelos sedosos.

Ele deixou escapar um suspiro de prazer e continuou assistindo ao filme, enquanto eu brincava com seu cabelo.

Em dado momento, ele se virou para mim e, instintivamente, tirei a mão de sua cabeça, lembrando como ele havia se esquivado no último verão.

— Por que parou? Desta vez não vou falar para você parar, Amélia. Por favor, continua. É muito bom.

Continuei com o cafuné por mais meia hora.

Não estava mais prestando atenção ao filme quando perguntei:

— O que mais pensou enquanto dirigia hoje à noite?

— Que ainda amo suas covinhas. — Ele olhou para mim. — E nem precisei pensar nisso, eu sempre soube.

16

Setembro chegou ao fim, veio outubro e vimos o outono mudar a cor das folhas nas árvores da ilha. Desde que assistimos a *O grande Lebowski*, as coisas permaneceram bem inocentes entre nós. Não voltamos a falar sobre sexo nem tentamos definir nosso relacionamento. Mas nos aproximávamos naturalmente.

Bea agora estava com sete meses e desenvolvia sua personalidade a cada dia.

Justin fez uma viagem rápida a Nova York no fim de setembro para se reunir com seu agente, que havia marcado uma sessão no estúdio onde ele gravaria algumas músicas originais para uma demo. De maneira geral, continuávamos vivendo um dia de cada vez, e não havia indícios claros de quando ele voltaria definitivamente para a cidade, se é que voltaria.

Nesse ano, o Halloween caiu em um sábado. Decidimos levar Bea a uma horta de abóboras na região. Justin tirou muitas fotos dela e de mim naquele mar de cor de laranja e palha. Também tiramos algumas *selfies* dos três. Eu sabia que guardaria essas fotos com carinho para sempre. Justin e eu bebemos um drinque quente de sidra e curtimos o ar gelado com Bea, que usava touca e luvas e tinha as bochechas vermelhas. Apesar de haver milhares de dias em uma vida, esse era o tipo de dia que uma pessoa sabia que nunca esqueceria enquanto vivesse.

O plano era passar algumas horas fora, depois voltar para casa, vestidos com as nossas fantasias, para distribuir doces.

Justin sabia que o Halloween era minha comemoração favorita, então ele caprichou. Depois da horta de abóboras, ele me deixou em casa com Bea e foi até a Christmas Tree Shops em Middletown para comprar itens de Halloween.

A noite caía quando ele voltou com várias sacolas. Justin comprou uma tonelada de decoração preta e cor de laranja, pacotes de doces e uma fantasia de abelha para Bea.

— Não tinha fantasia para nós na Christmas Tree, então decidi procurar em outros lugares. Por isso demorei. Não consegui escolher a sua, então trouxe mais de uma.

—Ah, vamos ver. — Estiquei o braço para pedir as fantasias. Uma das sacolas era da Island Costumes, e a outra... da Adam and Eve. — Não é sex shop?

— Sim, fica ao lado da loja de fantasias.

Ele deu um sorriso malicioso, e eu semicerrei os olhos, desconfiada. Abri a outra sacola primeiro e encontrei uma fantasia de Mulher-Gato, basicamente um macacão de náilon preto e uma máscara.

— Essa é para hoje à noite... para o doces ou travessuras — explicou Justin.

— E a outra?

— Para... qualquer hora. Só achei que ficaria bem em você.

Relutante, abri a sacola da Adam and Eve e peguei a peça de tecido branco e transparente com detalhes em vermelho. Havia aplicações em forma de cruzes vermelhas na altura dos mamilos, e daria para ver tudo através do tecido.

Arregalei os olhos quando li a etiqueta.

— Enfermeira Boazinha?

— Lembrei de quando fiquei doente e você cuidou de mim. — Seu rosto estava vermelho, o que era incomum, quase como se ele estivesse constrangido por ter me dado aquela fantasia.

— Quer que eu use isto?

Justin mordeu o lábio inferior.

—Agora não.

Olhei novamente para a etiqueta.

— Não vem com calcinha. Algo me diz que não é para usar uma.

— Escuta... sei que posso não te ver vestida com isso nunca. Sinceramente, fiquei muito excitado na loja só de pensar em você na fantasia. Tive que comprar. Um homem pode sonhar, não pode?

Ele ficava excitado pensando em mim, e eu ficava excitada pensando que ele se excitava pensando em mim.

Pigarreei.

— Do que vai se fantasiar?

Ele piscou.

— Surpresa.

Tínhamos uma hora antes de as crianças começarem a bater à porta para pedir doces. Justin pendurou as lâmpadas cor de laranja na casa e acendeu velas dentro das abóboras nos degraus de fora. Era uma mistura de romântico, assustador e aconchegante.

— Morar na cidade me fez sentir saudade do Halloween — comentou ele, abrindo sacolas e enchendo uma vasilha com doces. — Não tem essa de doce ou travessura para quem mora em apartamento.

Sorri por dentro, notando que ele havia trazido uma quantidade maior do chocolate de que eu mais gostava quando éramos adolescentes.

— Vou subir, arrumar a Bea e vestir minha fantasia — avisei.

— Tudo bem. Eu me arrumo depois de você.

Lá em cima, vesti a fantasia preta e justa que parecia ter sido pintada no meu corpo. Ajustei a máscara e me olhei no espelho. Era bem sexy, na verdade. Dava para entender por que Justin a havia escolhido. Minha bota preta de salto alto completava o visual. Bea estava em pé no berço e parecia se divertir vendo a mãe fantasiada.

Eu a vesti com a fantasia de abelha, e nós descemos.

Justin arregalou os olhos quando me examinou da cabeça aos pés.

— Uau. Olha só, escolhi a fantasia certa.

— Não é muito assustadora. É mais para sexy.

— Está me deixando duro de susto. — Justin moveu as sobrancelhas antes de pegar Bea do meu colo e beijá-la no rosto. — E você agora é oficialmente uma abelha, Abelhão. — Ele a levou até a janela. — Olha as luzes, Bea. Fiz isso para você. — Agora ele falava mais baixo, sussurrava no ouvido da bebê enquanto mostrava a decoração. Em seguida, levou-a lá fora para mostrar as abóboras entalhadas.

Fiquei na sala observando os dois, tentando determinar quando havíamos nos tornado uma família. Havia um momento específico em que atravessamos essa fronteira? Por mais que um mecanismo de autoproteção me fizesse negar, os últimos quatro meses com Justin foram uma experiência de vivência familiar maior do que a tive em toda a minha vida. Assustador ou não, havia acontecido, e nenhum de nós conseguia admitir. Foi natural, sem discussão. Porém, enquanto Bea seria minha vida nos próximos dezoito anos, me parecia que Justin estava só brincando de casinha temporariamente. Será?

Justin voltou e me devolveu a bebê.

— Vou trocar de roupa. Já volto.

O primeiro grupo de crianças chegou antes de Justin. Com Bea no colo, peguei a grande vasilha de doces e me dirigi à porta.

Eu estava me despedindo das crianças quando senti o calor de seu corpo atrás de mim.

— Voltei.

Quando me virei, fiquei sem ar. Justin estava todo vestido de preto. Devia ser uma fantasia de oficial da SWAT. A camisa preta de mangas curtas exibia os braços musculosos. Por cima dela, o colete preto anunciava em letras brancas: SWAT. Ele usava calça e coturno pretos. Era uma das coisas mais sexy que eu já havia visto.

— Caramba... — Meu corpo queimava embaixo do macacão colado.

— Gostou?

— É... adorei.

— Não tinha muita coisa do meu tamanho. Era isso ou palhaço. E eu não queria assustar a Bea.

— Foi uma... é... foi uma boa escolha.

— Que bom que gostou — cochichou Justin, perto do meu pescoço.

Não recebemos muitas crianças, mas ainda era divertido cada vez que alguém batia à porta. Felizmente, Roger estava em Irvine visitando a filha, e eu não teria que lidar com nenhuma conversa constrangedora entre ele e Justin. Se estivesse em casa, Roger teria aparecido para dar oi. Não voltamos a sair depois do festival de jazz. As coisas entre mim e Justin haviam evoluído um pouco depois daquele dia.

Era hora de apagar as luzes. Cheri, a vizinha, havia passado em casa para ver Bea fantasiada. Depois de me despedir dela, fiquei parada na porta vendo Justin e Bea na cozinha. Quando notei que ele a ninava, percebi de repente algo importante. Mesmo que evitasse me relacionar sexualmente com Justin, meu coração já estava tomado. Na minha cabeça, ele era meu. Portanto, evitá-lo fisicamente por medo significava apenas perder algo que eu queria e de que precisava muito. Com ou sem sexo, eu ficaria arrasada se ele fosse embora. Olhar para ele naquele uniforme sexy da SWAT me fez entender que eu não podia deixar o medo me impedir de viver essa experiência.

Eu me aproximei dos dois e beijei a cabeça de Bea. Quando voltei meu olhar para Justin, ele me encarava com uma intensidade que quase me convenceu de que sabia o que eu pensara segundos antes. Justin segurou meu rosto com uma das mãos e me beijou. Era a primeira vez que nos beijávamos desde aquela vez, antes do meu encontro com Roger. Desta vez, o beijo foi diferente. Foi mais terno.

Meu corpo todo ficou mole quando ele falou com os lábios tocando os meus:

— Não quer levá-la para o berço?

Assenti.

Minhas pernas tremiam quando subi a escada. No quarto, despi a fantasia da Bea com todo cuidado para não a acordar e a acomodei no berço.

Quando tirei o macacão de Mulher-Gato, olhei para a sacola da Adam and Eve sobre a cômoda.

Será?

Pensei no que ele havia falado sobre me imaginar dentro dela e decidi chocá-lo. Vesti a fantasia transparente. Meus seios inchados estavam totalmente expostos, com as cruzes vermelhas cobrindo apenas os mamilos. Era tão provocante que chegava a ser obsceno. Justin ia pirar.

Quando vesti minha calcinha vermelha, já estava molhada só de pensar em sua reação. Nesta noite eu poderia tocá-lo, sentir seu gosto e fazer todas as coisas com que havia sonhado. Um arrepio percorreu meu corpo inteiro quando atravessei o corredor na ponta dos pés.

A porta do quarto de Justin estava encostada, e eu o vi parado na frente da janela sem camisa, emoldurado pelo luar. Ele estava me esperando.

Ele ainda usava a calça preta da fantasia da SWAT. O tecido envolvia seu bumbum tão perfeitamente que senti minha boca encher de água diante da vontade de mordê-lo. Eu admirara seu corpo bonito muitas vezes, sempre de longe, mas desta vez era diferente.

— Oi — falei.

Justin se virou e me olhou da cabeça aos pés; sua respiração estava entrecortada, e os olhos famintos devoravam cada centímetro do meu corpo.

— Puta merda! Você está usando a fantasia.

Ele se aproximou devagar e segurou meu rosto entre as mãos. Eu tremia com a força do desejo. Justin deslizou as mãos para baixo, traçando meu pescoço com o indicador e descendo, passando sobre meus seios até parar no umbigo. Seus olhos sugeriam uma espécie de transe enquanto examinavam cada milímetro do meu corpo, completamente exposto pelo tecido transparente.

Ele fechou os olhos por um instante. Quando os abriu, a expressão fascinada permanecia em seu rosto. Era como se não esperasse me ver ali ainda.

— Nunca houve ninguém como você, Amélia. Precisa saber disso.

Meu coração parecia explodir.

Em seguida, Justin se ajoelhou no chão. Suas mãos envolveram minha cintura e ele me puxou, beijou meu umbigo e deslizou a língua por minha barriga. A boca foi descendo e deixando um rastro de beijos suaves, até parar entre minhas pernas.

Com a mão na parte de trás da minha calcinha, ele agarrou o tecido e foi deslizando a peça lentamente para baixo. Quando se levantou com minha roupa íntima na mão, ele disse:

— Caramba. Está ensopada. — Sem pressa, Justin cheirou a calcinha e suspirou antes de balançar a cabeça devagar. — Não vejo a hora de sentir seu gosto. — E apontou para baixo. — Olha para mim. — A calça quase não o continha. A ereção era tão grande que ameaçava rasgar o tecido. — Acho que nunca fiquei tão excitado com nada. Sonhei com esse momento quase minha vida inteira. Nunca pensei que aconteceria. Quero saborear esse momento.

Ele segurou minha mão e me levou para a cama. Sentado na beirada, me puxou em sua direção e eu sentei sobre ele. Minha vagina úmida cavalgava sua ereção sobre o tecido da calça. Seus olhos eram turvos quando olharam para mim. — Agora me conta qual é sua fantasia mais profunda, mais secreta. Quero realizar esse seu desejo hoje. — Eu hesitei, e ele insistiu: — Vamos brincar um pouco. Fala o que você quer. Não tenha medo, nada é impossível. Tudo o que você quiser.

Eu sabia exatamente o que queria, o que fantasiava toda vez que me masturbava desde o último verão.

— Quero que se masturbe como estava fazendo no dia em que espiei da porta, mas desta vez vai olhar para mim. Quero ver quanto você me deseja.

Ele sorriu.

— Vou confessar uma coisa.

— O quê?

— Naquele dia eu *estava* pensando em você. Quando você apareceu na minha porta, por um segundo pensei que fosse minha imaginação.

— Sério?

— Não tenho conseguido imaginar nada além disso há muito tempo. — Ele me agarrou. — Quer dizer que sua fantasia é olhar enquanto me masturbo para você, sua garota safada?

Engoli em seco.

— Sim.

— Ok, posso providenciar isso. Mas tenho três condições...

— Tudo bem.

— Uma... vai ficar completamente nua para mim.

— Certo.

— Duas... vai me ajudar.

— Combinado. E a terceira?

— Vai acabar dentro de você. Preciso transar com você hoje. Não posso mais esperar.

Incapaz de continuar formando palavras coerentes, simplesmente assenti e esperei as orientações enquanto ele se ajeitava encostado na cabeceira.

Justin deslizou a mão pelo corpo até tocar o membro ereto, o qual ele começou a afagar sem pressa e com firmeza por cima da calça.

— Seus seios são incríveis, Amélia. Tira isso para eu poder ver tudo.

Meus seios formigavam, tal a intensidade da excitação provocada pelo tom exigente de Justin. Não havia nada que eu não fizesse por ele neste momento. Sentada sobre a metade inferior de suas pernas, deslizei as alças finas dos ombros. O tecido transparente caiu, mas não descobriu completamente meu peito, oferecendo só uma visão parcial.

— Provocante. — Ele rangeu os dentes e segurou o membro com mais força. — Tira tudo.

Tirei o vestido e o joguei de lado. Repentinamente nua na frente dele, cobri instintivamente os seios por um momento.

— Não se atreva — advertiu ele, com um sorriso dissimulado. — Preciso ver você inteira.

Justin abriu o zíper da calça bem devagar, e o pênis ereto saltou para fora. Ele o segurou e começou a mover a mão lentamente para cima e para baixo enquanto olhava para mim. Foi a coisa mais sexy que já presenciei.

— Era isso que você queria? — sussurrou ele, enquanto se masturbava e olhava para cada centímetro do meu corpo.

Assenti e senti a umidade crescendo entre minhas pernas.

Justin falou, ofegante:

— Você é linda. Muito linda.

Esfreguei o corpo no dele, incrivelmente excitada com o jeito como ele me olhava e com suas palavras.

— Estou sentindo você molhada nas minhas pernas. Continua se esfregando em mim. Quero que você me molhe inteiro — disse ele, movendo a mão um pouco mais depressa.

Balancei o corpo em cima de suas pernas e lambi os dedos. Depois, toquei os mamilos antes de aproximar os seios.

— Continue.

A umidade fazia seu pênis brilhar. Saber que eu provocava aquela excitação me enlouquecia.

Justin parou para recuperar o fôlego, depois disse:

— Agora é a sua vez.

Pensei que ele nunca fosse pedir. Estendi o braço e segurei seu membro grosso, quente e molhado. A sensação de tocá-lo era incrível. Comecei movendo a mão bem devagar, depois mais depressa, adorando sentir a umidade nos dedos. Quis sentir seu gosto, então parei e lambi a mão enquanto ele observava cada movimento da minha língua. Depois engoli, ainda sob seu olhar intenso.

— Que delícia — falou Justin. Quando comecei a abaixar a cabeça para lamber a gota perolada na cabeça de seu pênis, ele me impediu: — Não faz isso. Ainda não. Eu gozaria em dois segundos, mas quero que isso dure.

— Tudo bem. — Sorri e continuei acariciando seu membro, adorando ouvir os gemidos que ele deixava escapar enquanto se esforçava para não perder o controle.

Justin segurou minha mão e disse:

— Não consigo mais. Preciso sentir seu gosto. — De repente ele escorregou o corpo por baixo do meu, levantando-me sem nenhum esforço e me posicionando sobre sua boca. Eu arfei, pega de surpresa pela sensação provocada pelas lambidas e pelos lábios, que me sugavam com voracidade. Justin alternava entre me penetrar com a língua e lamber meu clitóris. Ele segurava minha cintura e me guiava sobre sua boca, fazendo ruídos de prazer que vibravam dentro de mim. Ele me devorava sem reservas, e a sensação era a mais inacreditável que eu já havia experimentado.

Quando sentiu que eu perderia o controle, Justin parou.

— Por mais que eu queira sentir você gozando na minha cara, quero que gozemos ao mesmo tempo, enquanto eu estiver dentro de você. — Ele saiu de baixo de mim e se ajoelhou. Seu pênis estava incrivelmente inchado. Acariciando o membro, ele olhou nos meus olhos. De repente, segurou meu rosto e me beijou. Com o peso do corpo, me fez deitar na cama, o pênis roçando meu ventre enquanto ele me beijava com ardor.

— Por que esperamos tanto? — perguntou Justin, com os lábios tocando os meus.

Balancei a cabeça e puxei seu cabelo para retomar o beijo, incapaz de me fartar do seu sabor.

Tinha a sensação de que morreria se ele não me penetrasse logo. Justin se afastou de mim e abriu a gaveta do criado-mudo. Ouvi o ruído quando ele abriu a embalagem de preservativo com os dentes.

— Vou te foder gostoso, Amélia. Quero ouvir você gozar para mim. Pronta?

Mordi o lábio inferior e fiz que sim com a cabeça.

— Sim, sim.

Quando Justin estava colocando a camisinha, ouvi Bea chorar no outro quarto.

Nós dois paramos, eu com as pernas abertas para recebê-lo, Justin com a mão no pinto.

Não.
Não.
Por favor, não!
AGORA NÃO.

Continuamos parados, como se a imobilidade fosse suficiente para fazer o choro parar. Quando ficou claro que não teríamos essa sorte, Justin se levantou e vestiu a cueca e a calça.

— Vou ver o que acontece. Talvez seja só a fralda.
— Tem certeza?
— Tenho. Fica onde está... bem aberta. Não se mexe. Eu já volto.

Ele parou no banheiro para lavar as mãos.

Agitada demais para discutir em meu estado de completa nudez, esperei impaciente pela volta de Justin.

Depois de dois minutos, ouvi sua voz no corredor.

— Amélia!

Pulei da cama.

— Está tudo bem?
— Ela está bem, mas preciso de ajuda.

Abri a gaveta de Justin e peguei uma camiseta branca, que vesti a caminho da porta.

Assim que entrei no quarto, senti no ar o cheiro que podia ser de uma explosão de cocô. Justin segurava Bea com as duas mãos e longe dele.

— Temos uma emergência. Ela está coberta de cocô até a nuca.

Bea começou a rir, o que o fez dizer:

— Acha isso engraçado? Como conseguiu se sujar desse jeito? Isso deve ser algum talento especial, Abelhão.

Ela riu de novo, e nós dois acabamos rindo também, apesar do pequeno desastre.

Quando parei de gargalhar, falei:

— Segure-a assim enquanto busco uma sacola plástica para pôr as roupas sujas. Depois a limpo com os lencinhos antes de colocá-la na banheira.

Justin continuou segurando Bea enquanto eu a limpava. Ele me fazia rir falando com ela.

— É claro que está sorrindo. Aposto que está muito contente, não é, Abelhão? Vou telefonar para o Guinness amanhã e avisá-los da maior cagada já registrada.

Eu sabia que Bea não entendia aquelas palavras, mas reagia como se entendesse. Não importava o que Justin dizia, ela sempre achava que era a coisa mais engraçada do mundo.

Acabei jogando as roupas sujas na lata de lixo lá embaixo, enquanto Justin ficava no quarto e a segurava na mesma posição.

Em seguida a levamos ao banheiro e a colocamos na banheira, usando o chuveirinho para lavá-la. Quando terminamos, Bea estava cheirosa como nunca. Justin a segurou enrolada em uma toalha aquecida, enquanto eu enxugava seus pés.

Ele olhou para mim.

— Como passamos do que estava acontecendo no outro quarto a isto aqui?

Beijei os dedinhos da Bea.

— É mais ou menos a história da minha vida.

— Agora ela está bem acordada.

— É claro. Acho que vou amamentá-la.

— É, acho que não tem mais nada no estômago dela depois disso.

Justin me acompanhou de volta ao meu quarto e deitou a cabeça em meu ombro enquanto eu amamentava Bea. Era a primeira vez que eu não me incomodava em cobrir o peito na frente dele. Nós três acabamos dormindo juntos na minha cama.

Não transamos naquela noite, mas ainda assim foi uma das noites mais memoráveis da minha vida, não só por tudo que aconteceu, mas porque no dia seguinte tudo mudaria.

17

Justin ainda dormia quando desci para fazer café na cozinha. Era uma típica e preguiçosa manhã de domingo, até uma mensagem de texto virar meu mundo de cabeça para baixo. Olhei para o celular de Justin, que estava carregando em cima da bancada.

> *Olivia: Tudo bem? Liga para mim quando decidir.*

Olivia?
Lembrei que Olivia era sua ex-namorada, a única com quem ele teve um relacionamento sério, além de Jade. Meu coração disparou.
O que isso significava? Eles haviam conversado?
Não parei para pensar se xeretar era certo ou errado. Eu precisava saber. Subi a tela e li duas mensagens anteriores àquela.

> *Olivia: Você pensou um pouco mais?*

> *Justin: Sim. Preciso de um pouco mais de tempo.*

O medo invadiu meu estômago. A noite passada havia sido um marco em nosso relacionamento. Pelo menos era o que eu pensava. Justin me fez sentir que eu podia confiar nele. Saber que ele se comunicava com a ex-namorada e que escondia isso de mim era como se alguém jogasse um balde de água fria sobre minha cabeça, despertando-me de uma ilusão.

Olhei pela janela da cozinha e vi que estava garoando. Seria um dia frio, feio. Eu nem me virei quando ele desceu a escada. Ouvi o estalo de seus lábios quando Justin beijou Bea, que brincava no tapetinho.

Meu corpo ficou rígido quando ele se aproximou de mim, pressionando a ereção matinal contra meu traseiro enquanto beijava minha nuca e dizia:

— Bom dia.

Quando me virei, ele viu no meu rosto que havia algo errado.

— Amélia... fala comigo.

Em vez de responder, peguei o celular sobre a bancada e entreguei a ele.

— Para que precisa de mais tempo?

Justin olhou para a tela e piscou algumas vezes.

— Eu ia falar com você hoje. Não queria tirar o foco do primeiro Halloween de Bea.

As paredes pareciam se aproximar de mim.

— Estou me sentindo idiota por acreditar em tudo isso.

— Ei! Segura a onda! — O rosto dele se tingiu de vermelho com a raiva. — Você está sendo precipitada.

— Não é preciso ser cientista, Justin. Você tem trocado mensagens com sua ex-namorada. E está tentando decidir alguma coisa.

— Exatamente. Está acontecendo uma coisa, mas não tem nada a ver com ela. Tem um motivo para ela ser ex. Não precisa se preocupar. Não viu o que você fez comigo ontem à noite?

— Por que tem conversado com ela, então?

Ele passou os dedos nos cabelos e respirou fundo para se recompor.

— Olivia cuida da turnê de Calvin Sprockett.

— Calvin Sprockett, o cantor?

— Sim. — Ele riu da minha reação. — O lendário ganhador do Grammy. Esse mesmo.

— Entendi. E o que ela tem falado com você?

— Ele vai sair em uma turnê de cinco meses pela Europa e pela América do Norte. O artista que abriria os shows dele se internou inesperadamente em uma clínica de reabilitação. Olivia é muito amiga do meu agente, Steve Rollins. Eles se conheceram quando namorávamos. Olivia era uma espécie de empresária para mim naquela época. Enfim, acho que Steve mandou para ela uma das minhas últimas demos gravadas em setembro, e ela mostrou o material para o Calvin. Ele perguntou se eu não gostaria de abrir os shows dele na turnê.

— Está falando sério? Ai, meu Deus! Justin, isso é... um sonho!

Era estranho ficar feliz por ele e, ao mesmo tempo, sentir que meu mundo desmoronava. A única coisa de que eu tinha certeza era que não deixaria o medo me impedir de apoiar essa oportunidade única para ele.

— Desculpa por eu não ter contado antes, queria que ontem fosse perfeito. Juro que ia contar antes do fim de semana acabar.

Pensei em alguma coisa que eu pudesse dizer sem demonstrar minha apreensão.

— Ele sabe que você nunca fez uma turnê?

Justin assentiu.

— No começo, achei estranho ele se arriscar dando uma chance a alguém como eu, mas descobri que Cal é famoso por apresentar novos talentos em suas turnês. Foi assim que Dave Aarons começou.

— Uau. E ele escolheu você.

Justin sorriu hesitante.

— Sim.

— Seu estilo combina com o dele.

— É verdade. É uma boa combinação.

Mesmo com certo pânico, meu coração se encheu de orgulho. Abracei Justin.

— Puta merda. Estou muito orgulhosa de você — falei, apesar de sentir o coração apertado.

— Eu ainda não aceitei, Amélia.

Afastei-me de repente para olhar em seus olhos.

— Mas vai aceitar, não vai?

— Não sei.

— Não pode recusar.

— Queria discutir o assunto com você antes.

— O que tem para discutir?

— Eu ficaria longe de você e de Bea por cinco meses.

— Você nunca disse que sua presença aqui era permanente. Na teoria, está só passando um tempo. Sabe disso, não sabe?

Ele não respondeu à minha pergunta quando disse:

— Seria diferente de estar em Nova York. Não vou poder vir à ilha sempre que quiser ou quando você precisar de alguma coisa. A turnê é contínua. E a agenda é apertada. Ele gosta de fazer dois ou três shows em cada cidade.

— Não precisa se preocupar comigo. — Por mais que eu não quisesse que ele fosse embora, não podia permitir que a culpa o impedisse de agarrar uma oportunidade como essa. Justin acabaria se ressentindo com Bea e comigo. Essa era a última coisa que eu queria.

— Não preciso me preocupar com você? Já esqueceu como estava quando eu cheguei?

— Muita coisa mudou depois disso. Bea cresceu muito. Agora ela depende menos de mim e dorme melhor. Não me use como desculpa para não aceitar essa oportunidade. Cinco meses passam depressa.

Na verdade, esse tempo parecia uma eternidade. Muita coisa podia acontecer em cinco meses. Aliás, muita coisa havia acontecido entre nós em cinco meses. Nós criamos nossa versão própria de família.

— Agora você diz que vai passar depressa, mas, quando não tiver ninguém por perto para ajudar quando quiser sair de casa ou ir ao mercado, aí vai sentir. Quando ficar sozinha à noite, você vai sentir... a menos que chame o babaca do vizinho. Tenho certeza de que Roger vai tirar proveito da minha ausência.

Era como se ele tentasse inventar uma desculpa para confirmar que a turnê era má ideia.

— Não quero que vá embora, Justin. Isso me assusta muito, mas sei que vai se arrepender até o fim da vida se você não for. Não tem nem o que pensar ou decidir.

Ele abaixou a cabeça e olhou para o chão por um bom tempo, antes de reconhecer:

— Tem razão. Vou passar o resto da vida imaginando o que poderia ter acontecido. E não acredito que terei outra oportunidade como essa.

Minha garganta estava áspera quando engoli a saliva.

— Bom, aí está a resposta, então.

Justin olhou para o espaço e disse:

— Merda. Isso está acontecendo de verdade. — Depois olhou para mim com uma expressão nervosa, como se quisesse que eu tentasse convencê-lo a não ir.

— Bea e eu ainda estaremos aqui.

— Eu voltaria mais ou menos um mês depois do primeiro aniversário dela. — Ele olhou para onde Bea estava brincando. — Vou perder.

Tentando manter a calma, perguntei:

— Quando tem que dar uma resposta a Olivia?

— No máximo em dois dias.

Hesitei antes de indagar:

— Tem certeza de que Jade não está certa sobre ela?

— Como assim?

— Ela não está tentando reatar o namoro com você? Trabalhar para colocar você nessa turnê é um gesto grandioso da parte dela.

— Olivia sempre apoiou minha carreira na música. Não tem nada além disso, Amélia.

— Ela estará na turnê o tempo todo?

— Sim. Ela é quem cuida da turnê.

— Ela ainda está namorando?

Justin respondeu, relutante:

— Acho que não.

O ciúme se instalou e provocou uma descarga de adrenalina. Senti o rosto quente.

— Sei.

— Já contei como meu namoro com Olivia terminou. Ela não servia para mim. Acabou. Não importa se ela vai participar da turnê. Por favor, não pense nisso. É desperdício de energia.

— Tudo bem. Vou tentar, mas pensa em como você se sentiria se eu fosse passar cinco meses em turnê com um ex-namorado. Você não consegue nem lidar com o Roger. Você morou com ela durante dois anos. Acho que dá para entender meu desconforto.

— É claro que entendo, mas Olivia e eu terminamos. Sim, ela vai participar da turnê, mas não se preocupe, por favor.

— Tudo bem. Vou tentar.

Meu coração pesava uma tonelada. Eu não podia deixá-lo perceber que eu estava arrasada com sua iminente partida.

— Ei, tudo bem se eu for correr na praia? — perguntei de repente. — Pode ficar de olho na Bea?

— Desde quando você corre?

— Quero começar.

Ele me olhou desconfiado.

— Tudo bem, eu cuido dela.

Sem demora, subi e me troquei o mais depressa possível, colocando uma roupa de ginástica.

Lá fora, minhas pernas se moviam mais depressa do que meu coração podia aguentar. Não dava para acompanhar a vontade de fugir do sofrimento de saber que ele realmente iria embora. Não era a partida que me afligia, mas o medo de que ele não quisesse voltar para a vida banal na ilha. Justin viveria algo completamente novo. Uma turnê seria repleta de emoção e tentação. Sem limitações.

Eu não podia deixar que ele notasse o quanto eu estava apavorada. A única coisa pior que a sua partida seria ele decidir não ir por causa da minha insegurança. Eu não podia impedi-lo de partir, mas podia tentar me proteger do único jeito que conhecia. Enquanto Justin permanecesse na ilha, eu não podia me aproximar ainda mais dele no aspecto físico ou emocional. Se pudéssemos sobreviver a esse período de afastamento, eu saberia que ele nos levava a sério. Até lá, eu teria que viver minha vida contando com a hipótese de Justin não voltar. Essa turnê seria o teste final.

O ar da praia enchia minha garganta enquanto eu corria. Ventava tanto que a areia entrava nos meus olhos e na boca enquanto eu desviava das gaivotas.

Quando voltei para casa, parei ao lado da porta depois de entrar. Justin havia ligado o rádio e dançava pela cozinha com Bea. Ela ria cada vez que ele a girava depressa. A música desapareceu, ficando em segundo plano enquanto o barulho alto dos pensamentos ansiosos dominava minha cabeça. Então, me dei conta de que eu não seria a única triste pela partida de Justin. Bea nem imaginava que ele desapareceria em alguns dias. Ela não conseguiria nem entender *por que* ele havia partido. Meu coração doía por ela, e Justin ainda nem havia ido embora.

Sempre que queremos que o tempo pare, ele passa voando.

Depois que aceitou o convite para a turnê, Justin descobriu que teria que se apresentar em Minneapolis em uma semana e meia. Ele voltaria de carro a Nova York e lá pegaria um avião para encontrar Calvin e o restante da equipe em Minnesota, onde a turnê começaria.

Como o outro músico havia desistido repentinamente, não havia muito tempo para os preparativos. Justin teve sorte, porque explicou a situação para os chefes de seu trabalho diário, e eles aceitaram o pedido de uma licença não remunerada. O presidente da companhia de software para a qual ele trabalhava era fã de Calvin Sprockett, e isso ajudou.

Apesar de tudo dar certo, na minha cabeça tudo desabava. Eu queria muito estar eufórica por ele, e uma parte de mim estava. Só não conseguia separar essa parte da minha tristeza e do meu medo.

Apesar de usarmos nossos últimos dias juntos com sabedoria, passando muito tempo com Bea, a tensão entre nós era grande. Pouco depois de Justin ter tomado a decisão de sair em turnê, expliquei a ele em uma manhã, durante o café, que eu não achava uma boa ideia levarmos nosso envolvimento físico adiante antes de ele partir. Expliquei que isso só tornaria as coisas mais difíceis para mim. Era uma grande desculpa. Ele disse que entendia, mas, no fundo, eu sabia que ele enxergava minha atitude como o que realmente era: falta de confiança em sua lealdade. Eu ia para o meu quarto todas as noites, e ele não tentava me impedir.

Dois dias antes da data marcada para ele viajar, tive que ir a Providence pegar minhas coisas no depósito. Não podia mais arcar com essa despesa, pois não estava trabalhando. Planejava doar tudo o que pudesse e faria uma venda de garagem em Newport para me desfazer dos objetos menores. Boa parte daquilo não era mais necessária. O marido da minha amiga Tracy tinha um caminhão e me ajudou a carregar a maior parte das minhas coisas e levá-las para uma filial do Exército da Salvação.

Enquanto eu cuidava disso, Justin ficou em Newport com Bea.

Durante a viagem de volta à ilha, eu fui inundada pela emoção. Podia quase ouvir o relógio marcando os segundos que faltavam para a partida de Justin na minha cabeça. Os últimos dias passavam como um filme que se aproximava do fim. Eu não tinha dúvida de que Justin ficaria famoso. Ele estava prestes a ser engolido, e duvido que soubesse o que estava por vir. Depois de ver isso acontecer em menor escala, eu sabia como as mulheres reagiam a ele. Essa reação seria multiplicada por mil. A vida dele nunca mais seria a mesma. Nem a minha.

Quando cheguei à casa de praia, tudo estava estranhamente quieto. Senti cheiro de molho de tomate e notei que o forno estava aceso. Acendi a luz interna e vi que era lasanha.

— Ei — gritei.

— Estamos aqui em cima! — respondeu Justin.

Tive a impressão de que estava chovendo dentro do quarto dele. O ruído se misturava ao de uma música tranquila. Quando abri a porta, meu coração quase parou.

A cama de Justin havia desaparecido. Em seu lugar, vi o berço branco de Bea. Um tapete amarelo claro e fofo cobria o chão. Estrelas iluminadas projetadas no teto se moviam lentamente. Sons da natureza saíam de um aparelho sobre a cômoda. Uma foto emoldurada de Anne Geddes enfeitava uma parede. Era o retrato de um bebê vestido de abelha.

Cobri a boca.

— Como... quando... você...

Justin segurava Bea.

— Ela precisava do próprio quarto. Abelhão está crescendo, não pode dormir com você para sempre. Está na hora. Sua ida a Providence hoje foi a oportunidade perfeita para fazer a surpresa antes de eu partir.

Bea olhava fascinada para as estrelas no teto e mexia a cabecinha, esforçando-se para acompanhar o movimento.

Eu sorri.

— Ela adorou, né?

— Eu sabia que ela ia gostar. Às vezes quando está acordada à noite, eu a levo ao deque. Nós olhamos as estrelas. Talvez ela olhe para essas no teto e pense em mim enquanto eu estiver longe.

Aquelas palavras apertavam meu coração.

— Eu nem sabia que fazia isso com ela. — Andei pelo quarto admirando a transformação — Onde estão suas coisas?

— Desmontei a cama e deixei em um canto do escritório, por enquanto.

De repente, tirar as coisas dele do quarto e dá-lo a Bea pareceu uma atitude definitiva, e eu não gostei disso. Comecei a ler nas entrelinhas e surtei.

Meu coração disparou com o pânico.

— Você não vai voltar.

Eu não pretendia falar em voz alta.

— O quê?

— Abriu mão do quarto porque sabe que não vai voltar. Você vai embora, vai virar um grande astro. Vem nos visitar, mas, no fundo, sabe que não vai mais morar aqui.

Era como se todas as minhas inseguranças de repente ganhassem voz. Eu não pretendia colocar todas as cartas na mesa desse jeito. As palavras simplesmente saíram depois de um dia longo e estressante.

Justin ficou sem fala. Quando finalmente recuperou a voz, seu tom beirava o furioso.

— É isso que você acha?

— Não sei. Acho que estou só pensando em voz alta.

— Montei esse quarto porque Bea não devia mais dormir com você. Ela merece um espaço legal só para ela. Planejei tudo muito antes de saber sobre a turnê. Fui reunindo esses objetos aos poucos no último mês e escondi tudo no meu closet. — Ele abriu uma gaveta da cômoda para pegar um maço de notas fiscais, que brandiu no ar. Os papeizinhos caíram no chão. — Olha a data nas notas. Foram emitidas há semanas.

Eu me senti muito idiota.

— Sinto muito. Estou muito estressada com sua partida. Tentei não demonstrar, mas acho que finalmente isso me derrubou.

— Acha que estou tentando me desligar de você? Foi você quem ergueu um muro gigantesco desde que falei sobre a turnê. Se as coisas fossem como eu queria, hoje eu dormiria na sua cama, dentro de você, porque vou embora daqui a dois dias. Dois dias, Amélia! Em vez de aproveitar que estamos juntos, você se afastou. Estou respeitando sua vontade, não estou forçando nada porque sei que minha partida é difícil para você. Mas que merda!

Envergonhada, respondi:

— Desculpa, eu surtei. Vi mais que um quarto infantil na sua atitude. O quarto ficou lindo. De verdade.

— Vou dar uma olhada na comida. — Justin pôs Bea no berço e saiu de repente, batendo a porta com força. Olhei para as estrelas no teto e lamentei profundamente minha falta de controle. O aparelho que reproduzia sons da natureza agora tocava uma mistura de trovões e raios. Era uma representação bem apropriada do meu estado de ânimo.

O jantar foi silencioso.

Como não tinha mais um quarto, Justin dormiu no sofá.

Eu nem sequer dormi.

Justin não estará mais aqui amanhã.

Eu precisava ajeitar as coisas antes de ele partir, senão me arrependeria. Bea cochilava tranquila em seu quarto, então achei que essa era uma boa oportunidade para conversar com ele.

A bagagem estava pronta em um canto do escritório. Ver suas malas foi o suficiente para me deixar ansiosa.

Do corredor dava para ouvir o barulho dos socos no saco de pancadas na sala de ginástica.

Parei na porta e o vi bater no saco com mais força do que jamais havia visto antes. Justin estava concentrado e não me viu – ou fingiu não ver.

— Justin.

Ele não parou. Não sei se tinha me ouvido, porque estava com fones de ouvido. Dava para escutar a música que vazava deles.

— Justin — repeti, mais alto.

Ele continuou me ignorando e bateu no saco com mais força.

— Justin! — gritei.

Desta vez, ele olhou para mim, mas não parou de bater. Era a confirmação de que estava realmente me ignorando.

Decidi que não fugiria da situação, por mais dolorosa que fosse, e fiquei postada na porta por vários minutos, até ele parar. Apoiado ao saco de pancadas, abraçando-o, Justin encarou o chão para retomar o fôlego, mas não disse nada. Depois de um longo silêncio, ele finalmente falou:

— Estou perdendo você e ainda nem fui embora. — Ele olhou para mim. — Não vale a pena.

— Você tem que ir. Você não está me perdendo. Eu só não sei como lidar com isso tudo.

Vi o suor escorrer por seu peito quando ele se aproximou de mim, parando antes de me tocar. O cheiro de sua pele se misturava ao do perfume, despertando em mim a lembrança de como eu me enganava sobre minha capacidade de me esquivar de sua sexualidade.

— É compreensível. Completamente compreensível — disse ele.

— O quê?

— Sua preocupação. Eu sentiria a mesma coisa se estivesse no seu lugar. O cenário é complicado. Entendo por que está com medo.

Não me confortava saber que ele achava que minha preocupação era justificada.

Justin continuou:

— Não é que não confia em mim, mas você acha que o ambiente vai me modificar de algum jeito, me fazer querer coisas diferentes do eu quero agora.

— Sim, é exatamente isso. Se entende meu medo, por que está tão bravo comigo?

— Não estou bravo, estou... frustrado. Tudo está acontecendo muito depressa, e estou quase sem tempo para consertar as coisas antes de partir. Temos que acreditar que estamos nos esforçando por algo que é mais valioso que toda essa merda que a vida pode colocar no nosso caminho nos próximos cinco meses. Eu também estou com medo, porque não quero decepcionar você nem a Bea.

O medo que vi nos olhos de Justin era uma novidade, e a incerteza neles me deixou incomodada.

— Decepcionar?

— Sim. Bea está se apegando a mim. Ela não vai lembrar desses últimos meses, mas está crescendo e vai começar a entender as coisas com o passar do tempo. Isso não é brincadeira. Sei disso. Prefiro morrer a magoá-la.

Justin não falava com todas as palavras, mas entendi que estava dizendo que ainda não sabia se queria ter filhos, o que, por sua vez, sugeria que ele ainda podia estar inseguro com relação a nós. Era doloroso saber que ele ainda tinha dúvidas, considerando quão maravilhoso ele era com Bea.

E comigo.

Essa turnê o obrigava a fazer uma coisa que em outras circunstâncias ele nunca faria. Justin era forçado a nos deixar, se afastar e refletir sobre a responsabilidade que ele havia assumido inadvertidamente no dia em que decidiu vir para Newport um mês antes do previsto, no verão passado, certo de que encontraria a casa vazia. Certamente, naquele dia ele havia sido surpreendido. E, desde então, era nossa fortaleza. Eu não queria perdê-lo, mas ele precisava desse distanciamento para descobrir o que queria de verdade.

Eu sabia que o queria. Também sabia que o amava o suficiente para deixá-lo ir. Jurei que não alimentaria sua culpa.

No fundo, essa turnê era uma bênção disfarçada, porque daria a ele o espaço para determinar nosso futuro. Eu não queria que Bea se apegasse mais a ele se não fôssemos fortes o bastante para sobreviver a isso. Neste momento, era mais importante proteger minha filha do que eu mesma.

Relutante, contei a ele o que estava pensando.

— Talvez esse afastamento seja necessário. Vai te ajudar a perceber o que realmente quer da vida.

Ele me surpreendeu ao admitir:

— Você tem razão.

O desânimo me dominou. Ao mesmo tempo, eu tinha decidido ser forte e deixar o destino seguir seu curso. Não agiria como uma idiota sabotando tudo, de um jeito ou de outro, pois o amava. Muito. Queria o melhor para ele, queria que ele fosse feliz, mesmo que longe de mim e Bea.

O universo já havia mostrado que tinha planos para mim e que eu não os controlava. Bea era a prova disso. Eu tinha que acreditar que algo maior que nós estava no comando e que esse novo desafio tinha um propósito. A única coisa de que tinha certeza era que isso nos separaria ou nos faria mais fortes do que nunca.

A resposta viria em cinco meses.

Choveu o dia inteiro.

Como se pudesse sentir que algo estava fora do lugar, Bea se recusou a dormir no berço naquela noite. Isso me fez pensar que os bebês podiam ter um sexto sentido. No primeiro dia, ela tinha dormido bem em seu novo quarto, olhando as estrelas. Mas hoje, a última noite de Justin em casa, Bea só ficava tranquila no meu colo. Intuição, talvez. Então, eu a deixei comigo na cama, embora nenhuma de nós duas conseguisse dormir.

Quanto mais se aproximava da meia-noite, mais eu ficava melancólica e perdia a briga para a insônia.

As batidas na porta foram leves.

— Amélia, está acordada?

— Sim. Entra.

Ele entrou e deitou na cama conosco, ajeitando as cobertas.

— Não consigo dormir.

— Está nervoso?

— Apavorado.

— Com o que, exatamente?

A risada foi breve e sarcástica.

— Com tudo. Estou com medo de deixar vocês sozinhas, com medo de ela não se lembrar de mim... com medo de ela se lembrar de mim, lembrar que fui embora. Estou com medo de me apresentar para milhares de pessoas, com medo de estragar tudo. Pode escolher.

— Não devia estar preocupado com os shows. Você vai arrasar.

Ignorando o comentário, ele pegou Bea e a colocou sobre o peito. A respiração dela começou a ficar mais tranquila.

Meu coração se partiu quando ele beijou sua cabeça e murmurou:

— Desculpa, Abelhão.

Eu havia passado o dia num estado lamentável, alternando entre sentir pena de mim e da Bea e orgulho e entusiasmo por Justin. Nesse momento específico de intimidade, eu me sentia obrigada, não como amante, mas como amiga, a ajudá-lo a entender que ele merecia essa oportunidade, porque havia trabalhado a vida inteira por ela. Ele não tinha por que se desculpar. Foi assim que eu tive certeza de que o amava: na última hora, tudo o que eu queria era livrá-lo da culpa e ajudá-lo a se sentir bem, por mais que doesse vê-lo partir.

— Minha avó ficaria orgulhosa de você, Justin. Ela sempre dizia que seu destino seria grandioso. Quando se apresentar, não pense em quantas pessoas estão na plateia, cante só para ela... faça isso por Beatrice.

— Ela também ficaria muito feliz com você, por tudo o que você realizou. A mãe em que se transformou, apesar da porcaria de mãe que teve. Ela teria ficado orgulhosa. Eu tenho muito orgulho de você.

Com Bea dormindo profundamente em seu peito, Justin se inclinou para me beijar. Ele devorava minha boca com firmeza e ternura. Nós nos beijamos por vários minutos, com cuidado para não acordar Bea.

Ele falou na minha boca:

— Quero muito fazer amor com você. Mas, ao mesmo tempo, entendo por que acha que isso vai tornar minha partida amanhã ainda mais difícil. E não sei se seria capaz de ir embora depois disso.

— Bea não permitiria. Ela parece muito confortável.

Justin olhou para ela e sorriu.

— É verdade. — E olhou para mim, os olhos azuis brilhantes na penumbra. — Quero que me prometa algumas coisas.

— O quê?

— Promete que vamos conversar por vídeo pelo menos dia sim, dia não.

— Essa é fácil. Prometo.

— Promete que vai ligar para mim se você se sentir sozinha, a qualquer hora do dia ou da noite.

— Prometo. Que mais?

— Promete que não vamos esconder nada importante um do outro e que vamos ser sempre honestos.

Essa me deixou meio inquieta, porque comecei a pensar nas coisas sobre as quais ele teria que ser honesto comigo.

— Tudo bem, prometo. Tem mais alguma coisa?

— Não. Só queria dormir com você e a Bea nesta noite. Pode ser?

— É claro. — Segurei sua mão. — Vai dar tudo certo, Justin. A gente vai ficar bem.

Ele sorriu e murmurou:

— É.

Justin deitou Bea entre nós dois. Depois, ficamos nos olhando até pegarmos no sono.

Na manhã seguinte, quando acordei, tive um pequeno ataque de pânico ao ver que Justin não estava na cama. Olhei para o relógio e me acalmei. Eram nove horas. Ele só sairia por volta do meio-dia.

O cheiro de seu café especial subiu da cozinha até o quarto, e eu fiquei triste. Por um bom tempo, era a última vez que eu sentiria o cheiro daquela fusão.

Com os olhos cheios de lágrimas, demorei um pouco para descer, esperando me recompor antes disso. Fiz algumas coisas que não exigiam minha atenção: limpei o quarto, recolhi a roupa suja, qualquer coisa para impedir que ele me visse arrasada. Bea me espiava da cadeirinha enquanto eu andava pelo quarto como uma maluca.

Justin entrou quando eu passava o aspirador de pó no tapete. Evitei encará-lo e continuei movendo o aspirador para a frente e para trás.

— Amélia.

Meus movimentos se tornaram mais rápidos.

— Amélia! — gritou ele.

Finalmente olhei para ele. Justin devia ter notado a tristeza em meus olhos, porque sua expressão foi ficando triste. Eu o encarava sem desligar o aspirador, embora o mantivesse parado. Uma lágrima correu por meu rosto, e eu soube que havia perdido oficialmente a capacidade de esconder meus sentimentos.

Justin se aproximou lentamente e desligou o aspirador, sua mão segurando a minha sobre o cano de sucção do aparelho.

— Estava esperando para tomar café com você — disse ele. — *Preciso* tomar café com vocês pela última vez antes de ir embora. É o que mais gosto de fazer.

Enxuguei os olhos.

— Tudo bem.

— Não tem nada de errado em ficar triste. Para de tentar esconder isso de mim. Eu também não vou esconder. — Sua voz tremeu um pouco. — Estou muito triste, Amélia. A última coisa que eu queria fazer agora era deixar vocês. Mas o tempo está passando. Não desperdice esse tempo se escondendo de mim.

Ele estava certo.

Fungando, respondi:

— Vamos tomar café.

Justin pegou Bea da cadeira, fechou os olhos e inspirou seu cheiro como se quisesse gravá-lo na memória. Depois a levantou no ar e olhou em seus olhos.

— Você é meu Abelhão?

Ela sorriu, e a cena foi como uma faca no meu coração. Perdi a briga para as emoções de novo e uma parte egoísta de mim ainda estava muito brava com ele.

Como tinha coragem de nos deixar?
Por que não diz que me ama?
Por que não diz a Bea que a ama?
Você não ama a gente.

Uma parte maior estava brava comigo mesma por permitir esses pensamentos outra vez. Percebi que o que mais me incomodava não era tanto a sua partida, mas o fato de ele partir e me deixar insegura sobre o que realmente havia entre nós.

Ele me tratava como se me amasse, mas, mesmo se comportando como se fôssemos uma família, nunca havia definido nosso relacionamento, nunca atribuiu a mim o rótulo de namorada.

Enquanto Justin preparava as canecas de café como sempre fazia, eu observava cada movimento seu e pensava em como seria a próxima vez que o visse fazendo café.

Quando ele me entregou a caneca, exibi meu melhor sorriso. Não queria que ele fosse embora pensando em meu rosto triste. E, enquanto eu me esforçava como louca para exibir uma expressão feliz, a dele ficou soturna.

— Que foi, Justin?

— Estou me sentindo impotente. Se precisar de alguma coisa, pode ligar para o Tom de vez em quando. Já falei com ele. Deixei o número na porta da geladeira. Ele disse para você ligar a qualquer hora do dia ou da noite. Por favor, ligue para ele em vez de recorrer ao babaca do vizinho. Também instalei um sistema de alarme novo. — Ele acenou me chamando para segui-lo até a porta. — Vem cá, vou ensinar a usá-lo.

Tudo o que ele dizia foi ficando abafado enquanto meus olhos seguiam seus dedos, suas mãos e sua boca, que me explicavam como usar o painel de controle do alarme. Sua voz desaparecia ao fundo, derrotada pelo pânico acumulado dentro de mim.

Justin percebeu e parou de falar.

— Sabe de uma coisa? Eu mando as instruções por e-mail. — Então me encarou por alguns instantes, antes de me abraçar. Ele me manteve em seus braços por muito tempo, percorrendo minhas costas com as mãos. Não havia nada que pudéssemos fazer para obrigar o tempo a passar mais devagar.

Olhei pela janela enquanto Justin arrumava a bagagem no Range Rover.

Quando ele voltou, fomos dar um passeio na praia com Bea. Depois de um tempo, fiquei para trás enquanto ele se aproximava da água com a bebê no colo. Justin cochichou alguma coisa no ouvido dela. Fiquei curiosa, mas não perguntei o que ele havia dito.

Quando voltamos para casa, era hora de Justin ir embora. A manhã havia passado depressa demais. Era injusto.

Tentando conter as lágrimas, eu disse:

— Não acredito que este momento chegou.

Milagrosamente, consegui segurar o choro. Acho que porque, na verdade, estava em choque. A melhor coisa que podia fazer por ele era garantir que o apoiaria enquanto ele vivia esse novo capítulo de sua vida, demonstrar que estaria a seu lado como quando nos conhecemos. Como uma amiga.

Retribuí o que ele havia feito pouco antes.

— Se precisar de mim, Justin, se você se sentir sozinho ou inseguro, pode ligar a qualquer hora, dia ou noite. Eu estarei aqui.

Justin ainda segurava Bea quando encostou a testa na minha e disse:

— Obrigado.

Ficamos assim por um tempo, com Bea entre nós.

Ainda querendo evitar as lágrimas, eu me obriguei a dizer:

— É melhor ir embora. Vai perder o avião.

Ele beijou a cabeça de Bea e respondeu:

— Eu ligo quando chegar a Minneapolis.

Bea e eu ficamos na porta vendo Justin ir embora. Ele entrou no carro, ligou o motor, mas não saiu do lugar. Olhou para nós. Bea estendia a mão na direção dele e balbuciava. Era evidente que ela não entendia o que estava acontecendo.

Por que ele não vai de uma vez?

De repente, ele saiu do carro e bateu a porta. Meu coração batia mais depressa a cada passo que ele dava em minha direção. Antes que eu pudesse perguntar se ele havia esquecido alguma coisa, sua mão segurou minha cabeça e me puxou. Justin abriu a boca sobre a minha, mergulhou a língua dentro dela e a girou num ritmo quase desesperado enquanto gemia. Senti o gosto de café e de Justin. Não era hora de ficar excitada, mas eu não tinha controle sobre as reações do meu corpo.

Quando ele se afastou, seus olhos eram ao mesmo tempo turvos, confusos e apaixonados. Mais uma vez, tive que repetir mentalmente o ditado sobre libertar alguém, porque, se esse alguém voltar, ele é seu. Se não, nunca foi.

Por favor, volte para mim.

Sem dizer nada, Justin voltou para o carro, ligou o motor e, desta vez... foi embora.

18

Fé cega. Essa foi a única coisa que me fez sobreviver ao primeiro mês longe de Justin. De algum modo, eu simplesmente tive que me convencer a confiar em suas atitudes e em sua capacidade de julgamento, embora não estivesse lá para ver o que acontecia de fato.

Ele telefonava todas as noites. Às vezes, ligava no período que ele chamava de hora do relaxamento, por volta das oito da noite, antes da apresentação das nove. Mas também podia ser na hora do almoço ou do jantar. Pelo que Justin havia contado, seu itinerário diário era repleto de passagens de som e ensaios em cada nova casa de shows. O único horário livre era depois da apresentação, quando ele era arrastado para festas ou estava simplesmente exausto. Se a banda passava mais de uma noite na mesma cidade, todos se hospedavam em um hotel. Se tinham que viajar para estar em outro lugar no dia seguinte, passavam a noite no ônibus da turnê.

Eram dois ônibus, um para Calvin e a banda principal, outro para Justin e o restante da equipe. Cada ônibus acomodava cerca de doze pessoas, e eu nunca perguntei em qual dos veículos Olivia dormia, pois tinha medo de ouvir a resposta.

Fé cega.

Mesmo tendo escolhido confiar nele, encontrei uma janelinha para esse mundo novo, uma brecha que satisfazia meus episódios de paranoia: o Instagram de Olivia.

Quando Jade morava com a gente na ilha e reclamava de Olivia comentando em todas as fotos de Justin, procurei o perfil dela na internet. E fucei em suas redes sociais algumas vezes antes mesmo de Justin ir embora. Ela postava fotos da turnê todos os dias. Muitas eram só das paisagens, como o nascer do sol visto do ônibus quando entravam em uma nova cidade ou a comida que a banda e a equipe estavam saboreando. Outras fotos eram de Calvin e da banda nos bastidores.

Uma noite, quando Bea estava dormindo, acessei o Instagram. Olivia havia postado uma foto de Justin no palco. Era uma foto simples dele diante do microfone, com o holofote iluminando seu rosto bonito com a sombra da barba por fazer. Aquilo me fez querer estar lá, assistir à apresentação ao vivo. Quando rolei a página, notei as *hashtags*.

#Garanhão
#JustinBanks
#Pegador
#ExNoInstagram

Aquilo me incomodou, mas não toquei no assunto com ele, me recusei a fazer o papel da namorada ciumenta, principalmente porque ele nem disse que eu era sua namorada.

As batidas na porta me assustaram, e eu fechei o laptop.

Quem poderia ser a esta hora da noite?

Felizmente, além do sistema de alarme, Justin havia instalado um olho mágico na porta antes de ir embora.

Do outro lado, uma mulher com longos cabelos castanhos tremia de frio. Parecia inocente, e eu abri a porta.

— Pois não?

— Oi. — Ela sorriu. — Você é a Amélia, não é?

— Sim.

— Queria me apresentar. Sou a Susan, moro na casa azul ao lado da sua.

— Ah. Roger se mudou?

— Não. Eu sou a esposa dele.

Esposa?

— Ah, pensei que ele fosse...

— Divorciado? — Ela sorriu.

— Sim.

— Ele é. Teoricamente. Nós nos reconciliamos na última vez em que ele foi visitar nossa filha em Irvine. O combinado era que ele ficaria durante uma semana, mas foram três. Alyssa e eu voltamos para cá com ele.

Surpresa com a novidade, respondi:

— Puxa, eu não sabia. Isso é fantástico. — E acenei. — Meu Deus, que falta de educação. Entra, entra.

— Obrigada. — Ela limpou os pés no capacho e entrou. — Nossa filha está dormindo, mas quero que a conheça também. Ela acabou de fazer oito anos.

— Minha filha também está dormindo. Bea tem quase nove meses.

— Roger comentou que você tem um bebê.

— Ele também falou muito sobre a Alyssa.

— Ah, ele me disse que vocês são amigos.

— Sim, e só amigos, caso tenha alguma dúvida.

Ela hesitou.

— Se passaram disso, não tem problema. Não estávamos juntos.

— Não, não seria tão simples. Não para mim, pelo menos. Entendo bem como é especular sobre essas coisas quando a gente gosta de alguém.

Vi o alívio no rosto de Susan.

— Bem, obrigada por esclarecer. Seria mentira se eu dissesse que não pensei nessa possibilidade.

— Sou apaixonada pelo cara que divide a casa comigo. Ele está em turnê. É músico. Entendo completamente o ciúme.

Ela puxou uma cadeira e sentou.

— Caramba. Quer conversar sobre isso?

— Aceita um chá?

— Seria ótimo.

Susan e eu nos tornamos amigas naquela noite. Contei a ela minha história com Justin, e ela se ofereceu para me ajudar com a Bea, se eu precisasse. Disse que Alyssa ficaria maluca se pudesse ajudar a mãe a cuidar da bebê da vizinha. Isso me fez sentir grata por nunca ter me envolvido com Roger, pois a situação teria sido bem desconfortável.

Tenho que admitir: quando ela apareceu e disse que havia reatado com Roger, me senti ainda mais solitária. Mas esse pensamento egoísta foi logo substituído por um sentimento de felicidade em saber que eu tinha uma nova amiga, algo que até então faltava em minha vida.

Susan e eu saíamos sempre. Ela me incentivou a fazer coisas novas e a passear mais. Matriculei-me em uma turma "Mamãe e Bebê" com Bea e comecei a utilizar a creche da academia de ginástica para poder me exercitar alguns dias por semana. Esforcei-me para criar uma nova rotina sem Justin em casa.

Durante o dia, era mais fácil. À noite, era pior. Com Bea dormindo e Justin em seu horário mais atribulado, eu sempre me sentia mais sozinha quando escurecia.

Em uma dessas ocasiões, perto da meia-noite, recebi uma mensagem de texto:

> *Justin: Estamos em Boise. Um dos membros da equipe é daqui e trouxe seu bebê ao ônibus hoje, antes do show. Senti ainda mais saudade da Bea.*

> *Amélia: Também estamos sentindo sua falta.*

> *Justin: A turnê vai passar por Worcester, Massachusetts, daqui a algumas semanas. Alguma chance de irem me ver?*

A viagem de casa até lá levava pouco mais de uma hora. Seria a única parada da turnê perto de Newport.

> *Amélia: Acho que o barulho e o ambiente não seriam bons para Bea, mas talvez eu consiga uma babá.*

Era provável que Susan cuidasse da Bea, mas eu ainda não havia contado a Justin sobre ela por razões egoístas. Eu gostava do ciúme que ele sentia de Roger. Era o único trunfo que eu tinha no momento. Então, decidi guardar segredo sobre a reconciliação dos vizinhos, pelo menos por enquanto.

> Justin: Concordo. Seria muito barulhento e agitado para ela.

> Amélia: Vou dar um jeito de ir.

> Justin: É só uma noite, infelizmente. O ônibus parte para Filadélfia depois do show.

> Amélia: Torça para eu conseguir.

> Justin: Não é só da Bea que estou com saudade.

Meu coração palpitou.

> Amélia: Também estou com saudade de você.

> Justin: Durma bem, bons sonhos.

> Amélia: Bjs

―※―

Justin me mandou uma credencial para o *backstage* que me daria acesso exclusivo. Mas avisou que não sabia se conseguiria me receber quando eu chegasse, se é que eu realmente ia. Ter a credencial seria uma garantia, caso ele estivesse no meio de uma passagem de som ou da apresentação, dependendo da hora.

Eu só saberia se poderia ir no último minuto. Susan havia marcado um compromisso importante em Boston, algo inadiável. Dependendo do trânsito, talvez não voltasse a tempo.

Era o dia do show, e eu estava ansiosa. Cheguei a pensar em ir até lá com a Bea durante o dia, mas desisti quando ela pegou um resfriado. Sair de casa no frio e levá-la a um lugar lotado como aquele não era uma boa ideia: ela poderia pegar uma pneumonia.

A noite caía quando Susan telefonou da estrada para avisar que estava presa em um congestionamento e ainda nem havia passado pelo túnel Ted Williams em Boston. Eu soube que perderia o começo do show, isso se tivesse sorte de chegar lá antes do fim. Eu estava inconsolável. Essa era minha única chance de ver Justin durante toda a turnê. Não era justo.

Mesmo assim, eu me arrumei e continuei esperando. Com o vestido curto e justo de cetim azul e aplicações de renda preta, eu parecia mais uma modelo de lingerie do que mãe e dona de casa. Caso conseguisse vê-lo nesta noite, queria impressionar. Afinal, eu competia com um mundo inteiro de modelos e fãs que disputavam a atenção de Justin. Pensar nisso deu nó em meu estômago, enquanto eu arrumava o cabelo, fazendo cachos grandes e soltos, e aplicava o batom ameixa mate. Algo me dizia que a produção seria à toa, mas precisava estar preparada para correr caso Susan chegasse a tempo. Quando o relógio marcou oito horas, ficou claro que eu perderia a apresentação de Justin.

Às oito e quarenta e cinco, ele ligou do camarim antes de entrar no palco.

— Não conseguiu? — perguntou.

— Desculpa. Queria muito ir, mas ela ainda não chegou. Não vou conseguir chegar a tempo. — Minha voz tremia, mas eu me recusava a chorar. Não queria que meu rímel escorresse.

— Merda, Amélia. Não vou mentir, estou muito decepcionado. Queria muito ver você. Foi o que me fez aguentar esta semana. Mas eu entendo, é claro. Bea está em primeiro lugar. Sempre. Dá um beijo nela por mim. Espero que ela melhore logo.

A decepção ecoava em nosso silêncio, até eu ouvir o longo suspiro frustrado do outro lado.

Depois escutei a voz de um homem, e Justin falou:

— Merda. Estão me chamando.

— Ok. Bom show.

— Vou pensar em você o tempo todo.

Antes que eu pudesse responder, ele desligou.

Quinze minutos mais tarde, ouvi as batidas aflitas na porta. Quando fui abri-la, vi Susan ofegando do outro lado.

— Vai, Amélia! Vai logo!

— Acho que não dá mais tempo. Não vou chegar antes do fim do show.

— Eu sei, mas não dá para vê-lo antes de o ônibus sair?

— Acho que sim. Não sei a que horas o ônibus sai.

— Não perca tempo falando comigo. Cadê a Bea?

— Dormindo. Deixei um bilhete com as instruções em cima da bancada da cozinha.

— Tudo bem. — Ela acenou para mim. — Vá encontrar seu homem, Amélia.

Joguei um beijo para ela e disse:

— Fico te devendo essa. Muito obrigada.

Fazia um bom tempo que eu não dirigia à noite na estrada. Comecei a sentir o princípio de um ataque de pânico quando entrei na I-95 e pisei no acelerador. Tentando me concentrar em Justin, não nos carros que me ultrapassavam em alta velocidade, consegui impedir que a sensação se transformasse em um ataque de verdade. O GPS servia como copiloto, porque eu não sabia aonde estava indo. Essa parte de Massachusetts era completamente desconhecida para mim.

O suor cobria meu corpo quando me aproximei do fim da viagem. Estava frio lá fora, mas liguei o ar-condicionado para me acalmar. O que eu estava fazendo? O show havia acabado. Eu não avisei Justin que estava a caminho. Disse a mim mesma que queria fazer uma surpresa, mas o que realmente queria era ver como eram as coisas quando ele *não* estava me esperando.

Parei o carro no grande estacionamento do lado de fora da casa de shows e cruzei os braços. Saí de casa com tanta pressa que esqueci de pegar um casaco. Correndo em cima do salto, a mesma bota que usei com a fantasia de Mulher-Gato, me aproximei de uma corrente que separava a área VIP do estacionamento.

Vi dois ônibus com janelas escuras logo além do portão. Havia um guarda parado na entrada, e ele estava com um fone de ouvido. Grupos de mulheres se reuniam em volta dele, provavelmente esperando ver seus ídolos.

Minha respiração era visível no ar da noite enquanto eu esperava o guarda examinar minha credencial.

— O show já acabou? — perguntei.

— Quase. Calvin está no meio da última seleção.

— Onde encontro Justin Banks? Foi ele quem me deu essa credencial.

— Justin está no ônibus dois. Aquele ali, à direita.

Meu coração disparou quando andei em direção ao veículo.

Abri a porta. Para minha surpresa, não tinha ninguém lá dentro. Contudo, barulhos no quarto dos fundos do ônibus provaram que eu estava enganada. Havia várias camas nas laterais, mas Justin tinha comentado que os dois ônibus traziam uma suíte no fundo. A equipe se revezava, e a cada noite uma pessoa diferente dormia no quarto.

Um nó se formou em minha garganta quando me aproximei da porta fechada. Dava para ouvir uma mulher gemendo do outro lado.

O guarda havia dito que Justin estava ali.

Eu precisava saber.

Tinha que abrir a porta. Tinha que ver com meus próprios olhos.

Minha fé podia ser cega, mas estava prestes a ver o que não queria.

Girando a maçaneta lentamente, abri uma fresta estreita. Tudo o que vi foi uma uma farta cabeleira de fios escuros. Uma mulher o cavalgava, e ele estava deitado de costas. Parecia ser Olivia, mas não dava para ter certeza. Podia ser qualquer mulher. Não importava quem era. Eles não me viram. Meu estômago revirou e senti a bile subir até a garganta. Eu não conseguia mais olhar. Simplesmente não podia.

Saí do ônibus e senti as pernas bambas. Chocada demais para chorar, caminhei atordoada e dominada por um forte torpor. Minha visão estava turva. Meu coração parecia rachar lentamente a cada passo que eu dava para longe do ônibus. Fui idiota por pensar que ele ia esperar? Por acreditar que ele resistiria à enorme tentação diária? Ele nunca prometeu nada, e havia um bom motivo para isso.

Você é uma idiota, Amélia.

Era de esperar que eu chorasse, mas, por alguma razão, o choque havia congelado meus canais lacrimais. Sentia os olhos frios, doloridos, incapazes de produzir umidade.

Meu telefone notificou uma mensagem.

Hoje senti muita saudade de você.

19

Quê? Como ele tinha coragem de me mandar uma mensagem de texto enquanto estava com outra mulher?

A adrenalina me invadiu, e me senti em uma montanha-russa de emoções.

> Amélia: Você está no ônibus?

> Justin: Não. No Dave and Buster's, na frente da casa de shows. Vim beber alguma coisa. A Bea está bem?

Não era ele.
Não era ele transando com aquela garota no ônibus!
Levei a mão ao peito e deixei escapar um suspiro que parecia estar preso lá dentro, quase me sufocando até um minuto atrás. A sensação era de ter levado um tiro com uma pistola de tranquilizante, mas carregada com euforia.

> Amélia: Ainda resfriada. Ela ficou com minha amiga Susan, e eu estou aqui. Do lado do seu ônibus.

> Justin: Puta merda! Não se mexe. Estou indo aí.

Esfregando as mãos nos braços, esperei no ar gelado por pelo menos uns dez minutos. As duas pessoas que transavam dentro do ônibus saíram de lá de repente. O homem era bonito, mas não era Justin. E a mulher não era Olivia.

Um grupo de mulheres correu para a entrada da casa de shows. O guarda ergueu a voz.

— Saiam de perto da porta. Saiam! Deixem o cara passar!

Só então eu vi Justin atravessar o mar de gente. Ele passou pela corrente e olhou em volta, com desespero, antes de me avistar.

A comoção à nossa volta pareceu se dissolver quando ele se aproximou de mim e me abraçou. Eu praticamente derreti em seus braços. Ele cheirava a perfume, cigarro e cerveja. Era inebriante, e senti vontade de me banhar nessa mistura. Queria Justin em mim.

— Você está gelada — cochichou ele no meu ouvido.

— Então me abraça. E me esquenta.

— Preciso fazer mais que isso. — Ele se afastou para me olhar, me examinar da cabeça aos pés. — Porra — resmungou ele. — Não me leva a mal, mas por que está mostrando tanto?

— Eu me vesti de acordo com a ocasião. Exagerei?

— Claro que não. Era tudo de que eu precisava. Só me incomoda que tenha ficado aqui parada, esperando por mim e vestida desse jeito em público. Os caras aqui são piores do que as mulheres. Alguém mexeu com você?

— Não. — Olhei para o vestido e disse: — Desculpa se exagerei. Só pensei que teria que competir com todas as suas fãs e...

— Não se desculpe. Mas você não precisa competir com ninguém, Amélia. Você nunca teve concorrência. — Ele apoiou a testa na minha, e foi como se o tempo parasse. — Hoje, quando estava me apresentando, só conseguia pensar em quanto queria que você estivesse aqui. Estava no bar afogando as mágoas quando mandei a mensagem. Ainda não acredito que conseguiu vir. — Ele inspirou o perfume em meu pescoço. — Fiquei duro como uma rocha só de sentir seu cheiro. Precisamos ir a algum lugar. Não temos muito tempo antes de o ônibus partir.

— Aonde podemos ir?

Ele segurou meu rosto entre as mãos.

— Merda. Queria te levar comigo no ônibus, passar a noite com você até o sol nascer quando chegarmos à Filadélfia.

— Eu adoraria. Lamento não poder ser o tipo de garota que te acompanha em turnês.

— Você tem coisas mais importantes para fazer. Aliás, tem certeza de que a amiga que ficou cuidando da Bea é confiável?

— Tenho, ou eu não estaria aqui.

Ele massageou meus ombros.

— Fica aqui. Vou ver a que horas sairemos de Massachusetts.

Justin correu até o outro ônibus, e eu fiquei esperando. Quando voltou, ele parecia ansioso.

— Temos exatamente duas horas antes de o ônibus sair. Pensei em apresentar você para a banda, mas eles falam demais e não quero desperdiçar esse tempo.

— O que vamos fazer?

— Acabei de saber que tem um hotel no fim dessa avenida. Podemos ir até lá para ficarmos sozinhos, se você quiser. Ou ficamos aqui, mas vamos ter que socializar.

— Ficar só com você vai ser ótimo.

Justin passou o polegar no meu rosto.

— Boa escolha.

Ele pegou a chave da minha mão e dirigiu o carro até o hotel. Durante todo o trajeto, segurou minha mão e não a soltou. Houve um momento em que olhou para mim e sorriu de um jeito sexy.

— Você está linda.

— Mesmo parecendo uma groupie vadia?

— *Principalmente* porque está parecendo uma groupie vadia. — Ele piscou. Seu olhar voltou à avenida por um instante, e ele baixou a voz. — Eu não estava preparado para a solidão dessa turnê. Ver você aqui me faz ter ainda mais consciência disso.

Paramos no hotel, Justin cuidou do check-in e pegou a chave do quarto. Tínhamos uma hora e quarenta e cinco minutos antes do horário do ônibus.

O quarto estava escuro, mas não acendemos a luz. Sem saber o que aconteceria ali, esperei que ele tomasse a iniciativa depois de fechar a porta.

Justin se aproximou com passos lentos e colou o peito ao meu.

— Seu coração está disparado. Ficar sozinha comigo te deixa nervosa? — Ele beijou meu pescoço. — Considerando o que estou sentindo, talvez seu nervoso se justifique.

Com medo de confessar o que realmente me afligia e tentando não estragar o clima, mantive o silêncio e apenas olhei para ele antes de abaixar a cabeça.

Justin segurou meu queixo.

— Olha para mim.

Quando nossos olhares se encontraram, ele disse:

— Não estive com mais ninguém, Amélia... caso seja essa sua dúvida. Não quero mais ninguém. Espero que você também não.

— Como sabe em que estou pensando?

— Deve ser sintonia. Senti que você precisava saber disso. Não quero que tenha dúvidas sobre esse assunto. — Ele me beijou na testa. — Agora que tiramos isso da frente, preciso ser honesto com você sobre outra coisa.

Engoli o nó na garganta.

— Ok.

— Pensei que poderia viver cinco meses sem sexo, mas a verdade é que... estou me sentindo mais como um animal no cio do que como um monge celibatário.

Eu ri.

— Ah, é? — E mudei de tom, voltando à seriedade. — Talvez eu possa ajudar. É só me dizer de que precisa.

— Confesso: não trouxe você aqui para conversar.

Eu o beijei.

— Confesso: não me vesti como uma groupie vadia para te ouvir cantar para mim.

Ele me beijava quando sorriu. Segundos depois, suas mãos seguraram meu rosto, e sua boca devorou a minha. Um gemido escapou do meu peito quando nossas línguas se tocaram. Eu adorava o jeito controlador de Justin segurar meu rosto quando me beijava. Esta vez era diferente de todos os outros momentos que já tivemos juntos, porque não havia nenhum sinal de cautela nem de hesitação. Ele tomava aquilo que queria, e eu entregava sem reservas. Estávamos na mesma frequência, nos rendíamos à necessidade do corpo, e nada era proibido. Se ele não tivesse que partir em uma hora, esse momento seria como a realização de um sonho. Mas tínhamos pouco tempo, e nós dois sabíamos disso.

As mãos escorregaram por minhas costas e ele segurou minha bunda. Então me puxou contra sua ereção e me beijou com mais intensidade. Justin sugou meu lábio inferior antes de soltá-lo lentamente.

— Última chance de me fazer parar.

— Faça valer cada segundo — respondi, entre um beijo e outro. — Na próxima hora, meu corpo é seu, Banks.

— Esperei só uma década para ouvir isso.

A conversa acabou aí. Justin colou o peito musculoso ao meu e me empurrou contra a janela. Minhas costas encontraram o vidro, e ele me beijou com tanto ardor que meus lábios doíam. Minhas mãos ganharam vida própria, ansiosas para explorar aquele corpo. Entrelacei os dedos em seus cabelos, esfreguei a palma da mão em seu peito, agarrei-lhe as nádegas. Queria poder tocar cada parte dele, e todas ao mesmo tempo.

— Vai demorar um pouco para podermos repetir a dose. Temos que fazer durar — comentou ele, puxando meu cabelo para trás e arqueando minhas costas. Justin beijou meu pescoço bem devagar. — Nunca esqueça que eu respeito você — disse, enfiando a mão por baixo do vestido e agarrando minha calcinha.

— Por que isso agora?

— Porque vou te foder de um jeito bem desrespeitoso — avisou, puxando minha calcinha para baixo. Senti a fricção do elástico nas coxas.

Eu já estava molhada e pronta para tudo que ele tivesse em mente. Se antes me beijava no pescoço com suavidade, agora ele chupava a pele delicada. Senti dois dedos penetrarem minha vagina. Sua boca parou em meu pescoço assim que eles entraram completamente. Justin falou alguma coisa e balançou a cabeça numa espécie de êxtase, depois me virou de frente para a janela.

Ele tirou os dedos, e quase imediatamente senti o calor de seu membro me penetrando.

— Porra — murmurou ele.

Eu não esperava que ele me penetrasse tão depressa. E, pelo barulho que fez quando se colocou totalmente dentro de mim, nem ele esperava perder o controle.

Senti um prazer doloroso quando minha pele se distendeu para acomodá-lo. Seu pau era grande. Sempre admirei o tamanho, mas sentir tudo aquilo me preencher completamente era uma experiência bem diferente. Pele com pele. Ele não usava camisinha, o que me surpreendeu. Eu estava fraca demais para questionar sua decisão, saboreando completamente aquela sensação para pensar em outra coisa. Mas eu tinha me preparado.

— Por favor, diz que está tomando pílula. Nunca fiz isso antes, mas acho que não vou conseguir parar, seja qual for sua resposta. É muito bom.

Nunca o vi perder o controle desse jeito.

— Estou. Acabei de voltar a tomar. Não se preocupe.

— Que bom. — Senti que seus músculos relaxavam.

Enquanto se movia dentro de mim, Justin tirou meu vestido por cima e o jogou de lado. Havia algo de muito sexy em estar nua, enquanto ele continuava completamente vestido. A calça estava baixada até o meio das pernas, e a fivela do cinto estalava cada vez que ele me penetrava.

Eu via o reflexo na janela. Justin olhava para a minha bunda o tempo todo, hipnotizado pela imagem dos nossos corpos unidos. Não desviava os olhos dela. Uma das mãos estava plantada sobre uma nádega, guiando os movimentos da penetração, e suas unhas inadvertidamente feriam minha pele.

Justin enfiou um dedo em sua boca, e, antes que eu pudesse antecipar o que ele pretendia fazer, senti a penetração anal, enquanto seu pênis continuava na minha vagina. Ninguém nunca havia feito isso comigo antes e, apesar de a sensação ser estranha, o prazer provocado pela dupla penetração era incrível.

Justin foi empurrando o dedo devagar, até enfiá-lo em mim completamente. Deixei escapar um gemido.

— Gosta disso, né? Quando a gente tiver mais tempo, vamos tentar ao contrário. Quero muito comer essa sua bunda. Mas precisamos de tempo para isso.

Minha resposta foi um gemido, pois eu estava excitada demais para formular palavras.

Ele tirou o dedo. Agora segurava minha bunda com as duas mãos, afastando as nádegas com os polegares enquanto me penetrava cada vez mais forte, com movimentos mais rápidos.

— Adoro ver sua bunda balançar cada vez que te penetro mais fundo. — Ele deu um tapa em uma das nádegas. — É lindo.

Meus músculos enrijeciam a cada vez que ele abria a boca. Sempre gostei de ouvir coisas durante o sexo, mas essa voz grave era a coisa mais sexy que eu já tinha escutado. Cada vez que ele falava, meus músculos sofriam espasmos.

— Aperta meu pau desse jeito de novo.

Eu apertei.

— Que delícia — grunhiu Justin. — Quero que faça isso quando eu gozar dentro de você.

Eu queria que ele me batesse de novo. Nunca imaginei que a pressão daquela mão pudesse ser tão boa. Mas era.

O que estava acontecendo comigo?

Minha voz era rouca quando eu disse:

— Bate na minha bunda de novo.

Ele atendeu ao pedido, e o ardor da palmada foi perfeito.

Tudo nessa experiência era diferente do que eu já havia sentido antes, desde o contato de pele com pele até a força com que ele me penetrava. Justin ultrapassava uma barreira de prazer que eu nem sabia que era capaz de sentir. Eu não sabia como viveria sem isso, agora que havia descoberto como era.

Senti o corpo dele tremendo atrás do meu.

— Preciso gozar. Fala quando estiver perto — cochichou ele no meu ouvido.

Vi seu reflexo na janela e agora, em vez de observar minha bunda, ele estava olhando para meu rosto.

— Estou quase... — respondi, contraindo os músculos da vagina como ele havia pedido.

— Ai, Amélia... Isso é... porra... estou gozando — gemeu Justin, que depois baixou o tom de voz. — Isso, gata. Isso. Que delícia.

Senti a umidade morna de seu esperma me invadindo e continuei contraindo os músculos. Justin ficou dentro de mim, movendo-se lentamente por um bom tempo depois de terminar de gozar e beijando minhas costas com suavidade.

— Porra. Não sei o que acontece quando me aperta desse jeito, mas vou me masturbar pensando nisso pelos próximos meses.

— O que foi isso que a gente acabou de fazer? — perguntei, sem rodeios. — Não foi só sexo. Foi muito mais incrível.

— Foi uma década de frustração saindo de mim, gata.

— Você é uma delícia, Justin. Valeu a pena esperar.

Ele tirou o membro do meu corpo bem devagar, me virou e beijou meus lábios.

— Temos quarenta minutos.

— O que vamos fazer?

— Preciso de você de novo.

Arregalei os olhos.

— Já? Como consegue?

— Com você? Consigo a noite inteira. Ninguém nunca me fez perder o controle desse jeito. É assim que sempre deve ser, como se fosse a única coisa importante no mundo. Eu não ligaria de o mundo desabar à minha volta se eu estiver dentro de você.

Nós nos olhamos e sorrimos, enquanto as luzes da rua iluminavam seus belos olhos azuis. Quarenta minutos. Não era muito tempo. Para calar o medo que despertava dentro de mim, tirei sua camisa e comecei a beijar seu peito.

— Desta vez vai ser diferente — avisou Justin.

Eu assenti, esperando ansiosamente pelo que viria. Ele tirou a cueca, e eu vi seu membro ainda ereto e úmido.

— Deita, Amélia.

Admirando o corpo definido, deitei-me de costas na cama. Ele acendeu o abajur sobre o criado-mudo.

— O que está fazendo? — perguntei.

— Quero olhar para você. Tudo bem?

— Sim.

— Abra as pernas — ordenou.

Justin se ajoelhou ao pé da cama e olhou para mim.

— É tão sexy... você exposta desse jeito, com meu gozo transbordando de você. — Então ele começou a se masturbar. Em seguida, olhou para o membro ereto. — Estou pronto de novo. Isso é loucura.

— Não temos muito tempo. Preciso de você dentro de mim outra vez.

— Toca seu corpo um pouquinho.

Toquei meu clitóris e comecei a mover os dedos em volta dele. O quarto ficou em silêncio, exceto pelo ruído molhado da mão de Justin movendo seu pênis.

— Abre mais, Amélia.

Afastando ainda mais os joelhos, tive que segurar o orgasmo que se aproximava.

— Pronta?

— Sim — sussurrei.

Desta vez, ele me penetrou de forma lenta e controlada. Então, parou quando estava completamente dentro de mim. Por um tempo, ele apenas ficou ali sem se mover.

— Como vou embora depois disso?

Quando voltou a se mover, foi melhor que nunca, não só por causa do peso de seu corpo sobre o meu, mas porque estávamos nus, e minha pele e a dele se roçavam. O quarto era frio, mas o calor daquele corpo me aquecia.

Segurei suas nádegas e o puxei para mim enquanto ele girava o quadril. Sua respiração acompanhava o ritmo dos movimentos. Ele deve ter sentido quando meu orgasmo começou, porque também gozou sem dizer nada, gemendo alto no meu ouvido. Não havia som mais doce do que o que ele emitia quando gozava.

Justin caiu sobre mim e disse:

— Muito obrigado por tudo isso. É a única coisa que vai me sustentar pelo resto desse tempo longe de você.

Olhei para o relógio do celular e fiquei triste. Tínhamos mais dez minutos. Era estranho me sentir saciada e amedrontada ao mesmo tempo. Ele havia deixado meu corpo totalmente satisfeito, mas meu coração queria mais. Eu só queria ouvir aquelas três palavras.

Quando chegamos ao ônibus, eu me agarrei à jaqueta preta de Justin, incapaz de deixá-lo ir embora. Depois do que tínhamos acabado de fazer, estava mais apegada a ele que nunca. Agora era ainda mais difícil me separar dele.

— Quero que conheça o pessoal antes de irmos embora.

Eu não me sentia muito sociável, mas concordei.

Justin me levou para o ônibus. Havia várias pessoas sentadas dividindo uma torta de maçã. Pairava no ar um aroma que misturava café e cerveja. Justin me apresentou a cada integrante da equipe. Todos foram muito simpáticos. Não conheci Calvin Sprockett, já que ele estava no outro ônibus.

Alguns minutos depois, a única pessoa que eu temia encontrar enfim apareceu.

— Todo mundo aqui? — perguntou Olivia, segurando um walkie-talkie.

Justin olhou para mim e cochichou:

— Essa é Olivia.

Ele não sabia que eu já a conhecia pelas fotos que vi na internet. Estava começando a ficar enjoada, e cada passo que ela dava em nossa direção piorava a sensação. Com cabelos escuros e um sorriso luminoso, ela era ainda mais bonita pessoalmente.

Eu odiava essa mulher.

— Temos uma nova passageira? — perguntou Olivia.

Incapaz de falar, apenas sorri como uma idiota.

— Olivia, esta é Amélia, minha namorada — disse Justin.

Namorada.

O medo dentro de mim começou a evaporar. Justin não havia falado a palavra com "A", mas enfim me dava a validação de que eu tanto precisava, especialmente agora, quando ele ia embora de novo.

Olivia não parecia surpresa.

— É um prazer finalmente te conhecer, Amélia.

— O prazer é meu. — Sorri.

— Vai viajar com a gente para a Filadélfia?

— Não. Tenho uma filha pequena, não posso viajar agora.

— Ah, é verdade. Justin me mostrou uma foto dela.

Fiquei ainda mais calma por saber que ele também havia falado com ela sobre Bea.

— Bom, foi bom te conhecer. — Olivia olhou para Justin. — Saímos em cinco minutos.

Esperei ela se afastar o suficiente para não poder me ouvir e comentei:

— Então, essa é Olivia...

— Sim.

— Ela dorme no outro ônibus?

— É, a diretora da turnê viaja no ônibus principal. — Ele sorriu, examinando minha expressão e se divertindo com meu evidente alívio.

Justin puxou meu vestido, e meus mamilos endureceram imediatamente.

— Vou pegar uma jaqueta para você. Depois vou pedir para o motorista esperar enquanto te acompanho até o carro. Não quero você andando sozinha.

Ele pegou um moletom preto com capuz e me deu. Eu o vesti, fechei o zíper e adorei sentir o cheiro do perfume de Justin no tecido.

Em seguida, ele segurou minha mão e me levou da área VIP ao estacionamento.

Quando paramos na frente do meu carro, Justin olhou nos meus olhos. Ele me abraçou com força e enterrou o nariz em meus cabelos.

— Sua sorte é que não temos mais tempo, senão transaria com você em cima do carro.

— E eu deixaria.

— Obrigado, Amélia. Foi incrível. Vou morrer de saudade.

Falei com o rosto escondido em seu peito:

— Posso fazer uma pergunta?

— Sim.

— Quando decidiu que eu sou sua namorada?

Ele olhou para o céu e hesitou, como se tivesse realmente que refletir. A resposta não foi a que eu esperava.

— Na matinê de *El amor duele* no cinema vermelho, acho que em 2005. Eu nem prestei atenção ao filme. Você estava muito compenetrada. Eu só olhava para você. E você nem percebeu. Estava tão atenta ao filme que nem reparou que tinha comido toda a pipoca. Continuava enfiando a mão no pacote e levando as migalhas à boca. Sem você perceber, troquei seu pacote vazio pelo meu, ainda cheio. E você continuou comendo. Naquele momento, decidi que, mesmo sem o seu conhecimento, você era minha namorada. E me convenci de que, depois da sessão, você saberia disso.

— O que aconteceu?

Ele deu de ombros.

— Perdi a coragem. — Nós dois rimos e vimos nossa respiração formar nuvens brancas no ar frio. Justin olhou para o celular. — Merda. Estão pedindo para eu me apressar. Tenho que ir.

— Tudo bem.

Ele me abraçou com muita força e beijou meus lábios mais uma vez.

— Vou sentir saudade. Obrigado mais uma vez por ter vindo. — Então, balançou as sobrancelhas. — E por ter gozado. E gozado de novo. E me deixado gozar. — Eu ri com os lábios encostados aos dele.

— Foi incrível.

— Me liga amanhã.
— Vá com cuidado.
— Ok.

Justin hesitou por um segundo, depois disse:

— Nunca foi assim para mim, nunca senti isso por ninguém.

Adorei ouvir isso.

— Nem eu.

Ficamos de mãos dadas, até que, ao se afastar, Justin soltou meus dedos. Em seguida, ele correu para o ônibus.

Entrei no carro e liguei o aquecimento. Fiquei ali parada, com o motor ligado, até os dois ônibus partirem e desaparecem de vista.

Mais tarde, quando cheguei em casa, meu celular vibrou com uma notificação. Era uma mensagem de Justin.

> *Todo aquele tempo que passei furioso com você... eu poderia ter passado transando com você. Que babaca.*

20

Os dias mais difíceis nesse período longe de Justin foram os que antecederam as festas de fim de ano. Seria o primeiro Natal de Bea, e passaríamos a data sem ele.

A turnê seguia para o Oeste. Eles fariam dois shows em Los Angeles, um na véspera de Natal, o outro no dia 25, o que o impedia de voltar para casa. Depois dessas apresentações, a banda ainda passaria mais uma semana em território norte-americano antes de voar para a Europa, onde a turnê continuaria até a primavera, quando eles voltariam para os Estados Unidos. Eu ficava cansada só de pensar em todas essas viagens.

Mas tinha que reconhecer: Justin cumpria a promessa de falar comigo pelo Skype dia sim, dia não. Por mais que eu esperasse ansiosa por essas conversas, era cada vez mais difícil ficar longe dele. Os dias se passavam, e a lembrança da noite em Massachusetts ia ficando distante. A confiança que aquela noite havia me dado se transformava lentamente em medo e insegurança. Eu confiava mais em Justin depois daquela noite de amor, mas ele ainda não tinha dito que me amava. Na minha cabeça, isso significava que nada era definitivo. Ele ainda passaria mais doze semanas longe de nós, e a associação de todos esses fatores resultava em uma namorada paranoica.

Faltavam dois dias para o Natal. Bea e eu fomos convidadas para uma Festa do Suéter Feio na casa de Roger e Susan. Justin telefonara mais cedo para avisar que tinha acabado de chegar à Califórnia. A festa era bem-vinda, porque me impediria de ficar sentada na frente da árvore de Natal me consumindo em mau humor.

Fui a um brechó e comprei um suéter vermelho horroroso com pequenas lâmpadas de Natal costuradas na frente. Consegui encontrar um macacão de Natal bem horrível para Bea. Estávamos prontas para a festa.

Fazia muito frio, então agasalhei Bea e corri para a casa dos vizinhos, que estava iluminada com lâmpadas coloridas. Um boneco de neve inflável balançava ao vento na frente da casa. Viver à beira-mar no meio do inverno não era o arranjo ideal.

Carregando os cookies que havia assado pouco antes, bati na porta com o pé, já que não sobrava mão.

Roger me recebeu.

— Amélia, você veio! Susan não tinha certeza se você viria.

— Eu não ia perder essa festa — falei, entregando-lhe o prato com os cookies. — Susan está na cozinha?

— Sim. Você é a primeira a chegar.

— Faz sentido. — Eu ri. — Meu trajeto é o mais curto.

Quando eu me dirigia à cozinha, Roger me chamou.

— Amélia?

— Sim?

— Desde que Susan voltou, não tivemos chance de conversar. Sempre me senti meio esquisito por não ter contado sobre nossa reconciliação.

— Você não me devia explicações. Já contei a ela que nunca aconteceu nada entre mim e você.

— Eu sei. E fico muito feliz por serem amigas. E quero que saiba que também sou grato por sua amizade em um tempo em que realmente precisava disso.

— Estou contente por vocês.

— Obrigado. — Ele fez uma pausa. — E você?

— Eu?

Roger inclinou a cabeça.

— Está feliz?

— Estou. Só um pouco sozinha, agora que Justin está viajando.

— Você sempre disse que não havia nada entre vocês dois...

— Não havia. Mas eu sempre gostei dele.
— E ele vai voltar depois da turnê, né?
— Sim.
— É isso que ele quer fazer? Ser um músico em turnê? Viver na estrada?
— Não sei se vai ser sempre assim. Ele trabalha com vendas de software, o que não é o trabalho dos sonhos dele. A música é. Essa oportunidade foi única, ele não podia recusá-la.
— Com quem ele está se apresentando?
— Calvin Sprockett.
— Uau. É, não é pouca coisa.
— Pois é.
Depois de um silêncio estranho, Roger perguntou:
— Algum deles ainda é casado?
— Está falando do Calvin e do pessoal da banda?
— Estou.
Parei para pensar.
— Agora que perguntou... acho que não.
Roger pendurou meu casaco e disse:
— Acho que casamento não combina muito com sexo, drogas e rock'n'roll. Sem falar das viagens constantes. Tudo ficou mais difícil quando estive longe de Susan e Alyssa. Não sei muito sobre o Justin, mas parece que ele gosta muito da Bea. Se quer ser um bom pai para ela, não vai poder se ausentar desse jeito. Aprendi essa lição da maneira mais dura e nem tive a complicação adicional da fama.
— Ele ainda não decidiu se quer ter filhos.
— Não acha que já devia ter decidido, se ele quer ficar com você?
— Roger deve ter percebido que estava me irritando. — Desculpa, Amélia. Só quero seu bem.
— Obrigada. Mas hoje só quero um *eggnog*, nada além disso. Tudo bem?
Ele fechou os olhos por um instante, riu e respondeu:
— Tudo bem. Vou buscar para você.

Cercada pela risada abafada dos convidados, que estavam vestidos com suéteres de todas as cores, eu continuava distraída. A conversa com Roger terminara havia um bom tempo, mas passei a festa inteira pensando sobre o que ele dissera. Não era nada com que eu já não tivesse me preocupado, mas ouvir outra pessoa apontar esses mesmos problemas, alguém que entendia as responsabilidades de ser pai, abria meus olhos.

Naquela noite, quando voltei para casa, fiz Bea dormir na frente da árvore ao som de canções natalinas de um CD de um coral infantil. No começo da semana, embrulhei alguns presentes e coloquei os pacotes embaixo da árvore. Eram todos para Bea, e entre eles havia uma caixa que Justin havia mandado para ser aberta na manhã de Natal.

Neste ano eu não queria mais nada. Bea era meu presente. Ela era o maior presente de Deus e havia me ensinado mais sobre amor incondicional do que qualquer um ou qualquer coisa. Ela me deu um propósito. Beijei sua cabeça com suavidade, jurando estar sempre ao seu lado, independentemente do que acontecesse com Justin. Jurei ser o tipo de mãe que eu nunca tive.

Ainda vestida com o suéter de Natal, coloquei Bea no berço e olhei em volta, admirando o trabalho de Justin naquele quarto.

Deitada na cama, não conseguia dormir. Quando enfim cochilei, o som do celular me acordou.

Justin: Está dormindo?

Amélia: Agora estou acordada.

Justin: Liga para mim? Não sei se Bea está aí perto, não quero acordá-la.

Ele atendeu no primeiro toque.
— Oi, linda.

— Oi.

Sua voz era sonolenta.

— Acordei você?

— Sim, mas não tem problema. Prefiro falar com você a dormir. Onde você está?

— No hotel em Los Angeles.

— Bom saber que você vai dormir em uma cama de verdade.

— Só serve para lembrar que você não está aqui comigo.

— Queria estar.

— Está me incomodando muito não passar o Natal com vocês.

— Não entendo por que não pararam no Natal.

— Calvin sempre fez shows nesta época. É uma tradição. É horrível. Parece que essa gente não tem família. Estou me sentindo mal pelo pessoal da equipe que tem filhos.

— Isso não acaba nunca, não é?

Justin ficou confuso por um instante.

— Isso o quê?

— Bom, essa turnê vai acabar. Mas a vida de músico é sempre assim.

— Não sou obrigado a aceitar. Não preciso ir a lugares nem fazer coisas que não quero.

— Eu sei, mas depois dessa turnê muita gente vai saber quem você é. As oportunidades vão surgir, e a fama vicia. É esse o objetivo, não é? Deslanchar na carreira de músico. Vai voltar para o emprego na companhia de software, como se nada disso tivesse acontecido? O que vai acontecer?

— Não sei. Ainda não pensei nisso. Só quero voltar para casa e para você. Isso é tudo o que eu quero. E não vou a lugar nenhum tão cedo depois dessa turnê.

— Mas pode viajar de novo em algum momento. Não é um evento único, é? Isso não acaba nunca.

— Por que está se preocupando com isso de repente, Amélia?

— Não sei. Acho que tenho muito tempo para pensar aqui sozinha.

— Desculpa, mas não tenho todas as respostas agora. Só posso dizer o que sinto no momento, e o que sinto é que não quero estar aqui e daria qualquer coisa para passar o Natal em casa com você e Bea.

Esfreguei os olhos cansados.

— Tudo bem, desculpa. É tarde, você deve estar exausto.

— Não se desculpe por me contar o que sente. Você prometeu que seria honesta se ficasse incomodada com alguma coisa, lembra?

— Eu sei.

Quando comecei a me acalmar, tive a impressão de ouvir alguém batendo na porta do quarto dele.

— Espera um segundo — disse ele.

Meu coração acelerou quando ouvi uma voz de mulher do outro lado da linha.

Não dava para ouvir o que ela dizia, mas ouvi nitidamente a resposta de Justin.

— Não, obrigado. Eu agradeço, mas não. — Uma pausa. — Certo. Boa noite.

Ouvi a porta fechar.

Ele voltou ao telefone.

— Desculpa.

— Quem era?

— Alguém oferecendo massagem.

— Massagem?

— Sim. Calvin às vezes contrata massagistas. Ele mandou alguém aqui para saber se eu estava interessado.

A bebida que tomei na festa do suéter ameaçava voltar.

— Quer dizer que uma garota desconhecida bateu na porta do seu quarto oferecendo uma massagem?

— Amélia... eu não pedi massagista nem aceitei a oferta. Mandei a mulher embora. Não posso fazer nada se alguém vem bater na minha porta.

— Alguma vez aceitou uma massagem?

— Não! — Seu tom era furioso.

— Não consigo lidar com isso.

— Dá para entender por que você fica furiosa ao saber que uma desconhecida veio bater na porta do meu quarto, mas ou você confia em mim ou não confia. Não existe meio-termo. Não dá para confiar só um pouco. Ou confia ou não confia. E pensei que você confiasse em mim.

— Eu confio! Eu nunca disse o contrário. É que... esse estilo de vida me incomoda. E estou sozinha. Não sei se é o tipo de vida que eu quero para mim.

— O que quer dizer?

— Não sei — murmurei.

Houve um longo silêncio durante o qual ouvi a respiração de Justin do outro lado. Finalmente, ele falou:

— Não consigo nem ver o rosto das pessoas na plateia. Quando estou cantando, é sempre para você, e conto os dias que faltam para voltar para casa. Não seria uma grande vaia não ter para o que voltar?

Por que não disse que me ama?

Ele estava muito bravo. Era melhor eu desligar antes de falar mais alguma coisa de que pudesse me arrepender.

— Você vai fazer dois grandes shows nos próximos dias. Não pode ficar estressado. Lamento por ter começado uma briga.

— Eu também lamento.

— Vou tentar dormir.

— Tudo bem — respondeu ele.

— Boa noite.

— Boa noite.

Nós desligamos, e eu tive muita dificuldade para dormir. Desligar o telefone desse jeito fazia eu me sentir muito mal. Pensei que nunca me sentiria pior.

Mas os eventos da manhã seguinte fariam essa discussão parecer bem insignificante.

Pode chamar de instinto maternal.

Alguma coisa me acordou, embora tudo estivesse quieto. O relógio marcava quatro da manhã.

Eu estava tentando dormir de novo, quando ouvi um chiado baixinho pela babá eletrônica. Era quase imperceptível.

Em pânico, levantei tão depressa da cama que fiquei tonta. Corri para o quarto de Bea, tropeçando, sentindo meu coração quase sair pela boca.

Tudo parecia acontecer muito depressa, mas, ao mesmo tempo, foram os momentos mais longos e assustadores da minha vida. Bea estava com falta de ar, e seus olhos aflitos estavam cravados em mim. Engasgada, ela não conseguia tossir. Tentei lembrar os passos dos primeiros socorros para bebês que tinha aprendido no curso em Providence.

Virei seu rosto sobre meu antebraço e segurei seu queixo com a mão para apoiar a cabeça. Depois, bati cinco vezes em suas costas, entre as omoplatas. Ela continuava sem ar, e nada saía de sua boca.

Virei seu rosto para cima, coloquei dois dedos no meio de seu peito e o apertei com movimentos rápidos. O objeto não se deslocava. Corri com ela até meu quarto, peguei o telefone e liguei para o serviço de emergência. Nem sei o que falei para a pessoa que me atendeu. Bea estava perdendo os sentidos, e eu não conseguia respirar.

Eu alternava entre tapas nas costas e pressão no peito, seguindo a orientação do atendente. O objeto finalmente voou da boca de Bea, e reconheci uma luzinha do meu suéter. Devia ter caído dentro do berço.

A lâmpada havia saído, mas Bea estava inconsciente.

Quando dei por mim, as sirenes soavam lá fora. Desci a escada correndo para abrir a porta. Homens entraram em casa. Eles começaram a realizar manobras de ressuscitação na minha menininha.

Minha vida inteira parou enquanto eu acompanhava tudo, impotente, paralisada pelo medo. Era como estar inconsciente também.

Quando um dos socorristas avisou que ela estava respirando outra vez, foi como se eu voltasse da morte. As lágrimas que inundaram meus olhos me impediram de ver quando eles a puseram na maca e me pediram para entrar na ambulância. Por ter ficado inconsciente durante tanto tempo, ela precisava ser atendida no hospital, onde seriam feitos exames para garantir que não havia nenhum dano cerebral nem outras sequelas.

Com o moletom que eu usava para dormir e sem casaco, sentei na ambulância ao lado de Bea, enquanto um dos homens segurava uma máscara de oxigênio sobre seu rosto.

Abalada demais para falar, mandei uma série de mensagens para Justin.

> *Bea está viva.*

> *Engasgou com um enfeitinho.*

> *Saiu.*

> *Socorro fez ressuscitação.*

> *Na ambulância indo para o hospital.*

> *Estou com medo.*

Segundos depois, meu celular tocou. Devia ser uma e meia da manhã em Los Angeles.

A voz de Justin tremia.

— Amélia? Recebi sua mensagem. Meu Deus. Ela está bem?

— Não sei. Está consciente e respirando. Mas não sei se houve alguma lesão.

— Ela está com você?

— Sim. Está com a máscara de oxigênio, mas os olhos estão abertos. Acho que ela está assustada.

Ouvi um ruído do outro lado, depois ele disse:

— Saio daqui no próximo voo.

Ainda em choque, fiquei em silêncio.

A voz de Justin parecia, aos poucos, desaparecer.

— Amélia? Está me ouvindo? Aguenta aí. Ela vai ficar bem. Vai, sim.

— Tudo bem — murmurei, chorando.

— Para onde a estão levando?

— Hospital Infantil Hasbro, em Providence.

— Telefona para mim assim que tiver notícias.

— Está bem.

— Seja forte, Amélia. Por favor.

21

Aquelas primeiras horas de espera em que Bea estava na unidade de terapia intensiva foram terríveis, as mais assustadoras da minha vida.

Ela estava ligada a tubos intravenosos e com a máscara de oxigênio. Os médicos fizeram vários exames procurando lesões internas e problemas neurológicos. Aparentemente, depois de uma parada respiratória, podia haver um dano cerebral tardio não perceptível de imediato. Ia demorar um pouco para todos os resultados saírem.

Sem prognóstico claro, minhas preces silenciosas eram ininterruptas. Pedi a Deus para poupar minha bebê de sequelas. Bea dormia muito, provavelmente exausta depois do trauma, então era difícil avaliar a evolução do quadro.

Mas ela abriu os olhos, e eu tinha que agradecer por isso, por ela estar viva e respirando. Graças a Deus eu havia acordado naquele momento. Se houvesse chegado ao quarto dela um minuto mais tarde, o desfecho poderia ter sido bem diferente. Eu não suportava nem pensar nisso. Definitivamente, alguém estava tomando conta da gente nesta noite. Até ter todas as respostas, precisava me concentrar no positivo, no fato de ela estar viva, e continuar rezando.

No meio da manhã, eu ainda não havia saído do lado de Bea. Tinha medo até de ir ao banheiro e perder a visita do médico, que poderia trazer mais informações. Uma enfermeira simpática finalmente me obrigou a beber alguma coisa e ir ao banheiro. Ela prometeu ficar de olho na Bea e garantiu que não ia acontecer nada enquanto eu estivesse ausente.

No banheiro ao lado da estação da enfermagem, as lágrimas começaram a transbordar dos meus olhos. Cheia de culpa, finalmente desabei. Não fosse aquele suéter idiota e meu descuido, nada disso teria acontecido. Não olhei o berço antes de colocá-la para dormir. Tentei me controlar, porque precisava parecer forte quando voltasse para perto da minha filha. Ela era intuitiva, e eu não podia deixar que ela sentisse meu medo.

O médico apareceu pouco depois de eu voltar para o lado dela.

— Srta. Payne...

Fiquei em pé e senti meu coração apavorado.

— Sim?

— Acabamos de receber o resultado dos exames. Não houve nenhuma lesão interna, só uma leve fratura nas costelas, a qual vai se resolver sozinha. O exame neurológico também não mostrou nada, mas quero observar ainda algumas coisas nas próximas vinte e quatro horas antes de a liberarmos. Ela não precisa mais ficar na unidade de terapia intensiva, então vai ser transferida para um quarto comum.

Um alívio enorme me invadiu.

— Doutor, obrigada. Muito obrigada. Eu gostaria de te abraçar. Posso te abraçar? — Ele assentiu desconfortável, e eu o abracei. — Muito obrigada.

— Poderia ter sido grave. Já vimos situações semelhantes terem um final diferente, e é comum. Bebês ou crianças pequenas engasgam com uvas, salsichas, brinquedos pequenos. Você teve muita sorte.

Assim que o médico saiu, mandei uma mensagem para Justin.

> *Graças a Deus! O médico disse que ela vai ficar bem. Querem observá-la por mais vinte e quatro horas. Estou muito feliz!*

Nenhuma resposta.

Pouco depois, Bea foi transferida para um quarto no terceiro andar. Deitada na cama nova, ela estava de olhos abertos e parecia confusa com os painéis de luz fluorescente no teto. Estava alerta, mas não demonstrava sua alegria habitual. Provavelmente tentava entender o que estava fazendo ali.

Disseram que eu podia pegá-la no colo. Embora recebesse líquidos e vitaminas por sonda, sugeriram que eu a amamentasse. Ultimamente eu dava mais mamadeira que leite materno, mas decidi amamentá-la, porque sabia que isso a confortaria. Foi um alívio ver que Bea mamava sem problemas. A cada minuto que passava, eu tinha mais certeza de que ela ficaria bem.

Tinha que ficar.

Depois que devolvi Bea à cama, Shelly, uma das enfermeiras, apareceu para verificar seus sinais vitais. Atenta a tudo o que ela fazia, quase não o vi ali parado.

Justin estava na porta, com o peito arfante e os olhos fixos em Bea na cama de hospital. Ele disse que embarcaria no primeiro voo, mas não tive mais nenhuma notícia dele nas últimas horas nem sabia se ele conseguiria lugar em algum voo. Estava despenteado, com os olhos vermelhos. Apesar da aparência cansada, quase esgotada, ele ainda estava muito bonito.

Meu coração deu um pulo.

— Justin.

Sem dizer nada e sem desviar os olhos de Bea, ele se aproximou da cama com passos lentos. Parecia chocado por vê-la ali deitada e tão fraca.

— Ela está bem?

— O médico disse que sim. Não recebeu minhas mensagens?

Ainda olhando para Bea, ele balançou a cabeça.

— Não, não, eu estava no avião e meu telefone ficou sem bateria. Peguei o primeiro voo disponível em Los Angeles e vim direto para cá.

Shelly olhou para ele.

— Você é o pai?

Justin estendeu o braço e tocou o rosto de Bea.

— Sim. — Sua resposta foi um choque. Um arrepio percorreu meu corpo quando ele olhou para mim e repetiu: — Sim, eu sou o pai dela.

Quando olhou para Bea novamente, seus olhos vermelhos ficaram úmidos. Em todos os anos desde que o conheci, nunca vi Justin derramar uma única lágrima sequer. Ele se acomodou na cadeira do outro lado da cama.

Shelly percebeu que Justin estava chorando e disse:

— Vou deixar vocês à vontade.

Quando ela saiu e fechou a porta, Justin se debruçou sobre a cama e beijou o rosto de Bea. Chocada e emocionada por ele ter se declarado pai da minha filha, esperei que Justin dissesse alguma coisa. Levou um tempo para as palavras saírem de sua boca. Ele ficou ali parado, olhando para Bea, enquanto admiração e alívio substituíam lentamente o choque. Eu sabia que ele havia percebido que ela não agia como de costume. Era difícil não notar. Bea já estaria sorrindo ou balbuciando para ele. Em vez disso, ela estava sonolenta e quieta. Eu esperava que fosse só porque ela não o via havia algum tempo, não um sinal de algo mais sério.

— Amo você, Abelhão. Lamento ter demorado tanto para dizer isso. — Justin enxugou os olhos e se virou para mim. — Nunca fiquei tão apavorado na vida, Amélia. Tive medo de que acontecesse alguma coisa com ela antes de eu chegar aqui, de nunca mais vê-la sorrir, de não ter uma chance de lhe dizer quanto quero ser o pai dela. Vim rezando no avião, barganhei com Deus. Prometi que, se tudo acabasse bem, eu não deixaria passar nem mais um segundo sem dizer que a amo. O negócio é que, mesmo sem eu dizer, ela já pensa que sou o pai dela. Eu sei que não sou o pai biológico, mas ela não sabe disso. E sangue não faz ninguém ser pai. O que me faz ser pai dela é que ela me escolheu. Bea me ganhou no momento em que sorriu para mim pela primeira vez. E, se antes isso me enchia de medo, agora não imagino minha vida sem ela.

— Pensei que não quisesse ter filhos.

— Eu também. Talvez não quisesse filhos imaginados, genéricos. Mas eu quero a Bea. Eu quero — repetiu ele, sussurrando.

Agora eu também estava chorando.

— Ela também ama você. Muito.

— Eu sou o único pai que a Bea conheceu. E ela acha que eu parti sem dar explicação. Isso me mata todos os dias.

— E a turnê?

— Ah, não vai ter abertura nos shows em Los Angeles, Calvin entendeu a situação. Todo mundo sabe quanto a Bea é importante para mim. E me deixaram à vontade para não abrir os próximos shows depois de L.A., se for necessário. Não volto enquanto não tiver certeza de que ela está bem e em casa.

Nós dois olhamos para Bea quando ela começou a balbuciar.

Justin brincou:

— Ei, tem alguma coisa para me dizer? — Ele sorriu para ela antes de olhar para mim. — Posso pegá-la ou é melhor não?

— Sim, eles disseram que eu podia segurá-la. Só não a jogue para cima nem nada assim.

Justin a tirou da cama com cuidado e a acomodou em seus braços.

— Quase me matou de susto, srta. Abelha. Tem certeza de que isso não foi um truque para me trazer de volta para o Natal? Se foi, bom trabalho.

Eu havia esquecido completamente que era véspera de Natal. Passaríamos o primeiro Natal de Bea no hospital.

Inclinei a cabeça e admirei os dois juntos. Sempre senti a conexão entre eles, mas me preocupava pensar que Justin talvez nunca se entregasse de verdade. Estava muito feliz por Bea, por esse homem maravilhoso querer ser pai dela. Sabia que, o que quer que acontecesse entre mim e Justin, ele sempre estaria presente para ela.

Quando Bea dormiu em seus braços, eu contei tudo o que havia acontecido, com todos os detalhes que conseguia lembrar.

Bea ainda dormia quando ele a pôs na cama e perguntou:

— Quando foi a última vez que comeu, Amélia?

— Ontem.

— Vou buscar comida e café enquanto ela dorme.

— Ótimo.

Com Justin fora do quarto e Bea dormindo, minha mente acelerou. Estava escurecendo lá fora. Sozinha e com muita coisa em que pensar, alimentei a culpa por tudo o que acontecera. Eu tinha uma obrigação na vida: cuidar da minha filha e garantir sua segurança. E nem isso consegui fazer.

Quando voltou, Justin carregava uma sacola de papel e uma árvore de Natal bem pequena que devia ter comprado em uma farmácia.

Eu devia estar horrível, porque ele largou tudo e se aproximou de mim.

— O que aconteceu?

— A culpa é minha. Eu devia ter olhado dentro do berço antes de acomodá-la para dormir.

— Foi um acidente. Aquela porcaria de lâmpada caiu do seu suéter. Você não viu.

— Eu sei, mas se tivesse feito as coisas de outro jeito...

— O que está falando? Você salvou a vida dela.

— Sim, mas só porque tive a sorte de acordar quando acordei. Não consigo nem imaginar como seria o dia de hoje se não houvesse acordado.

— Não pense nisso. Deus estava com ela. Bea está bem. E vai ficar bem. Não foi sua culpa.

— Estou me sentindo uma mãe horrível.

— Escuta. Lembra aquela noite que passamos acordados conversando no primeiro verão na casa de praia? Você disse que achava que não tinha nascido para ser professora, que sentia que devia haver outra coisa em que fosse melhor.

— Sim.

— Nunca vou esquecer o verão passado, quando cheguei à casa de praia e você estava lá com a Bea, naquele estado lamentável. Nunca vi ninguém se entregar tão completamente pelo bem de outro ser humano. Não tem um momento do dia em que não a coloque acima de tudo. Você não pensa em você, na sua saúde mental, em descansar. Às vezes te vejo amamentando e penso que queria ter tido uma mãe como você. Não para chupar seus peitos. — Ele piscou. — Mas por ser uma pessoa que se doa, que cuida. Quando éramos adolescentes, eu sempre achei você incrível, mas aquela admiração não chega nem perto de como vejo você agora. Então, nem se atreva. Não ouse dizer que é uma mãe horrível, Amélia Payne. A coisa que você nasceu para fazer e não sabe o que é? Era ser mãe dessa garotinha. Essa é sua vocação. E você está fazendo um ótimo trabalho.

Fechei os olhos e respirei fundo, grata pelas palavras que me tiraram da beirada de um precipício mental.

— Obrigada.

Ele foi pegar as sacolas e me deu um café gelado do Dunkin' Donuts e um burrito do Chipotle.

— Agora coma... antes que ela acorde.

Quando acabamos de comer, Justin ligou a árvore em uma tomada no canto do quarto. Até que era uma boa véspera de Natal, considerando as circunstâncias.

Quando Bea finalmente acordou, recebemos nosso milagre de Natal. Justin olhava para ela quando ela sorriu pela primeira vez desde o acidente. Foi o melhor presente que poderíamos ter pedido.

— Feliz Natal, Abelhão — disse Justin.

Dava para sentir o alívio no ar. Podia ser um sorriso de muitos, mas era um sorriso importante. Para nós, significava que ela ia ficar bem.

Justin abriu um aplicativo de músicas no celular e tocou canções natalinas até tarde da noite. O hospital providenciou duas camas, que colocamos uma de cada lado da cama de Bea.

Passava das onze da noite. Justin estava exausto da viagem e cochilou. Bea também dormia. Eu ainda não tinha conseguido relaxar o suficiente para fechar os olhos. Não ficaria feliz enquanto não voltássemos para casa.

Com os dois dormindo, peguei o celular e conferi as mensagens para ver o que tinha escrito para Justin quando estava na ambulância. Estava tão estressada que não lembrava o que havia digitado naqueles momentos de pavor. Foi quando notei uma mensagem que tinha chegado naquela noite, uma mensagem que não vi em meio a tudo o que acontecera com Bea.

Não gosto de brigar com você. Caso ainda tenha alguma dúvida, eu te amo.

O horário da mensagem era pouco antes das quatro da manhã. Quase a mesma hora em que acordei e ouvi Bea sufocar. Pensei ter acordado do nada, mas deve ter sido o som da notificação de mensagem do celular que interrompeu meu sono.

Olhei para Justin dormindo tranquilamente e tive a impressão de que meu coração ia pular do peito. Não por ele ter finalmente dito aquelas palavras que eu tanto queria ouvir. Era outra coisa que eu percebia. Não fosse por aquela mensagem de texto, eu não teria acordado.

Não fui eu quem salvou a vida da Bea.

Foi o Justin.

22

Bea teve alta no dia de Natal. Estávamos muito felizes quando a levamos para casa depois de os médicos eliminarem oficialmente qualquer possibilidade de dano cerebral. No caminho de Providence para Newport, a neve que começou a cair fez daquele um Natal de verdade.

Justin passaria dois dias conosco antes de se juntar à banda em Londres e continuar a turnê no trecho europeu. Eu me recusava a ficar triste desde já com sua partida, pois não era nem para ele estar em casa.

Na noite de Natal, sentamos em volta da árvore e ajudamos Bea a abrir os presentes. Deixei por último o presente que Justin tinha mandado pelo correio. Quando finalmente a pegamos, Justin olhou ansioso enquanto eu rasgava a fita adesiva e retirava do pacote uma quantidade generosa de plástico bolha.

Na caixa, havia um pequeno violão de madeira em pé sobre uma base cilíndrica. A parte de baixo era aberta, e dava para guardar objetos dentro dela. Em cima do violão, havia uma abelha pintada à mão. A intenção era parecer que a abelha pousara no instrumento. Justin pegou o presente e girou a corda na base. O instrumento começou a girar tocando uma canção que eu não reconheci.

— Tenho um amigo em Nova York que faz caixas de música personalizadas. Encomendei uma para a Bea. A abelha é para mostrar que ela sempre está comigo, não importe onde estou.

Emocionada, prestei atenção na música, embora ainda não a reconhecesse.

— Que música é essa? É linda.

— É a melodia de uma canção que estou compondo. Deu para programar na caixinha, mas ainda estou trabalhando na letra.

— Incrível. É o melhor presente que poderia ter dado a ela.

— É só para ela sentir minha presença quando eu não estiver perto. — Justin olhou para Bea, que estava hipnotizada com o violão girando e girando. Depois de um tempo, ele disse: — O que você dá para alguém que nunca vai poder recompensar... por tudo o que ela te ensinou, tudo o que te deu?

— Acho que assumir a responsabilidade de ser o pai dela é um presente bem grande.

Ele beijou a cabeça de Bea.

— Eu que ganhei esse presente.

Sorrindo para os dois, fiz uma pergunta que rodava na minha cabeça desde que ele chegou.

— O que mudou?

— Como assim?

—Antes de começar a turnê, você parecia não ter certeza de qual seria seu papel na vida dela. O que mudou?

Ele olhou para a caixinha de música por um tempo, depois para mim.

— Minhas dúvidas nunca tiveram a ver com ela. Eu só não sabia se seria digno do amor da Bea. Não queria desapontar alguém tão importante para mim. Mas ficar longe me fez perceber que ela já havia se tornado parte da minha vida. Deixando de lado meu medo de inadequação, ela já era minha filha de todas as maneiras que realmente importavam. Ficar longe me ajudou a enxergar tudo isso com mais clareza.

Mais cedo, eu havia explicado minha constatação sobre a hora em que ele mandou a mensagem. Justin se recusou a assumir a responsabilidade por ter salvado a vida de Bea, insistindo que eu era a única responsável por isso. Eu ainda não havia abordado o assunto da mensagem.

Deitei a cabeça em seu ombro, grata por tê-lo em casa conosco, mesmo que só por dois dias.

— Eu te amo, Justin. Sabe, eu estava obcecada pelo fato de você ainda não ter falado que me amava. Coloquei importância demais no fato de você dizer isso. E, quando finalmente disse naquela mensagem, não me surpreendeu porque, bem no fundo, eu já sabia. Você me ensinou que amor não tem a ver com palavras. É uma série de atitudes. Você mostrou seu amor por mim no jeito de olhar, em como me trata e, acima de tudo, em como ama minha filha como se fosse sua.

Ele se inclinou para me beijar e disse:

— Eu amo muito vocês duas. Naquela noite, percebi que era bobagem não dizer isso. Mas a verdade é que não sentia que seria natural anunciar esse amor, porque ele não era recente. É algo que existe há anos. Nunca parei de amar você. Houve um tempo em que tentei te odiar, mas nem assim parei de te amar.

— Também nunca deixei de te amar. Foi errado presumir que você não me amava só porque não dizia com todas as letras.

Justin franziu a testa.

— Sabe o que dizem sobre supor coisas...

— Você acaba em um cinema pornô vendo anal? — Dei risada.

— Boa menina. É isso mesmo. — Ele piscou.

Sem dormir desde o acidente com Bea, desabei rapidamente. Nós três fomos dormir cedo naquela noite. Deixar Bea sozinha no berço não era uma coisa para a qual eu estivesse preparada. Ela dormiu na minha cama, entre mim e Justin, seus pais. Eu me acostumaria com isso.

Teríamos mais um dia com ele, o dia depois do Natal. Então, Justin nos deixaria de novo, iria para Nova York e lá pegaria um avião para Londres.

Acordar com o cheiro da fusão de cafés na cozinha era como um sonho.

Bea ainda dormia. Quando desci, me aproximei de Justin e o abracei. Meus seios, livres de sutiã, pressionavam suas costas através da camisola. Nós dois olhávamos para as ondas geladas no mar de inverno. Eu já esperava ansiosa pelo verão, não só pelo clima quente, mas porque Justin estaria em casa conosco.

Ele se virou e beijou minha boca, com avidez. Agora que não estava mais apreensiva com Bea, eu sentia o desejo sexual voltar lentamente ao nível normal. O cabelo de Justin estava espetado em todas as direções, e sua barba começava a crescer. Quando ela roçou na minha pele, senti a umidade entre as pernas. Pressionei meu corpo contra sua ereção e respirei fundo, inalando seu cheiro viril misturado ao aroma do café.

Eu o queria mais do que queria minha primeira xícara de café, e isso era revelador. Sobreviver aos próximos meses sem ele não seria fácil, mas agora, pelo menos, eu sabia que a nossa relação era para valer. Justin parou de me beijar e acariciou meu rosto, e tive a impressão de que ele pensava em alguma coisa.

— Posso fazer duas perguntas? — disse ele.

— Tudo bem...

— Estive pensando... eu adoraria se você e Bea fossem ao último show, na primavera. Vamos encerrar a turnê em Nova York, que não é muito longe. Posso reservar uma passagem de avião, se você não quiser ir de carro. Depois voltamos para casa juntos no meu carro. Seria legal se pudesse me ver ao menos uma vez em um palco grande antes do fim da turnê. O que acha? Podemos providenciar fones de ouvido com redução de ruído para Bea, se for muito barulhento.

— Eu não perderia isso por nada. Estava pensando que devia ver pelo menos um show seu, e Nova York é a solução perfeita.

— Ótimo. Vou providenciar tudo.

— E a outra pergunta?

— Quais são as chances de transar com você em cima da bancada antes de a Bea acordar?

Hesitei. Eu o queria muito, mas havia menstruado de manhã. Não me sentia confortável transando no dia de maior fluxo do meu ciclo.

— Eu quero muito, mas...

Vi a decepção estampada em seu rosto.

— Qual é o problema?

— Eu me esfaqueei... com muita força.

Justin fechou os olhos numa reação frustrada.

— Merda. Preciso de você agora, preciso muito. — Ele olhou para o chão, depois para mim. — Eu não me importo... se você não se importar. Vou te apunhalar tanto que você não vai nem se lembrar do outro ferimento.

Por mais que eu quisesse, simplesmente não conseguia.

Puxei o cós de sua calça e espiei a ereção dentro dela.

— Tenho uma ideia melhor.

— Ah, é?

Ajoelhei no chão e soltei lentamente o cordão de sua calça de pijama.

Justin apoiou os cotovelos na bancada, atrás dele, inclinou a cabeça para trás e se rendeu, sem protestar.

— É, também podemos fazer isso. Admirando o recorte em V da área inferior do seu abdome e os pelos que formavam uma linha central, falei:

— Sempre quis te chupar. Aquela vez que saímos do cinema pornô, lembra? Não podia matar a vontade na hora, mas passei a noite toda pensando nisso.

Ele afagava meu cabelo.

— Nunca vou esquecer aquela noite. Foi uma delícia ver você excitada durante o filme. Senti vontade de sentar você no meu colo e te foder gostoso naquele cinema. Quis muito te comer naquela noite, quis tanto que até doía. Quase tanto quanto quero agora.

Ele arfou quando tirei seu membro da calça. Abri a boca e o envolvi com os lábios. Justin fez um ruído rouco, quente, e já estava molhado no instante em que minha língua contornou a cabeça de seu pênis pela primeira vez.

— Puta merda — gemeu. — Isso é bom. Sua boca no meu pau, Amélia, não existe nada parecido. Parece um sonho.

Senti o gosto morno e salgado quando o chupei, esfregando a mão em seu mastro. Ele agarrou meu cabelo e guiou minha boca em seu membro.

Depois de um tempo, enfiei o pau inteiro de Justin na boca, indo até onde conseguia sem sufocar. Quando esfreguei a extremidade de seu membro no fundo do céu da boca, levantei o olhar para ver sua reação.

— Ah, sua vadia malvada, isso é muito bom.

Repeti o movimento várias vezes, e ele fechou os olhos com tanta força que tive a impressão de que sua mente havia viajado para outra dimensão.

Meus gemidos vibravam em seu pênis quando, empurrando o quadril para a frente, ele gozou na minha boca. Puxando meu cabelo, Justin gemia.

— Engole tudo, gata. Engole.

Engoli os jatos quentes que jorravam em minha garganta.

Enquanto sorvia seu orgasmo até a última gota, eu olhava para ele com uma expressão sedutora.

Quando não restava nada além da respiração pesada, ele disse:

— Cacete. Você nem se conteve. Sempre soube que gostava de creme no café, mas puta merda. Foi um tesão ver o quanto você também gostou disso. — Com um suspiro longo, ele ajeitou a calça. — Quero de novo. Isso é um truque para me fazer ficar? Porque pode dar certo.

— Sério? Nesse caso, minha boca está pronta.

— Ah, nós *vamos* repetir a dose antes de eu ir embora. Isso foi... de pirar. Onde aprendeu a chupar desse jeito? — Ele balançou a cabeça depressa. — Esquece. Não quero saber. Limpando os cantos da minha boca, perguntou: — O que eu fiz para merecer isso?

— Salvou a vida da minha filha. Merecia o boquete da *sua* vida.

Justin me abraçou.

— Depressa, corre para a praia e se joga no mar revolto.

— Por quê?

— Para eu poder te salvar. Quem sabe consigo comer essa sua bunda logo mais?

Naquela tarde, Justin passou bastante tempo tentando fazer Bea falar "papá". Ela balbuciava muito, mas ainda não usava a letra P como usava a B e o M.

Observei os dois da cozinha enquanto, sentado com ela no sofá, Justin tentava convencê-la a repetir suas palavras.

— Fala pa-pá. — E apontava para si mesmo. — Eu sou seu pa-pá.
— Ba-bá.
— Pa-pá.
— Ba-bá.
— Pa-pá.
Bea soprou uma bolha de saliva e riu.
— Sua menininha boba. Fala pa-pá.
Bea parou por um instante, depois disse:
— Ma-má. — E gargalhou.

23

Os três meses depois do Natal se arrastaram.

Bea começou a andar na mesma época em que fez um ano, no dia 15 de março. Justin estava furioso por ter perdido o aniversário e seus primeiros passos. Durante nossas conversas pelo Skype, ele continuava tentando convencê-la a falar papai ou papá, mas não teve sucesso.

Aquelas semanas foram difíceis, mas ter certeza absoluta de que ele voltaria para casa era o que me fazia seguir em frente. E saber que eu ia vê-lo no último show era a cereja do bolo.

A turnê havia voltado para o nosso continente. As últimas apresentações seriam em Nova Escócia, Maine e Nova York.

Finalmente chegou o fim de semana do tão esperado show em Manhattan. Justin havia comprado passagens aéreas para mim e Bea. Do aeroporto em Nova York, iríamos diretamente para o hotel ao lado da casa de espetáculos. A banda chegaria quase na hora do show, o que significava que só veríamos Justin depois da apresentação.

Bea se comportou muito bem no voo de Providence para o aeroporto de LaGuardia. Nossa bagagem consistia em duas malas de mão e um carrinho com um guarda-sol de bolinhas.

Quando aterrissamos, Steve, o agente de Justin, nos esperava no aeroporto e nos levou para o hotel. Tivemos que passar pela Times Square. Bea olhava tudo fascinada, encantada com as cores brilhantes e o movimento. Definitivamente, era uma sobrecarga sensorial para nós duas. Eu estava presa em casa, na ilha, havia tanto tempo que quase tinha esquecido como era a vida na cidade.

Depois do show, nós três passaríamos a noite no hotel; ficaríamos na cidade no dia seguinte e, só então, voltaríamos juntos à ilha.

Quando entramos no quarto, comecei a sentir o nervosismo. Ver Justin cantar sempre me emocionava, mas o ver pela primeira vez em um palco grande seria uma experiência inesquecível, sem dúvida.

Deitei ao lado de Bea na cama luxuosa, tentando fazê-la dormir para reduzir o impacto da noite agitada que teríamos. Ela dormiu por uma hora antes de sairmos.

Quando chegamos à casa de espetáculos, a fila para entrar era enorme. Olhar para o luminoso me arrepiou: *Calvin Sprockett, abertura Justin Banks*. Passamos pela entrada VIP, e um lanterninha nos levou aos nossos lugares no meio da terceira fileira.

Bea estava muito bonitinha sentada no meu colo. Os fones de ouvido de redução de ruídos eram enormes. Ela parecia um extraterrestre fofo. Felizmente, apesar de tudo que havia chorado nos primeiros três meses de vida, agora ela era uma criança tranquila, e eu apostava que não teríamos nenhum problema durante o show.

Quando as luzes começaram a se apagar e o holofote iluminou Justin, meu coração acelerou. A agitação era excitante. Ele havia me contado que a plateia era sempre muito escura para que ele pudesse nos ver do palco, mas percebi que ele olhava atentamente para o público antes de cantar a primeira música. Meu corpo praticamente derreteu no assento com a potência de sua voz amplificada. Naquela primeira nota, seu tom profundo, carregado de emoção, era incrível.

Abraçando Bea com força e balançando-a para a frente e para trás, eu o ouvi cantar várias canções que nunca tinha escutado antes. Não sabia que ele só apresentava composições suas na turnê, que não fazia nenhum cover. Tive a sensação de que havia perdido muito por nunca ter ouvido a maioria dessas canções. De vez em quando fechava os olhos, embalada pelas ondas sonoras do violão, e prestava atenção em todas as letras.

Fiquei ali sentada nos primeiros quarenta minutos, arrebatada pelo modo como seus dedos dominavam o instrumento com precisão, como sua voz mudava dependendo da música, como ele fascinava centenas de pessoas apenas com sua voz rouca, um microfone e o violão.

Justin havia contado que sua apresentação durava só quarenta e cinco minutos, e eu sabia que nos aproximávamos do final.

Ele falou ao microfone:

— Esta é uma noite especial por várias razões, não só por ser o encerramento da turnê, mas por estarmos no segundo lugar de que eu mais gosto no mundo, Nova York. Até pouco tempo atrás, esta cidade foi minha casa. Hoje eu moro em uma ilha, com o amor da minha vida e minha filha. Amanhã volto para casa após um longo período longe delas. Mas o principal motivo para esta noite ser especial é a presença da minha filha. Bea, obrigado por ter me ensinado que às vezes o que mais tememos é justamente aquilo de que nossa alma mais precisa. Essa última canção foi composta recentemente. Demorei para terminá-la, porque ela é muito importante para mim. Eu a compus para ela. O nome da música é "Bea, menina linda".

Reconheci imediatamente as notas de abertura. Era a canção programada na caixinha de música que ele havia dado para Bea no Natal.

Justin começou a cantar, e eu desmoronei.

Minha alma estava doente, mas você foi a cura.
Nunca antes amei de forma tão pura.
O que mais me fazia temer
Agora faz meu coração arder.

Bea, menina linda,
Não fui eu que fiz, mas você foi feita para mim.

Bea, menina linda,
Obrigado por me ajudar a ver
Como a vida tinha que ser.

Cada vez que ouço seu choro,
Um pouco eu morro.
Mas é só você sorrir para mim
Que tudo fica bem de novo, simples assim.

Bea, menina linda,
Não fui eu que fiz, mas você foi feita para mim.

Bea, menina linda,
Obrigado por me ajudar a ver
Como a vida tinha que ser.

Um anjo disfarçado
Vejo refletido no olhar
De uma abelhinha.
Obrigado por me escolher.

Bea, menina linda,
Não fui eu que fiz, mas foi feita para mim.

Bea, menina linda,
Obrigado por me ajudar a ver
Como a vida tinha que ser.

A canção terminou, e o público o aplaudiu de pé. Meus olhos ardiam inundados por lágrimas de alegria. A música que ele havia composto me emocionava em muitos níveis. Queria tanto que Bea pudesse compreender a letra.

Justin desapareceu quando as cortinas se fecharam. O palco seria preparado para Calvin. Eu tinha um passe para os bastidores, mas não havíamos combinado nada. Não sabia se devia ir para lá agora, se esperava uma mensagem dele ou se assistia ao show de Calvin.

Ansiosa para vê-lo e dizer quanto havia amado a canção, levantei da poltrona com Bea no colo e me dirigi ao corredor central, que levava à entrada. Um lanterninha nos conduziu até os bastidores, onde um segurança me recebeu.

— Tem credencial?

Mostrei o passe.

— Sim. Sou namorada do Justin Banks, e esta é a filha dele.

Ele examinou os dados na credencial e se afastou para o lado.

— Por ali. Ele está no camarim quatro.

A porta estava encostada, e me surpreendi ao ver que Justin não estava sozinho. Imediatamente, dei um passo para o lado para ouvir a conversa sem ser vista.

— Espero que não se incomode por eu ter vindo. Quando soube que ia se apresentar na cidade, decidi que tinha que te ver. Liguei para o Steve, e ele me deu uma credencial.

— Tudo bem, não me incomodo. É bom te ver, Jade.

Senti uma pontinha de ciúme, mas não era mais como antes. Minha confiança no que ele sentia por mim era maior que a insegurança. Mesmo assim, seria sempre desconfortável pensar em Justin e Jade, considerando todas as lembranças que eu tinha dos dois juntos.

— Eu precisava conversar com você, Justin. Steve me contou que você e Amélia estão juntos, e eu... para ser bem franca, fiquei chocada. E a música que você acabou de cantar...

— Lamento, Jade. Eu mesmo devia ter te contado tudo, mas não queria te magoar mais do que já magoei.

— Bom, aparentemente, você *queria,* sim, ter filhos... desde que não fossem meus.

— Não sabia que ia me apaixonar por aquela garotinha.

— Mas sabia que ia se apaixonar pela mãe dela. Quando estávamos juntos, você deu a impressão de que a odiava. Não era ódio, era? Eu devia ter percebido. Ninguém age daquele jeito com alguém, a menos que se importe *demais* com a pessoa.

— Você não tinha como perceber porque eu guardava tudo dentro de mim. Era complicado. Naqueles primeiros dias, lutei contra o que sentia por ela. Lutei muito. Queria que as coisas dessem certo entre mim e você. Nunca imaginei que ficaria com a Amélia. Mas, sim, era hostil com ela por causa de outros sentimentos muito profundos que eu não conseguia controlar. Era muito complicado.

Houve um silêncio incômodo antes de Jade perguntar:

— Esteve com ela enquanto namoramos?

— Não. Não aconteceu nada antes de nos separarmos. Não queria te magoar, mas foi o que fiz, pelo jeito. E peço desculpas por isso. Você é uma pessoa muito bonita, por dentro e por fora. Sempre vou lembrar com carinho do tempo que passamos juntos. Espero que encontre alguém que te mereça.

Jade começou a chorar, e eu me senti desconfortável por estar ali. Então, me afastei e deixei os dois terminarem a conversa com total privacidade. Estava triste por ela e acho que a última pessoa que ela queria ver naquele camarim era eu.

Voltei ao saguão e mandei uma mensagem pedindo ao Justin para avisar quando pudéssemos ir ao camarim. O carrinho da Bea estava guardado na bilheteria e fui buscá-lo. De onde estava, vi Jade atravessar o saguão correndo e passar pela porta giratória. Quase imediatamente, meu celular vibrou. Era uma mensagem de Justin.

Vem para o camarim.

Ele estava de costas e não nos viu chegar. Aproveitei o momento para admirar aquela bunda firme e redonda. Quando Bea gritou animada, ele se virou.

Eu a tirei do carrinho e segurei suas mãos, ajudando-a a caminhar com passos incertos.

Justin se ajoelhou e abriu os braços.

— Abelhão! Ai, meu Deus, você está andando. — Ele riu ao ver os fones de ouvido que ela usava. Eu havia esquecido de tirá-los. — Essa coisa é maior que a sua cabeça! — Justin a beijou no rosto antes de se levantar e me beijar. Pelo gemido que ecoou dentro da minha boca, percebi que ele me queria desesperadamente. Fiquei molhada só de pensar no que poderia acontecer naquela noite, depois que Bea dormisse. Eu havia pedido um berço no quarto, porque queria a cama para mim e Justin. Esperava que o arranjo funcionasse.

— Você foi incrível. Aquela música...

— Gostou?

— Adorei. — Estudei seu rosto e perguntei: — Tudo bem?

— Jade esteve aqui. Viu o show, ouviu a música e, como Steve deu uma credencial para ela, veio aqui me perguntar sobre nós dois.

Fiquei feliz por ele ser honesto comigo.

— Eu sei.

— Sabe?

— Eu estava no corredor, do lado da porta. Ouvi o começo da conversa, mas me afastei para não invadir a privacidade de vocês.

— Uau.

— Não precisa explicar nada. Eu entendo o que ela está sentindo. Sei como é amar e perder alguém. Fico feliz por estar com você agora. — Hesitei. Eu tinha muita coisa para dizer. Orgulho era pouco para descrever o que senti quando o vi se apresentar. — Agora que te vi no palco, tenho ainda mais certeza de que você nasceu para isso. Além de ter um grande talento, você é carismático. Não quero que desista disso por se sentir culpado. Você nunca vai ter que escolher. Estaremos sempre ao seu lado.

Ele pegou Bea no colo e beijou minha boca mais uma vez.

— Você é incrível. Sei quanto esse período em que ficamos separados foi difícil para você. Antes eu achava que queria a fama, mas essa experiência me ensinou que, para mim, o que importa é a música. Acho que não quero as outras coisas, não para sempre. Não me arrependo de ter vivido tudo isso e, se surgir outra oportunidade, vou considerá-la. Mas passar semanas longe da minha família não é legal. Não é o que eu quero. — Ele segurou meu rosto. — Não há música sem você. A música é a expressão de tudo o que a gente vive, um reflexo da paixão dentro da alma. Eu vivo para você. Você é minha paixão. É minha música. Você e a Bea.

— Eu te amo muito.

Ele pegou a jaqueta.

— Vamos sair daqui.

— O quê? Não vai ter uma festa bem louca de encerramento? Que tipo de astro do rock é você?

— Como assim? Eu sou bem radical! Vou levar duas garotas para o meu quarto de hotel.

EPÍLOGO

JUSTIN
Nunca, nem em uma porra de milhão de anos imaginei que minha vida seria assim.

Juro que, se tivesse perguntado à minha versão de quinze anos transbordando de hormônios onde eu gostaria de estar em uma década, ela provavelmente teria respondido: "Em uma ilha com a Tapa".

Acho que algumas coisas nunca mudam, porque essa seria minha resposta hoje. Naquela época, isso era como um sonho inatingível, mas hoje essa é minha realidade.

Vendo Amélia brincar com Bea na beira do mar, pensei na evolução dos papéis que ela havia representado em minha vida.

A menina misteriosa com o tampão no olho.

A melhor amiga.

A fantasia adolescente.

A garota que roubou meu coração, o partiu e levou os pedaços com ela quando foi embora.

A amiga ausente.

A *roommate* proibida pra mim.

A namorada.

A mãe dos meus bebês.

Ela nunca esteve mais sexy que agora. Amélia começou a exibir os sinais dos quatro meses de gravidez, principalmente nos seios e na bunda.

Eu a pedi em casamento há um ano, no dia 26 de julho, alguns meses depois de voltar da turnê. Ia esperar, mas decidi que tinha que fazer o pedido naquele dia e que nos casaríamos exatamente um ano depois. Essa data tinha um grande significado para mim, porque 0726 era a última sequência de números da minha tatuagem de código de barras e representava o dia em que ela foi embora, uma década atrás. Eu estava determinado a redefinir o significado daqueles números. Agora, aquela data, hoje, seria, pra sempre, o dia em que ela se tornou minha mulher.

Não queríamos um casamento chique, só uma cerimônia privada com nós três na praia. Nos casaríamos ao pôr do sol e comeríamos a comida favorita de Amélia, caranguejos, aquela coisa fedida, e lagosta.

Descobrimos que Roger, nosso vizinho, havia sido ordenado fazia alguns anos e podia realizar a cerimônia. Por uma dessas ironias, Roger Pegador agora era meu amigo, embora eu não perdesse uma chance de irritá-lo.

Gaivotas alçaram voo quando Bea correu em minha direção. Com o vestido molhado, ela me deu uma conchinha.

— Papai! Azul!

— O que tem para mim, Beatrice Banks?

Amélia limpou a areia da saia de Bea e explicou:

— Estávamos procurando uma coisa velha, uma coisa nova, uma coisa emprestada e uma coisa azul para a cerimônia de casamento. E encontramos essa conchinha azul.

— É perfeita, Abelhão — falei, devolvendo a conchinha para ela.

— Falta o resto — avisou Amélia, tirando alguma coisa do bolso para dar a Bea. — Temos uma coisa nova, mas é sua, não minha. Bea, dá para o papai.

Minha filha me entregou uma caixinha. Dentro, havia uma palheta com a inscrição: "Obrigada por ter me escolhido".

Eu a abracei e murmurei:

— Obrigado por você ter me escolhido, querida. Adorei o presente.

Depois do casamento, eu adotaria Bea legalmente. Ela estava com dois anos e era muito apegada a mim, mais do que nunca. Felizmente, o babaca do Adam abriu mão dos direitos parentais sem protestar.

Eu não tinha do que reclamar. Continuava trabalhando para a empresa de software e tocava no Sandy's algumas noites por semana. Recebi uma proposta para fazer outra turnê com um artista menos conhecido, mas recusei. Por mais excitante que fosse a vida de músico, o lado negativo superava o positivo. Eu não queria perder esses momentos preciosos com minha família. Antes, pensava que a música era minha vida. Estava errado. Minhas garotas são minha vida.

— Muito bem, temos uma coisa nova e uma coisa azul. Agora precisamos de algo emprestado e algo velho — falei.

Amélia envolveu os braços em meu pescoço.

— Estava pensando em dar uma olhada nas coisas da minha avó, no cofre. Não mexi naquilo desde que a gente se mudou. Tenho certeza de que lá tem alguma coisa velha.

Levantei da areia.

— Vamos lá ver.

Voltamos juntos para casa. O vestido tomara que caia branco e simples de Amélia estava pendurado na sala. Eu ficava atordoado só de olhar para ele, pois sabia que naquela noite ela se tornaria oficialmente Amélia Banks, embora um pedaço de papel não tivesse importância. Amélia era minha desde sempre. Fiquei olhando enquanto ela abria o cofre. Saber que ela esperava um filho meu mexia comigo. Admirar o formato de seu corpo em transformação e saber que eu era responsável por isso provocava em mim uma reação primitiva. Meu apetite sexual era uma loucura; felizmente, o dela também. Mal podia esperar pela nossa noite de núpcias. Bea dormiria fora pela primeira vez, na casa do Roger e da Susan. Eu pretendia tirar proveito da casa vazia... e de Amélia.

O cofre ficava atrás de um quadro, numa das paredes da cozinha. Ela, enfim, conseguiu abri-lo. Eu me aproximei para ver o que tinha lá dentro.

Documentos, algumas joias e muitas fotos.

Peguei uma presilha de cabelo feita de pedras brilhantes e a coloquei na cabeça de Amélia, ajeitando seus cabelos para trás das orelhas.

— Ficou linda. Pronto, você já tem uma coisa emprestada. — Por um momento, vi em seu rosto as meninas que me arrebataram o coração, Bea e a pequena Tapa.

Amélia começou a olhar as fotos, algumas da mãe e do avô. De repente, ela parou ao tocar uma Polaroid. Senhora H. adorava fotografar com câmeras antigas, mesmo na era digital. A foto na mão dela era de nós dois, provavelmente com dez e onze anos. Estávamos sentados na escada desta mesma casa, e a foto foi tirada de trás. Eu segurava meu primeiro violão, e Amélia descansava a cabeça em meu ombro. Senhora H. havia escrito com caneta azul na base da fotografia: "Era assim que tinha que ser".

Peguei o retrato da mão de Amélia para examiná-lo de perto.

— Uau.

— Aí está a prova, Justin. Ela deixou a casa para nós porque sabia que isso nos aproximaria. Sabia que encontraríamos esta foto e esperava que ela nos fizesse lembrar de como havia sido idiota o nosso afastamento. Provavelmente não acreditava que nos reaproximaríamos sem ajuda. Ela queria mandar uma mensagem para nós. — Amélia olhou a fotografia. — Veja. Que lindo. Pensa em todos os anos que perdemos.

— Aconteceu como tinha que acontecer.

— Você acha?

— Sim. Pense bem. Sem toda aquela frustração acumulada, não teríamos feito tanto sexo selvagem. E talvez não tivéssemos criado a menininha que está na sua barriga.

Descobrimos dias antes que o bebê era uma menina. Daríamos a ela o nome de Melody.

— Sei que o que vou dizer é estranho, já que não quero pensar em você com aquele babaca do Adam, mas, se não tivéssemos nos separado, Bea não existiria. Então, eu não mudaria nada. Nunca.

Olhei de novo para a inscrição na foto.

"Era assim que tinha que ser."

Peguei uma caneta na bancada e encaixei uma palavra no meio da frase.

"Era assim (Bea) que tinha que ser."

AGRADECIMENTOS

Primeiro e acima de tudo, agradeço ao meu marido pelo amor e pela paciência ao longo dessa jornada de escritora.

Aos meus pais, por terem me incentivado a seguir meus sonhos desde muito cedo.

A Allison, por se revelar, e a Angela, Tarah e Sonia, pela amizade.

A Vi, tenho medo de pensar que poderia nunca ter te conhecido. Com quem eu iria conversar? Como faria isso sozinha? Obrigada por tudo... Sempre! Seu primeiro lugar nos e-books mais vendidos da Amazon foi o ponto alto do meu ano!

A Julie, obrigada por sempre me lembrar de que talento e integridade podem andar de mãos dadas.

A minha editora, Kim, obrigada por garantir que meu trabalho esteja legível e pronto para o mundo.

A meu valioso grupo de fãs no Facebook, Penelope's Peeps, e a Queen Peep Amy, obrigada por tudo que vocês fazem. Amo todos vocês! Mal posso esperar por mais festas e reuniões Peeps, on-line ou ao vivo.

A Erika G., obrigada por estar sempre por perto, pelos encontros de julho e pelas conexões especiais.

A Luna, te adoro mucho. Gracias por todo.

A Mia A., obrigada por iluminar meus dias durante nossos esforços de escrita, que se tornam conversas aleatórias que não têm nada a ver com escrever.

A minha amiga australiana Lisa, obrigada por me apoiar sempre. Contando os dias para a sua próxima visita!

A Natasha G., obrigada pelas risadas e pelo amor compartilhado pelo reality show *90 dias para casar*!

A todos os blogueiros e os promotores literários que me ajudam e me apoiam, vocês são responsáveis pelo meu sucesso. Tenho medo de citar nomes, porque, sem dúvida, vou esquecer algum. Vocês sabem quem são e não hesitem em entrar em contato comigo, se eu puder retribuir o favor.

A Lisa da TRSoR Promotions, obrigada por administrar minha turnê do blog e pela divulgação. Você arrasa!

A Letitia da RBA Designs, obrigada por sempre trabalhar comigo até a capa ficar exatamente como eu queria. Esta é uma das minhas favoritas, embora eu sempre diga isso!

Aos leitores, nada disso seria possível sem vocês e nada me faz mais feliz do que saber que ofereci um alívio para o estresse da sua vida diária. Esse mesmo alívio foi a razão para eu começar a escrever. Não tem alegria maior nessa carreira do que receber notícias de vocês e saber que algo que escrevi os tocou de alguma maneira.

Finalmente, mas não menos importante, a minha filha e meu filho, mamãe ama vocês. Vocês são minha motivação e minha inspiração!

**Acreditamos
nos livros**

Este livro foi composto em Fairfield LH
e impresso para a Editora Planeta do
Brasil em outubro de 2021.